※ | KRÜGER

Bob Mortimer

Der Satsuma-Komplex

oder
Der Tag, an dem
Gary zum Helden
wurde

Roman

Aus dem Englischen
von Ulrike Wasel und Klaus Timmermann

✳ | KRÜGER

Aus Verantwortung für die Umwelt hat sich der S. Fischer Verlag zu einer nachhaltigen Buchproduktion verpflichtet. Der bewusste Umgang mit unseren Ressourcen, der Schutz unseres Klimas und der Natur gehören zu unseren obersten Unternehmenszielen.

Gemeinsam mit unseren Partnern und Lieferanten setzen wir uns für eine klimaneutrale Buchproduktion ein, die den Erwerb von Klimazertifikaten zur Kompensation des CO_2-Ausstoßes einschließt.

Weitere Informationen finden Sie unter: www.klimaneutralerverlag.de

Der Roman erschien 2022 unter dem Titel »The Satsuma Complex«
bei Gallery Books UK, Simon & Schuster, London

Deutsche Erstausgabe
Erschienen bei FISCHER Krüger
Frankfurt am Main, August 2023

© Bob Mortimer 2022
Umschlaggestaltung: Cornelia Niere, München,
nach einer Idee von Harry Mortimer / Matt Johnson
Satz: Fotosatz Amann, Memmingen
Druck und Bindung: CPI books GmbH, Leck
Printed in Germany
ISBN 978-3-8105-0062-5

Für Mavis

»Sorry, Pops, aber du hättest dir die Sache
vorher besser überlegen sollen.«

TEIL EINS

1

Mein Name ist Gary. Ich bin dreißig Jahre alt und arbeite als Rechtsassistent in einer Londoner Anwaltskanzlei. Ich lebe allein in einer Zweizimmerwohnung in einer kommunalen 60er-Jahre-Großsiedlung in Peckham. Von meiner Wohnung bis zur Arbeit sind es nur fünf Minuten zu Fuß, ein Umstand, der mich froh stimmt, wenn mir danach ist. Ich bin etwas kleiner als der Durchschnitt und mit einer großen Nase ausgestattet, die fast schon komisch wirkt, wenn ich eine Sonnenbrille trage.

Falls Sie mich zufällig auf der Straße sehen, trage ich stets meinen billigen grauen Anzug mit weißem Hemd und Krawatte (Arbeitstage) oder meine braune Cordjacke mit Jeans und T-Shirt (freie Tage). Höchstwahrscheinlich wird Ihnen meine Nase auffallen, ehe Sie meine Kleidung registrieren. Mein Haar ist ordentlich und gepflegt, hinten und an den Seiten kurz, mit einem Seitenscheitel, der so gekämmt ist, dass eine Haartolle entsteht. Meine braunen Augen sind mandelförmig und wurden innerhalb von vierundzwanzig Stunden sowohl als traurig wie auch als freundlich beschrieben. Es wäre unzutreffend, mich als nichtssagend zu bezeichnen, aber Sie würden höchstwahrscheinlich nur flüchtig Notiz von mir nehmen.

Meine einzige wahre Freundin in London ist meine unmittelbare Nachbarin. Allerdings hatte ich letzte Woche Bekanntschaft mit einer jungen Frau geschlossen, doch heute früh ist mir die Sache regelrecht um die Ohren geflogen und hat mir einen Tritt in den Hintern verpasst. Ich dachte, sie mag mich, aber wie sich herausstellte, lag ich völlig daneben. Ich glaube, ich war in sie verliebt. Ja, das war ich ganz sicher, und ehrlich gesagt, ich bin es immer noch. Ich habe fürchterlichen Liebeskummer, zum ersten Mal in meinem Leben.

Meine Mum hat oft gesagt, ich wäre mit einer lebhaften Phantasie gesegnet und sollte das zu meinem Vorteil nutzen – um Langeweile zu vertreiben und mein Leben mit Optimismus und Freude zu füllen. Sie meinte, wenn du dir etwas vorstellen kannst, das du noch nie erlebt hast, bist du besser in der Lage, es einzuschätzen und zu verarbeiten, wenn es dann eintritt. Leider arbeitet meine Phantasie im Moment nicht gerade zu meinen Gunsten, obwohl sie das sonst immer tut, wie ich Mum zugutehalten muss.

Manche Leute starren den lieben langen Tag auf ihr Smartphone. Ich nicht. Ich besitze seit vielen Jahren ein einfaches Nokia-Handy und habe mich nie mit sozialen Medien und dergleichen beschäftigt. Ich sehe keinen Sinn darin. Es gibt ohnehin schon genug Fremde in meinem Leben. Wenn ich also draußen unterwegs bin, halte ich die Augen auf und lasse mich von allem anregen, was ich rings um mich herum sehe und höre. Streitende Nachbarn (ich stelle mir vor, es geht vielleicht um den dringend erforderlichen Austausch des Flusensiebs einer Waschmaschine), eine kaputte Fensterscheibe (ich stelle mir vor, ein Kind hat sie beim Hantieren mit einer Trittleiter zerbrochen), verrostete Radkästen eines seit langer Zeit verwaisten Autos (ich stelle mir vor, das Auto wurde von einem durchgedrehten Weinhändler stehen gelassen), Hunde, die sich für irgendeine Pfütze interessieren (ich stelle mir vor, sie haben ausgefallene Namen wie *Henry Henkelmann* und *Boris Pastinak*).

Wenn diese Eindrücke und Gedanken nicht anregend genug sind, schalte ich meine Phantasie einen Gang höher.

Nur ein Beispiel: Mein Weg zur Arbeit führt über einige Straßen, die sich zwischen den unterschiedlich hohen Wohnblöcken meiner Siedlung hindurchschlängeln. Schon fast am Ende der Siedlung ist eine Spielwiese, ungefähr halb so groß wie ein Fußballfeld. (Früher stand da eine Wippe, aber wie ich gehört habe, wurde sie abgebaut, weil sich ein Mädchen darauf schlimm im Gesicht verletzt hat. Man sieht nur noch selten kleine Kinder auf dem Spielplatz, wahrscheinlich weil er zunehmend als Hundeklo benutzt wird. Überhaupt sieht man in der ganzen Siedlung kaum noch Kinder. Es muss welche geben, aber man sieht sie einfach nicht.)

Wenn ich an der Spielwiese vorbeikomme, bleibt oft ein Eichhörnchen abrupt stehen und stellt sich auf die Hinterbeine, um mich besser beäugen zu können.

»Okay, Kumpel«, flüstere ich vor mich hin. »Du trägst deinen Schwanz heute schön buschig und sehr hoch, hast du was Besonderes vor?«

»Danke, Gary«, erwidere ich an seiner Stelle. »Nichts Besonderes, aber ich habe eine Lady kennengelernt, die mir gefällt, und ich möchte möglichst gut aussehen. Solltest du auch mal versuchen. Du siehst ziemlich furchtbar aus, wenn ich das so offen sagen darf.«

»Ich geh ja auch bloß einen Pie kaufen. Kein Grund, mich dafür schick zu machen.«

»Und wenn du im Laden einer schönen Lady begegnest?

Dann wirst du dir wünschen, du hättest dir besser überlegt, wie du aussiehst ... Dann wirst du an mich denken und dir sagen: *Der Bursche war gut vorbereitet. Der hat an vieles gedacht, womit ich mich nicht mal ansatzweise beschäftigt habe.*«

»Ja, könnte sein«, erwidere ich. »Danke für den Tipp. Also, wo hast du denn nun deine neue Lady kennengelernt?«

»Weißt du was? Es war genau da, wo du jetzt stehst. Sie stand stocksteif da, so wie du, und hat ein Lied über die Royal Navy oder ein Kreuzfahrtschiff gesungen – so was in der Art. War schwer zu sagen, weil sie so grottenschlecht gesungen hat. Aber dann hab ich mir gedacht, wie hübsch sie aussah, und war sehr beeindruckt.«

»Tja, du machst auch einen ganz glücklichen Eindruck, und ich muss sagen, du siehst aus, als hättest du alles im Griff.«

»Ja, die Dinge entwickeln sich gut, und ich hab auch ein prima Gefühl, was deine Aussichten betrifft. Du solltest dir ein Rasierwasser kaufen oder wenigstens mal an so was in der Richtung denken. Ich wittere Romantik in der Luft.«

»Vielleicht mach ich das. Bis dann.«

Ich gehe mit federnden Schritten und einer netten Begegnung auf dem Konto weiter. Schon der Gedanke an eine Romanze ist für mich häufig Anlass zur Hoffnung.

Ich bin sicher, viele Leute vertreiben sich die Zeit mit solchen kleinen Tagträumen und Phantastereien, aber vermutlich ist ihnen nicht klar, wie wichtig die sind, um etwas mehr Ausgeglichenheit und Optimismus ins Leben zu bringen. Beides habe ich jetzt gerade dringend nötig, da mein Leben allem Anschein nach ziemlich scheiße läuft.

Ich sitze in meinem Auto und bin unterwegs zu einem Treffen mit einem Kerl namens John McCoy. Der Gedanke daran flößt mir Angst und Schrecken ein. Bei dem Treffen geht es für mich um alles oder nichts, und ich will es einfach nur hinter mich bringen. Im Moment werde ich jedoch von einem Typen aufgehalten, dem mitten auf dem Zebrastreifen eine große Tüte voll Zwiebeln runtergefallen und aufgeplatzt ist und der sich weigert, sie als Verlust abzuschreiben. Ich haue frustriert auf die Hupe, entschuldige mich dann mimisch bei dem Mann und jeder einzelnen losen Zwiebel.

Aber am besten fange ich vorne an.

2

Vor ungefähr zehn Tagen traf ich mich nach der Arbeit mit einem Typen namens Brendan auf ein Bier. Er hatte das schon zigmal vorgeschlagen, und mir waren die Ausreden ausgegangen. Er arbeitet für eine Privatdetektei namens Cityside Investigations, die von der Kanzlei betreut wird, bei der ich seit zwei Jahren beschäftigt bin. Eigentlich kenne ich ihn nicht gut, aber wir quatschen gelegentlich, wenn er in die Kanzlei kommt, um Dokumente abzuholen und mit den Sekretärinnen zu flirten. Er ist etwa zehn Jahre älter als ich, dünn und klein, mit welligem, seitlich gescheiteltem Haar, das ihn ein wenig altmodisch aussehen lässt. Meistens trägt er ein grünes oder graues Sportsakko mit einem beigen Rollkragenpullover und einer dunkelblauen Schlagjeans, die etwas zu hoch über seinen spitzen braunen Lederschuhen endet, so dass stets peppige, knallbunte Socken hervorlugen. Sein Gesicht ist flächig, seine Nase ein wenig zu dünn und schmal, so dass es insgesamt irgendwie an eine Haferflocke erinnert. Ja – es wirkt durchaus haferflockig, und wenn ich ihn sehe, denke ich unwillkürlich an Porridge.

Brendan hält sich für eine Stimmungskanone, und das ist er wahrscheinlich auch, wenn man die Gesellschaft von überlauten Menschen mag. Er redet pausenlos und benutzt Lachen als eine Art Interpunktion. Völlig egal, dass er nichts auch nur ansatzweise Amüsantes gesagt hat, er kichert oder gluckst trotzdem etwa nach jedem dritten Satz. Er interessiert sich offenbar kaum dafür, was andere zu sagen haben. Ich denke oft, es muss schön sein, in dem Glauben zu leben, die eigene Gesellschaft bezaubere andere. Muss ungemein förderlich fürs Selbstvertrauen sein. Ich bin immer bereit, sein Geschwätz zu ertragen, und im Gegenzug denkt er, ich finde ihn sympathisch. Ich finde ihn nicht *un*sympathisch, aber weiter würde ich auch nicht gehen.

Kurz vor Feierabend schickte ich ihm eine SMS, dass ich gegen 19 Uhr in meinem Stammpub wäre, dem Grove Tavern in Camberwell. Als ich dort ankam, lehnte ein auffälliges rot-weißes Fahrrad neben dem Eingang an der Wand. Sofort stellte ich mir einen besoffenen Jongleur vor, der im Pub seine Keulen wahllos an die Deckenlampen schleuderte. Es wäre amüsant, die Auswirkungen eines derartigen Vorfalls zu beobachten.

Als ich eintrat, war kein Jongleur da, aber ich sah Brendan an der Theke sitzen und durch sein Handy scrollen. Er bemerkte mich nicht. Es saßen noch ein paar andere Leute herum, aber alles in allem war es ruhig und einladend. Die Theke nimmt eine Seite des Raumes ein, und auf der gegenüberliegenden Seite sind ein paar halbrunde Nischen, deren Sitzbänke mit einem burgunderroten veloursartigen Stoff gepolstert sind. Mir schoss durch den Kopf, dass »Velours« doch ein passender Name für einen Pudding wäre.

»Hätten Sie Appetit auf einen Pudding, Sir?«

»Ja, vielleicht, was haben Sie denn im Angebot?«

»Wir haben einen Schoko-Orangen-Velours mit Schlagsahne.«

»Da sag ich nicht nein, das klingt sehr delikat. Ich nehme einen.«

Dann fiel mir wieder ein, dass ich für Pudding nichts übrig habe und mich folglich auch dessen Zubereitung nicht interessiert, also ließ ich den Gedanken auf den Boden fallen wie ein benutztes Busticket.

Ich setzte mich neben Brendan, und er redete los.

»Okay, Gary, was willst du trinken? Die Bar ist geöffnet – hahaha!«

»Ich nehm ein Helles, danke.«

»Hahaha! Barmann! Ein Helles für meinen bescheidenen Freund hier.«

»Sorry, Brendan, ist doch ein bisschen später geworden. Ich hab im Büro noch eine Aussage aufgenommen, und plötzlich bricht der Typ in Schweiß aus.«

»Oha, ein Schwitzer ... besser als ein Schwätzer – hahahaha!«

»Ja, stimmt. Vorher ist er irgendwie kribbelig geworden – ich mein, bevor ihm der Schweiß ausbrach. Ich wollte ihn fragen, ob alles in Ordnung ist, aber wenn einer kribbelig wirkt, spricht man das doch nicht an, weil's zu persönlich ist, jedenfalls ...«

Brendans leerer Blick über meine Schulter hinweg verriet mir, dass er sich kein bisschen dafür interessierte, was ich erzählte. Er unterbrach mich ohne das übliche unausgesprochene Einverständnis.

»Ist schon okay, Gary. Ehrlich gesagt, ich hab nicht mal gemerkt, dass du noch nicht da warst – hahaha! Hör mal, ich hab eine juristische Frage an dich!«

»Ähm, klar, ich arbeite in einer Anwaltskanzlei, aber ...«

»Das reicht mir. Ich will ja keine Beratung von dir, ich bin da bloß auf ein, wie ich finde, ganz interessantes juristisches Problem gestoßen – hahaha –, also hör zu. Was denkst du zu Folgendem: Heute Morgen hab ich allein an einem Tisch vor einem Café gesessen und Kaffee getrunken, ja? Am Nebentisch saß ein Pärchen, und die zwei wirkten ein bisschen zappelig – ein bisschen unentschlossen, wenn du so willst. Ich hab mir gedacht, die haben bestimmt was am Laufen – ich meine, eine heimliche Affäre oder so – hahaha! Nur so aus Langeweile hab ich mein Handy in ihre Richtung gedreht und angefangen, eine Videoaufnahme zu machen – einfach aus Spaß an der Freude. Ich hab ungefähr zwanzig Sekunden gefilmt und mir dann die Aufnahme angeguckt, mit meinen kabellosen Ohrstöpseln – hahaha! Ich konnte glockenklar verstehen, was die gesagt haben – irgendwas von einem Flug nach Dubai, um einen Gourmet-Burger zu mampfen oder so –, aber im Hintergrund war die Musik zu hören, die im Café lief. Ich glaube, es war Coldplay oder vielleicht Oasis – ist ja auch egal ...«

Meine Gedanken schweiften ab, und ich blickte über Brendans Schulter zum Ende der Theke. Eine hübsche, dunkelhaarige Frau, wahrscheinlich ein paar Jahre jünger als ich, saß allein da, starrte auf ihr Handy und nippte an einem kohlesäurehaltigen Getränk. Ich gestand mir insgeheim ein, dass sie mir gefiel, konzentrierte mich dann wieder auf Brendan.

»Also, die Frage, die mich beschäftigt, ist folgende: Wenn ich das Video vor Gericht als Beweismaterial abspielen müsste, würde das Gericht dann Tantiemen an Coldplay oder Oasis zahlen müssen? Und vor allem, könnte die jeweilige Band untersagen, dass das Video ohne ihre Erlaubnis abgespielt wird? Was meinst du, Gary?«

»Ähm, gute Frage, Brendan, aber ich kann sie dir nicht beantworten. Ich hab keinen blassen Schimmer von Urheberrecht. Ich helfe bloß bei Eigentumsübertragungen, setze Testamente auf, nehme Aussagen auf – so was eben.«

Während ich sprach, blickte ich wieder an der Theke entlang und bemerkte, dass die dunkelhaarige Frau uns direkt ansah, obwohl sie weiter an ihrem Handy herumdaddelte. *Sie guckt ein bisschen mürrisch*, dachte ich, *könnte aber an mir interessiert sein oder an dem, was ich darstellen möchte.*

»Also, Brendan, wie läuft's denn im Moment so bei dir? Machst du mit deinen Ermittlungen massig Kohle?«

»Nee, geht so – hahaha! –, der Boss hat mich vor zwei Wochen von einem großen Job abgezogen. Jetzt mach ich wieder Alltagskram, Schriftstücke zustellen, einstweilige Verfügungen und Zeugenvorladungen. Verticke Infos, die wir von Cops kriegen, an die Zeitungen. Neuerdings treibe ich auch manchmal Schulden ein. Kann ich ziemlich gut. Wahrscheinlich, weil ich klein bin und nicht bedrohlich aussehe – hahaha!«

»Ich schätze, es liegt an deiner Nase.«

»Wie meinst du das?«

»Die ist so dünn, dass sich einer dran schneiden könnte, wenn er dir eine reinhaut.«

»Soll das komisch sein?«

»Ja.«

»Na gut, ist es aber nicht. Trinkst du das Bier jetzt oder nicht, Kartoffelnase – hahaha!?«

Ich nahm mein Glas und genehmigte mir einen kräftigen Schluck. Als ich vor vielen vielen Jahren mein allererstes Bier probierte, fand ich es ekelhaft, aber inzwischen kann ich mir ein Leben ohne gar nicht mehr vorstellen. Mit Corned Beef und Kaffee war es genauso.

»Was war das denn für ein großer Job, an dem du gearbeitet hast?«

»Darf ich dir nicht verraten, Kumpel, ist streng vertraulich.«

»Ach, hör doch auf! Komm schon, gib mir einen Wink. Oder

lass mich raten ... Ging's um Betrug durch Mitarbeiter in einer Apotheke oder einem Coffeeshop?«

»Nein, du bist völlig auf dem völlig falschen Dampfer – hahaha!«

»Dann vielleicht eine Promischeidung, und du musstest das Fitnessstudio beobachten, wo die Ehefrau den Beckenboden trainiert hat?«

»Nee, ehrlich, ich kann's dir nicht sagen, und glaub mir, du willst es auch gar nicht wissen. Hab schon genug Trouble deswegen. Die Leute, um die's da geht, sind richtig miese Schweine. Belassen wir es dabei.«

Sein Gesichtsausdruck verriet mir, dass das Thema für ihn beendet war, und mir fiel auf, dass seine letzte Äußerung völlig hahaha-frei war. Er wirkte ein bisschen nervös, ein bisschen fahrig. Seine Großspurigkeit war verflogen. Ich hatte ihn nicht in Verlegenheit bringen wollen und fühlte mich plötzlich ein bisschen mies.

Um das Thema zu wechseln, kam ich auf Fußball zu sprechen. Er kam auf das Privatleben der Sekretärinnen in meiner Kanzlei zu sprechen. Ich kam auf Elektroautos zu sprechen und er wieder auf die Sekretärinnen. Ich ging zur Toilette.

Während ich an meinem Lieblingsurinal stand, überfiel mich ein Anflug von Traurigkeit. Ich war seit fast zwei Jahren in London und hatte noch immer keine echten Kontakte geknüpft. Bei der Arbeit blieb ich für mich, verkroch mich hinter meinem Schreibtisch und unternahm nie privat etwas mit irgendwelchen Kollegen. Außer den Fällen, die wir bearbeiteten und dem Lästern über Mandanten und Gerichtsmitarbeiter hatten wir nichts gemeinsam. Mein Sozialleben, so wurde mir klar, beschränkte sich ausschließlich auf diesen Pub.

Ich konnte Stimmengewirr und das Gedudel des Spielautomaten aus dem anderen Pub-Bereich hören, wo ich normalerweise sitze. Ich bin dort praktisch Stammgast, und wenn auf dem Großbildfernseher abends ein Fußballspiel läuft, lasse ich mir das so gut wie nie entgehen. Ich sitze dann immer neben einem Typen namens Nick und seinem Kumpel Andy. Die beiden haben mir nie vorgeschlagen, dass ich mich zu ihnen setzen soll, es hat sich einfach so ergeben, weil man von den drei Hockern am Ende der Theke den besten Blick auf den Fernseher hat. Unsere Gespräche drehen sich um Fußball und unsere Jobs. Wenn das Spiel zu Ende ist, trinken sie meistens schnell aus und gehen nach Hause. Ich weiß nicht mal genau, wo sie wohnen. Ich griff in meine Tasche, um auf dem Handy nachzuschauen, ob an dem Abend ein Spiel übertragen wurde, musste aber feststellen, dass ich das Handy im Büro vergessen hatte.

Das Gesicht der dunkelhaarigen Frau kam mir in den Sinn. Sie war sehr hübsch. Seit meinem Umzug nach London hatte ich keine Beziehung mehr gehabt. Einmal hatte ich eine Sekretärin aus der Kanzlei zum Inder eingeladen, doch auf der Taxifahrt nach Hause waren wir beide furchtbar ins Schwitzen gekommen, und ich hatte das Projekt sofort abgebrochen. Seitdem gingen wir sehr vorsichtig miteinander um. Mein einziges anderes Date war vor rund einem Jahr, als ich mich über eine Dating-App mit einer Frau zum Essen in einem Pub verabredet hatte. Ihr Profil sah sehr ansprechend aus, und wir tauschten einige recht verlockende Nachrichten aus. Aber als sie auftauchte, hatte sie die mächtigsten, kräftigsten Arme, die ich je bei einer Frau gesehen hatte. Sie war klein und eigentlich auch zierlich, doch ihre Arme hätten zu einem Schwergewichtsboxer gepasst. Sie war fasziniert von Begriffen wie Grip und Drehmoment und prahlte ohne Ende mit ihrem

Leistungsgewicht. Nachdem ich mir das eine halbe Stunde lang angehört hatte, ging ich zur Toilette und verdrückte mich durch einen Seitenausgang. Bedauerlicherweise hatte sie meine Finte gerochen und erwartete mich schon, als ich auf den Bürgersteig trat. Sie bezeichnete mich als Wichser, hob mich dann hoch und deponierte mich auf dem Dach eines parkenden Range Rovers, ehe sie schattenboxend in der Dunkelheit verschwand. Seit jenem Abend lasse ich tunlichst die Finger von Dating-Apps.

Ich kletterte wieder auf den Barhocker neben Brendan. Die dunkelhaarige Frau saß nicht mehr an der Theke, und ich geriet kurz in Panik, bis ich sah, dass sie sich in eine der Veloursnischen gesetzt hatte. Ich beobachtete, wie sie in ihre Kuriertasche aus hellbraunem Leder griff, ein Buch hervorholte und anfing zu lesen. Sie schien augenblicklich vom Inhalt gefesselt zu sein. Im Gegensatz zu manchen Leuten bin ich nicht sofort von einer Frau fasziniert, die allein dasitzt und ein Buch liest – es kommt mir immer ein bisschen schräg vor, sogar abgeschmackt. Ich meine, was ist denn so toll an Büchern? Wahrscheinlich handelt es von futuristischen Kampfenten oder ähnlichem Quatsch. Ihr Glas war fast leer. Vielleicht würde sie sich bald Nachschub an der Theke holen. Während ich dort saß, hatte Brendan seine billige Kunstlederaktentasche auf die Theke gestellt. Er fummelte an den Verschlüssen in Messingoptik herum, um die Tasche zu schließen.

»Hübsche Aktentasche hast du da, Brendan. Bist du zufrieden damit?«

»Hä? Ja, die ist gut. Erfüllt ihren Zweck.«

Er wirkte wieder nervös, und seine Finger zitterten, während er sich mit den Verschlüssen abmühte. Ich konnte kurz in die Tasche hineinschielen, ehe er sie zumachte, und sah einen Block Post-it-Zettel, ein Handy-Ladegerät, vier oder fünf Kugelschreiber, die mit einem Gummiband zusammengehalten wurden, ein Handy, einen Kamm und noch ein altes Telefon.

»Wieso zwei Handys? Du musst ein kompliziertes Leben haben.«

»Nee, eigentlich nicht – eins ist für die Arbeit, und das andere nur für Leute, denen ich meine Nummer gegeben habe. Das heißt, Leute, mit denen ich vielleicht tatsächlich mal reden will.«

»Auf welchem bin ich?«

»Auf dem Arbeitshandy, glaube ich – dann kann ich es als berufsbedingte Ausgaben geltend machen.«

»Klingt vernünftig.«

»Hör mal, Gary, tut mir leid, aber ich hab einen Anruf gekriegt, als du für kleine Jungs warst, und ich muss sofort weg. Geht nicht anders. Ich muss mich mit einem Kunden von uns treffen.«

Im Grunde war ich froh, das zu hören.

»Echt schade, Mann. Aber Arbeit ist Arbeit. Geht klar. Wahrscheinlich läuft heute Abend nebenan ein Fußballspiel. Das kann ich mir mit meinen Kumpeln angucken.«

»Ja, mach das. Und, Gary, danke, dass wir uns auf ein Bier getroffen haben. Sollten wir wiederholen. Tut mir leid, dass ich jetzt so früh wegmuss.«

»Kein Problem«, erwiderte ich.

»Hör mal, wär das in Ordnung, wenn ich nächste Woche bei dir im Büro vorbeischaue, um die Dokumente abzuholen, die du für mich verwahrst?«

»Ja, ruf einfach vorher an, dann hinterleg ich sie für dich unten am Empfang.«

»Nett von dir. Hey, ich geb dir mal die Nummer von meinem Haupthandy, wo ich immer rangehe. Ruf an, wenn's dir passt, dann holen wir den Abend mit ein paar Bierchen nach.«

Brendan kritzelte eine Nummer auf einen von seinen Post-it-Zetteln und steckte ihn in meine Jackentasche. Er klopfte mir auf den Rücken und verschwand nach draußen. Er hatte kein einziges Mal gelacht, seit ich von der Toilette zurück war.

Ich war froh, dass er weg war, geradezu erleichtert. Ich hatte mir überzeugend eingeredet, dass die dunkelhaarige Frau an mir interessiert sein könnte. Ich bestellte mir noch ein Bier und fragte den Barmann, ob heute Abend in dem anderen Pub-Bereich ein Fußballspiel gezeigt wurde. Er wusste es nicht. Ich bestellte ein Steak mit Pommes von der Speisekarte, und während ich das tat, stand die Frau von ihrer Sitzbank auf, kam zur Mitte der Theke, nur wenige Schritte von mir entfernt, und bestellte eine Weißweinschorle. Ich spürte, wie mich ein nervöses Schaudern durchströmte, und starrte unwillkürlich auf ihre Schuhe. Es waren schöne burgunderrote Doc Martens mit dunkelblauen Schnürsenkeln. Sie hatte sie mit Doppelschlaufen gebunden, die exakt gleich lang und groß waren. Das hatte Stil. Ich mag keine High Heels; sie sehen unbequem und gewollt aus. Diese Schuhe waren ein guter Anfang. Ich sah weg und trank einen Schluck von meinem Bier.

Während sie zuschaute, wie ihr Getränk gemixt wurde, bot sich mir eine bessere Gelegenheit, ihr Aussehen einzuschätzen und damit auch meine Chancen, ihr je näherzukommen. Sie war zierlich, etwa eins achtundsechzig groß, und sie trug eine hellblaue Levi's-Jeans und einen schwarzen Pullover mit Stehkragen. Ihre Kuriertasche ruhte noch immer an ihrer Hüfte. Sie hatte schulterlanges, volles Haar mit einem schnurgeraden Pony, der bis zur Stirnmitte reichte. Ihre Augen konnte ich nicht sehen, tippte aber auf braun. Sie wirkte wie eine Lehrerin oder Restaurantmanagerin, vielleicht machte sie sogar irgendwas mit Töpfern. Sie war noch hübscher, als ich zuerst gedacht hatte. Ich hatte keine Chance.

Auf dem Weg zurück zu ihrer Nische schlug sie einen unnatürlichen Haken in meine Richtung. Es war ein absichtlicher Schwenk, kein betrunkener. Ich blickte nach unten in mein Bier.

»Dein Freund hat dich sitzenlassen, was?«, fragte sie.

»Ja ... äh ... ja, hat er. Gut beobachtet«, erwiderte ich mit einem peinlichen Hamstergrinsen.

»Na ja, mach dir nichts draus, ist doch ganz nett hier.«

Sie lächelte und ging zurück zu ihrem Platz. Soll ich auf ihre Freundlichkeit reagieren und sie in ihrer Nische ansprechen? Schon allein der Gedanke jagte mir Angst ein. Ich konnte noch nie gut mit Fremden ins Gespräch kommen, schon gar nicht mit dem anderen Geschlecht. Ich musste mir einen passenden Spruch einfallen lassen. Ich wusste, was bei mir ziehen würde, wenn die Rollen vertauscht wären – so etwas wie: »Bevorzugst du ebene oder unebene Oberflächen?« »Würdest du dir wünschen, dass SportsDirect auch Frischfleisch verkauft?« »Hast du in deinem beruflichen Umfeld schon mal einen Druckverband anlegen müssen?« Auf so etwas würde ich aufgrund meiner ausgeprägten Phantasie gut reagieren. Das gilt jedoch nicht für alle, also lieber auf Nummer sicher gehen. Ich könnte sie nach ihren Schuhen fragen, ob sie sie gut tragbar fand. Oder vielleicht, ob sie fand, dass die Kohlensäure in ihrem Getränk ihr half, sich jung und im Trend zu fühlen. Ach, scheiß drauf, ich setze mich einfach in ihre Nähe und überlass ihr den ersten Zug.

Ich nahm mein Bier und schlenderte zu der halbrunden Nische, in der sie saß. In der Nische standen zwei kleine Holztische, und ich stellte mein Bier auf den leeren. Sie blickte auf, als ich Platz nahm, und ich lächelte ihr kurz zu, sah dann weg. Ich hatte mich gut einen Meter von ihr entfernt hingesetzt, was für einen Fremden ein höflicher Abstand war, wie ich fand.

»War der Barhocker zu hart für deinen Hintern?«, erkundigte sie sich.

Ich tat überrascht – sogar geschockt –, dass jemand in derselben Nische saß.

»Oh, hi. Sorry – war in Gedanken. Was hast du gesagt?«

»Ich hab bloß gefragt, ob der Barhocker ein bisschen zu hart für deinen Hintern geworden ist.«

»Nein, überhaupt nicht. Ach so, verstehe ... na ja, ein bisschen ...«

»Du hattest Lust auf bisschen Dralon-Luxus ...«

»Genau«, sagte ich und streichelte den Stoffbezug der Sitzbank. »Ich nenne es lieber Velours. Klingt nicht ganz so nach Bungalow.«

»Velours. Ich glaub, so hat den Stoff noch keiner genannt. Hört sich ein bisschen nach einem Pudding an, oder? Einer aus der Tiefkühlung, aber edel.«

»Absolut, haargenau. Genau das hab ich vorhin auch gedacht. Ich mag eigentlich keinen Pudding, aber bei einem Schoko-Orangen-Velours würde ich glatt eine Ausnahme machen.«

Wir lachten beide, sie nicht ganz überzeugend und ich mit leicht unnötiger Übertreibung. Es folgte ein etwas peinliches Loch des Schweigens, das ich unbedingt füllen musste.

»Das Buch, das du da liest, geht's da um Enten?«

»Ehrlich gesagt, lese ich es gar nicht richtig. Es ist bloß eine Requisite, um die Leute davon abzuhalten, mich anzuquatschen.«

»Verdammt, tut mir leid, ich hab wirklich bloß ein bequemeres Plätzchen für meinen Hintern gesucht. Ich halt ab jetzt den Mund.«

»Nein, so mein ich das nicht. Ich hab dich angesprochen, schon vergessen? Und eigentlich freue ich mich über unsere Unterhaltung. Ich bin auch kein Fan von Pudding.«

Ich war so überrascht von ihrer Ermutigung, dass ich auf meine Entenfrage zurückgriff.

»Und? Handelt das Buch nun von Enten?«

»Nein, es ist ein richtiges Buch, deshalb handelt es eigentlich von gar nichts. Ist aber als Requisite gut zu gebrauchen, der Umschlag sieht so seriös aus.«

Es war ein dickes Hardcover, und als sie es in meine Richtung drehte, konnte ich den Titel lesen. Der Satsuma-Komplex. Der Umschlag war dunkelblau, und in der Mitte prangte eine große Satsuma-Orange mit der Silhouette eines Eichhörnchens darin. Es sah bescheuert aus.

»Vorne drauf ist ein Eichhörnchen, da wäre es doch denkbar, dass es mit ein paar Enten befreundet ist«, sagte ich.

»Willst du's lesen, um es rauszufinden?« Sie legte das Buch auf meinen Tisch.

»Nein, schon gut. Ich bin kein großer Leser, ehrlich gesagt, und falls sich herausstellen würde, dass keine Enten drin vorkommen, weiß ich nicht, ob ich die Enttäuschung verkraften könnte.« Ich legte das Buch wieder auf ihren Tisch.

In dem Moment brachte der Barmann mir mein Steak mit Pommes. Auf dem Teller war ein unübersehbarer Fettfilm, und an den Holzgriffen von Messer und Gabel war jeweils ein kleines Stück abgeplatzt. Ich überlegte, ob ich um neues Besteck bitten sollte, wollte aber nicht, dass sie mich für einen Arsch hielt. So eine Reaktion ist riskant, wenn du willst, dass jemand dich mag.

»Sorry, ich bin am Verhungern – hab den ganzen Abend noch nichts gegessen. Stört es dich, wenn ich jetzt reinhaue?«

»Nein, überhaupt nicht. Ich mag Männer, die ordentlich zulangen, weil ich dann denke, dass mit ihrem Kopf alles in Ordnung ist.«

»Möchtest du eine Pommes? Zwei Pommes? Von mir aus so viele du willst, bloß nicht die lange mit der verbrannten Spitze.«

»Nein, besten Dank«, erwiderte sie mit einem Gesichtsausdruck, der mir verriet, dass sie doch gern eine von meinen Pommes probieren würde. Ich aß rasch die lange Pommes, nur für den Fall, dass sie versuchen würde, sich die zu schnappen.

»Hey, der Typ, der vorhin mit dir an der Theke gesessen hat, ich hab gesehen, wie er dir was in die Jackentasche gesteckt hat, bevor er gegangen ist. Ist das dein Drogendealer?«, fragte sie.

»Nein, meine einzigen Drogen sind Pies und Battenberg-Kuchen. Er hat mir bloß seine richtige Telefonnummer gegeben. Er hat mich von ›Arbeitskontakt‹ zu ›Freunde und Familie‹ befördert. Damit hab ich jetzt drei Freunde, obwohl ich nur von einem die Telefonnummer habe.«

»Glaubst du, du rufst ihn nach dieser Beförderung jetzt öfter an?«

»Nein, wohl kaum.«

»Woher kennst du ihn? Ist er dein Lover? Oder vielleicht dein Chauffeur und dein Lover?«

»Nein, mein Chauffeur hat meinen Lover mit einem wuchtigen Schlag auf den Kopf ins Jenseits befördert. Ich musste ihn rausschmeißen.«

Sie lachte, und es fühlte sich an wie ein bedeutsamer Moment. Die Nervosität in meinem Magen verschwand mit einem winzigen Quietschgeräusch, um ihren Abgang zu markieren.

»Na los, sag schon, woher kennst du ihn? Er sah nicht so aus, als würde er gut zu dir passen.«

»Ich kenne ihn eigentlich gar nicht richtig, wenn ich ehrlich bin. Ich hab bloß manchmal beruflich mit ihm zu tun. Ansonsten seh ich ihn praktisch nie. Er musste plötzlich weg, und darüber bin ich echt froh.«

»Ja, ich auch.«

Es war nett von ihr, das zu sagen.

»Bist du sicher, dass du keine Pommes willst?«, fragte ich.

»Ja, vor allem jetzt, wo die große weg ist.«

Während ich auf meinem Steak herumkaute, verlangsamte sich der Gesprächsfluss unvermeidlich. Ich war mir dessen überaus bewusst und riskierte eine persönliche Bemerkung, um die Unterhaltung wieder in Gang zu bringen.

»Ich hab dich vorhin an der Theke gesehen und mir gedacht, du bist vielleicht Lehrerin. Ich meine, mit dem Buch und den Doc Martens und der Weinschorle. Lieg ich da in etwa richtig?«

»Nein, total daneben.«

»Darf ich noch mal raten? Wär das okay?«

»Von mir aus.«

»Hast du beruflich irgendwas mit Töpfern zu tun? Ich meine – töpferst du, lernst du töpfern, verkaufst oder importierst du Getöpfertes? Bist du in der Töpferbranche?«

»Wie kommst du denn darauf?«

»Hauptsächlich wegen des akkuraten Ponys. Ich verbinde geometrische Frisuren mit Kunst. Ich sage nur David Hockney, Phil Oakey, Jane Brurier und so. Und wegen der Doc Martens dachte ich eher an die handwerkliche Seite des künstlerischen Spektrums.«

»Wer zum Teufel ist Jane Brurier?«

»Keine Ahnung, aber ihr Name klingt nach einer Künstlerin.«

»Und ich trage Doc Martens schon seit der Pubertät, nur damit du's weißt.«

»Ich mag sie. Die passen prima zu Socken und signalisieren, dass du Dinge ernst nimmst.«

»Ja. Mein Bett ist nicht mit Kuscheltieren übersät.«

»Meins auch nicht. Also, was machst du denn nun beruflich?«

»Ich hab mal ein Restaurant in Brighton gemanagt.«

»Verdammt, ich hab's gewusst.«

»Aber vor vier Jahren hab ich den Job hingeschmissen. Jetzt arbeite ich von zu Hause aus, verkaufe irgendwelchen Scheiß auf eBay.«

»Entenscheiß?«

»Noch nicht, aber falls der mal in Mode kommt, werde ich ihn definitiv in Betracht ziehen. Ich verkaufe vor allem Vintage-Klamotten, Designerklamotten, Retro-Lampen, Schmuck – so was in der Art. Sachen, die sich gut verkaufen. Für so was hab ich ein Auge.«

»Was für einen Preis könntest du für das, was ich anhabe, bekommen?«

Sie musterte mich von oben bis unten, betrachtete den dunkelgrauen Anzug, den ich vor ein paar Jahren bei Debenhams gekauft hatte, das weiße Baumwollhemd von Marks & Spencer und meine Clarks-Desert-Boots aus Wildleder.

»Acht Pfund«, erklärte sie.

Wir lachten beide, hauptsächlich weil es so gut zwischen uns lief.

»Ich sitze zum ersten Mal in diesem Teil des Pubs«, verkündete ich. »Normalerweise komme ich her, wenn ein Fußballspiel läuft, und das gucke ich dann nebenan mit meinen Kumpeln. Magst du Fußball?«

»Nein, aber ich guck mir gern die Männer an, wenn sie Fußball gucken. Das bringt das Beste und das Schlechteste in ihnen zum Vorschein. Verwandelt sie wieder in kleine Jungs, was sie normalerweise nicht zeigen wollen.«

Eine Erkenntnis traf mich aus heiterem Himmel.

»Moment, als ich hier angekommen bin, ist mir neben dem Eingang ein Fahrrad aufgefallen. Es war rot-weiß gestreift, als würde es dem Grinch gehören oder diesem komischen Walter aus den Wo-ist-Walter-Wimmelbildern. Ich wette, das ist deins, stimmt's?«

»Ja, stimmt. Aber wie kommst du darauf?«

»Ich habe eine lebhafte Phantasie – da kannst du meine Mum fragen –, und als ich das Fahrrad sah, hab ich überlegt, wem so eins wohl gehört, und es konnte nur entweder ein besoffener Jongleur sein oder eine Frau, die genauso aussieht wie du. Bei so was liege ich nur ganz selten falsch. Das ist übrigens ein feines Rad. Bist du zufrieden damit?«

»Ja, absolut. Wie heute Abend. Ich wollte einfach bloß irgendwohin, wo ich niemanden kenne und niemand mich kennt, also bin ich aufs Rad gestiegen und hier gelandet. Ich wohne nur eine halbe Meile entfernt in der Grange-Siedlung, das passt also perfekt.«

Du bist perfekt, lag mir auf der Zunge, aber ich sagte es natürlich nicht. Wir unterhielten uns noch ein paar Stunden, und ich hing förmlich an ihren Lippen. Ich erzählte ihr von meiner Arbeit und meiner kleinen Wohnung und dass mein Vater mich mal verdroschen hatte, weil ich einen Obdachlosen in unserer Garage hatte schlafen lassen. Sie erzählte mir von dem Hotel am Meer, in dem sie aufgewachsen war, und dass sie einmal ihren Dad dabei erwischt hatte, wie er versuchte, es mit einem weiblichen Gast in einem der Zimmer zu treiben. Ich erzählte ihr, wie ich mal bei einem Fußballspiel einen Freistoß trat und die Flugbahn des Balls so schön war, dass der Schiedsrichter abpfiff und auf eine Gebetspause bestand. Sie erzählte mir, dass sie als Jugendliche zusammen mit einer Freundin die Worte »VERDAMMTE SCHEISSE« auf die Planken des West Pier in Brighton gesprüht hatte. (Angeblich war noch heute die Verfärbung im Holz zu sehen, wo sie versucht hatten, den Spruch zu entfernen.) Ich erzählte ihr von meinem Vermieter während meines Jurastudiums in Manchester, der jeden Sonntagabend in mein möbliertes Zimmer kam, um die Miete zu kassieren, und darauf bestand, dass ich ein Album meiner Wahl in voller Länge abspielte, während er auf dem einzigen Stuhl saß, zuhörte und dabei Erdnüsse aß. Er sagte kein einziges Wort, aber wenn die Musik zu Ende war, bedankte er sich bei mir. Sie erzählte mir, wie sie mal am Silvesterabend ins Kino ging, um sich die Disney-Version von *Robin Hood* anzusehen. Sie war die Einzige im Saal, und nach der Hälfte der Vorführung brachte ihr jemand vom Personal einfach so einen Hotdog und eine Cola und tätschelte ihr mitfühlend den Rücken. Sie sagte, das war der beste Silvesterabend, den sie je erlebt hatte.

Nachdem ich das Steak und die Pommes aufgegessen hatte,

nahm sie meinen leeren Teller und stellte ihn auf dem Weg zur Toilette auf der Theke ab. Ich fand das unheimlich rührend und nett. Sie warf keinen einzigen Blick mehr in ihr Buch, und am Ende saß ich eher neben ihr als in ihrer Nähe. Gegen halb elf fragte ich sie, ob sie einen letzten Drink wolle. Ich wusste nicht, ob ich sie um ihre Telefonnummer bitten sollte, ob ich ihr anbieten sollte, sie nach Hause zu bringen, oder ob ich mich einfach verabschieden und darauf hoffen sollte, dass wir uns irgendwann wiedersahen. Noch etwas zu trinken zu holen war die beste Möglichkeit, diese Entscheidung aufzuschieben. Sie wollte noch eine Weinschorle, und so schob ich mich durch das Gedränge an der Theke und bestellte unsere Drinks.

Aber als ich mich von der Theke abwandte, um mit den Drinks zurück zum Tisch zu gehen, sah ich, dass sie nicht mehr auf ihrem Platz saß. Ihr Buch lag noch auf dem Tisch, daher nahm ich an, dass sie zur Toilette gegangen war. Fünf Minuten später war sie noch immer nicht zurück, und ich dachte, sie wäre vielleicht nach draußen gegangen, um eine Zigarette zu rauchen, also ging ich nachsehen. Sie war nicht da, und das *Walter*-Fahrrad war verschwunden. Ich war am Boden zerstört. Ich ging zurück zu meinem Platz und trank mein Bier aus, während ich immer wieder Revue passieren ließ, worüber wir alles gesprochen hatten. Womit mochte ich sie verärgert haben? Ich konnte nicht ausmachen, in welchem Moment oder mit welchen Worten ich bei ihr ein ungutes Gefühl ausgelöst hätte. Andererseits, vielleicht hatte ich gar nichts Falsches gesagt oder getan – vielleicht war sie einfach eine Nummer zu groß für mich. Schließlich war das mein erster Eindruck gewesen, und den sollte man immer besonders ernst nehmen. Allerdings hatte sie ihr Buch zurückgelassen – vielleicht als Abschiedsgeschenk? Es lag offen auf dem Tisch. Ich nahm es, und auf der aufgeschlagenen Seite hatte sie einen Satz umkringelt: Vielleicht kannten die Enten das Geheimnis der Höhle. Ganz oben auf der Seite hatte sie geschrieben: »Du wirst nicht enttäuscht sein – ha!« Ich schob das Buch in meine Aktentasche und verließ den Pub.

Auf dem Nachhauseweg begann es zu regnen, und von den Bürgersteigen stieg der Geruch von Pfannkuchenteig auf. Ich fühlte mich niedergeschlagen und elektrisiert zugleich. Ich hatte diese unglaubliche Frau kennengelernt und war begeistert von meinem Erfolg, andererseits war ich kein bisschen weitergekommen und allein unterwegs zu meiner tristen Wohnung. Als ich in meine Siedlung kam, blieb ich bei dem Spielplatz stehen, um nachzusehen, ob mein Kumpel mit dem buschigen Schwanz da war. Ich konnte ihn nicht sehen, hörte aber etwas im Laub hinter dem Stamm einer großen Buche rascheln. Ich hielt einen kurzen Plausch in der Dunkelheit.

»Hey, Gary. Wieder mal allein, Kumpel?«, fragte ich anstelle meines verborgenen Freundes.

»Ja, sieht ganz so aus. Aber ich hab eine Frau kennengelernt, und ich mag sie wirklich.«

»Hast du dir ihre Telefonnummer geben lassen oder dich mit ihr verabredet?«

»Nein, sie war auf einmal weg.«

»Hört sich an, als hätte sie dich einfach sitzenlassen. Mir scheint, du solltest mal in dich gehen und dich fragen, was du falsch machst.«

»Ich hab nichts falsch gemacht, außer, na ja, dass vielleicht mein Aussehen zu wünschen übrig lässt ... Hast du nicht gesagt, die Dinge entwickeln sich gut für mich?«

»Das stimmt, Gary, aber du machst es einem nicht leicht.

Du musst ein bisschen mehr an dich glauben, dich auf die guten Eigenschaften besinnen, die du besitzt. Kannst du darüber bitte mal länger als nur einen Moment nachdenken?«

»Ja, mach ich. Und wie läuft's bei dir?«

»Könnte besser nicht sein. Gute Nacht.«

»Gute Nacht.«

3

Der nächste Tag war ein Samstag, deshalb schlief ich erst mal richtig aus. Sobald ich wach wurde, gingen mir Bilder von der dunkelhaarigen Frau durch den Kopf. Sie hatte eine niedliche Nase. Eine von diesen kleinen Stupsnasen mit leicht nach oben gebogener Spitze, so dass man die Nasenlöcher sehen kann. Bei manchen Leuten sieht das aus wie eine Schweinsnase, aber nicht bei ihr. Sie hatte die reizende Marotte, sich den Handrücken seitlich an den Mund zu drücken, wenn sie loslachte, und das tat sie oft. Sie hatte eine kleine Locke auf der linken Seite von ihrem Pony, genau am Übergang zum Haupthaar, und sie lachte sogar, als ich meinte, die kleine Locke sollte »Chappaquiddick« heißen, wie die kleine Insel vor der Ostküste der USA. Sie hatte außerdem die Angewohnheit, den Ärmel ihres Pullovers in der geballten Faust zu halten, wenn sie zuhörte.

Ach, verdammt, ich würde sie gern wiedersehen. Aber ich weiß nicht mal, wie sie heißt. Sie sah für mich aus wie eine Sarah oder vielleicht eine Lucy. Ich sollte ihr einen Namen geben, dachte ich, und entschied mich für »Satsuma«, nach dem Titel des Buches, das sie mir dagelassen hatte. Ich blätterte zu der Seite, auf die sie »Du wirst nicht enttäuscht sein – ha!« geschrieben hatte. Ihre Handschrift war ein wenig blumig verspielt, ein kleiner Blumenkasten als Blickfang oben auf der langweiligen Seite. Der Kreis, den sie mitten im Text gemalt hatte, war unangestrengt gekonnt. Ich überlegte, ob ich mir ein Paar Doc Martens kaufen sollte. Das könnte ihr gefallen.

Gegen elf stand ich schließlich auf. In einer Stunde sollte ich bei meiner Nachbarin Grace sein, um unseren üblichen Samstagslunch einzunehmen und zu plaudern, daher musste ich meinen Hintern in Bewegung setzen. Ich ließ den Blick durch meine Wohnung schweifen. Sie sah genauso öde aus wie in den letzten zwei Jahren. Sie hat ein Schlafzimmer mit angrenzendem Bad, ein Wohnzimmer und eine Küche. Da sie im dritten Stock liegt, habe ich einen guten Blick über die Gärten und Bäume hinweg bis zur Peckham High Street dahinter. In meinem Schlafzimmer gibt es keine Möbel außer einer Matratze auf dem Boden, einem rollbaren Kleiderständer, an dem eine Rolle fehlt, und einer alten viktorianischen Stehlampe. In meinem Wohnzimmer stehen ein grünes Zweisitzer-Stoffsofa, ein Fernseher und ein kleiner Tisch mit zwei Plastikstühlen. Ich lebe noch immer wie ein Student.

Ich wollte gerade zu Grace rübergehen, als es an meiner Tür klopfte. Ich öffnete, und vor mir standen zwei Männer, die aussahen wie Polizisten außer Dienst. Wie sich herausstellte, waren sie tatsächlich Polizisten, aber sie waren im Dienst.

»Guten Tag, Sir, entschuldigen Sie die Störung. Sind Sie Gary Thorn?«

»Ja, was kann ich für Sie tun?«, antwortete ich, außerstande, die Nervosität unter meiner Haut zu verbergen. Ich bin nicht gut im Umgang mit Autoritäten, war ich noch nie, jedenfalls nicht mehr, seit mich der Direktor meiner Grundschule in seinem Büro so wütend angeschrien hatte, dass ich Nasenbluten bekam.

»Ich bin DI Wilmott, und das ist DI Cowley, wir sind von der Kriminalpolizei Peckham. Dürfen wir kurz reinkommen?«

»Ja, natürlich, kommen Sie herein. Worum geht's denn?«

Ich setzte mich aufs Sofa. Wilmott und Cowley blieben stehen. Ihren Gesichtern war abzulesen, dass sie nicht viel von meinem mangelnden Wohnkomfort hielten. Wilmott trug einen von diesen dunkelgrünen Anoraks mit braunem Cordkragen, ein Stück Landleben in den Straßen von Peckham. Die beiden vorderen Taschen waren voller Fettflecken, und angesichts seiner Leibesfülle stammten sie vermutlich von Käse- oder Wurstbroten. Sein Gesicht war rund, blass und dicklich, wenn nicht gar aufgedunsen. Es wurde umrahmt von dunklem, schütterem, seitlich gescheiteltem Haar und weiter unten von einem hellblauen Polyesterhemd mit einer arg verschlissenen Krawatte. Er hatte eine gewölbte Brust und auf seinem Bierbauch hätten vier ausgewachsene Tauben bequem schlafen können. Seine Beine waren dagegen dünn und staksig, so dass seine dunkelbraune Hose Mühe hatte, ein Stück Haut zu finden, auf dem sie ruhen konnte. Diese Körperform war ein klassisches Beispiel für jemanden, der Steroide nahm. Ich tippte auf Rheumatoide Arthritis.

»Ist das Ihre Wohnung?«, fragte Wilmott.

»Ja, ich meine, sie ist gemietet, aber ich wohne hier. Schon seit rund zwei Jahren.«

»Darf ich fragen, wo Sie gestern Abend waren, Gary?«

»Ja klar. Ich war im Grove Tavern. Bin direkt nach der Arbeit hin, weil ich dort mit einem Bekannten verabredet war.«

»Und sind Sie vom Pub aus direkt nach Hause?«

»Ja, ich bin allein nach Hause gegangen und war um Viertel vor elf dann hier. Entschuldigung, aber würden Sie mir vielleicht sagen, worum es geht?«

»Wie heißt der Bekannte, mit dem Sie verabredet waren?«

»Brendan, Brendan Jones. Ich kenne ihn von der Arbeit her.«

»Und hat Mr. Jones den Pub gleichzeitig mit Ihnen verlassen?«

»Nein, er ist sehr viel früher gegangen, so gegen Viertel vor acht. Hören Sie, würden Sie mir bitte sagen, was los ist?«

»Wir müssen Ihnen leider mitteilen, Mr. Thorn, dass Ihr Bekannter, Mr. Jones, gestern Abend tot aufgefunden wurde. Wir versuchen, seine letzten Stunden zu rekonstruieren. Unseren bisherigen Ermittlungen nach könnten Sie die letzte Person gewesen sein, die ihn lebend gesehen hat.«

»Ach du Scheiße ... der arme Kerl. Das ist ja furchtbar. Was ist denn passiert? Wo wurde er gefunden?«

»Darüber brauchen Sie sich keine Gedanken zu machen. Beantworten Sie bitte einfach unsere Fragen.«

Daraufhin setzte sich der schweigsame DI Cowley neben mich. Er hatte ausgesprochen dicke Oberschenkel, die die Nähte seiner glänzenden grauen Hose spannten. Ich konnte ihre Wärme an meinem Bein spüren, was sich überaus intim und zugleich ein wenig bedrohlich anfühlte. Ich befand, dass er eher zu den wieseligen Vertretern des Tierreichs gehörte, mit bäuerlich wirkendem rotblondem Haar, das rundum etwa zwei Zentimeter kurz geschnitten war. Eines seiner Ohren stand deutlich ab, und seine unteren Zähne waren derart unregelmäßig im Kiefer verteilt, dass jeder einzelne um die Aufmerksamkeit des neugierigen Betrachters kämpfte. Ich glaube, er hatte bis vor kurzem einen Schnurrbart gehabt, denn die Haut über seiner Oberlippe war weiß und hob sich auffällig von seinem ansonsten rosa Gesicht ab. »Schmierig« wäre die passende Schublade, in die er gehörte, und er sprach in einem leicht schrillen Tonfall. Ich wünschte mir inbrünstig, dass er seinen heißen Schenkel von meinem nahm, traute mich aber nicht, ihm das zu sagen.

»Hören Sie, Gary – ich darf Sie doch Gary nennen, oder? – bei Ermittlungen dieser Art kommt es entscheidend darauf an, den zeitlichen Ablauf zu klären. Verstehen Sie, was ich meine, Gary?«

»Ja, ich glaub schon. Darf ich fragen, da Sie von ›Ermittlungen‹ sprechen, ob irgendwas Schreckliches passiert ist? Wurde Brendan überfahren oder so?«

»Bitte, versuchen Sie im Moment einfach, sich auf diesen so überaus wichtigen zeitlichen Ablauf zu konzentrieren. Schildern Sie uns möglichst detailliert den Verlauf Ihres gestrigen Abends. Sie sagen, Sie sind direkt von der Arbeit in den Pub. Wo arbeiten Sie, Gary? Was machen Sie beruflich?«

»Ich bin Rechtsassistent bei Tarrants, einer Anwaltskanzlei auf der Peckham High Street.«

»Ich kenne die Kanzlei gut – sehr zuverlässig und renommiert. Die Arbeit da muss sehr interessant sein. Haben Sie Brendan Jones da kennengelernt?«

»Ja, er arbeitet für eine Privatdetektei, wir lassen von ihm Zeugen ausfindig machen, einstweilige Verfügungen und Zeugenvorladungen zustellen – so was eben.«

»Und hatten Sie sich schon öfter mit Mr. Jones verabredet?«

»Nein, ehrlich gesagt, gestern Abend hab ich mich zum ersten Mal auf ein Bier mit ihm getroffen. Er hatte das seit ewigen Zeiten vorgeschlagen, und mir waren die Ausreden ausgegangen. Ich kann gar nicht fassen, dass er tot ist – krieg das nicht in den Kopf ...«

»Ja, es ist sehr traurig, Gary, wenn man einen Bekannten verliert. Wann haben Sie Feierabend gemacht?«

»Um Punkt sieben Uhr. Ich bin zu Fuß zum Grove Tavern auf dem Camberwell Grove und war um sieben Uhr fünfzehn dort, schätze ich. Brendan saß schon an der Theke.«

»Und was ist dann passiert, Gary? Wie ist der Abend verlaufen?«

»Na ja, wir haben uns unterhalten. Ich glaube, wir waren bei unserem zweiten Bier. Gegen sieben Uhr vierzig bin ich zur Toilette gegangen, und als ich zurückkam, sagte er, er habe einen Anruf von einem Klienten bekommen und müsse dringend los, um sich mit ihm zu treffen.«

»Er hat eindeutig gesagt, dass er sich mit einem Mann treffen wollte, ja, Gary?«

»Ja, da bin mir ziemlich sicher. Er hat keinen Namen genannt, aber er hat von einem ›Er‹ gesprochen.«

»Er hatte kein Handy bei sich, als er gefunden wurde, aber Sie sagen, im Pub hatte er definitiv eins?«

»Ja, sogar zwei. Er hatte noch eins in seiner Aktentasche.«

»Wir haben auch keine Aktentasche gefunden. Können Sie uns die beschreiben, Gary?«

»Rötlich-braunes Kunstleder mit Verschlüssen in Messingoptik und einem Tragegriff. Eher ein Aktenkoffer. Nicht besonders edel, vielleicht vierzig oder fünfzig Pfund. Sah ziemlich neu aus.«

Wilmott hatte schon angefangen, nach Bildern von billigen Aktenkoffern zu googeln. Er zeigte mir die ersten, die erschienen, und da war er, fast identisch, zum Preis von 49,9919 Pfund.

»Ja, genau so einer. Der könnte es sogar sein. Er meinte, er wäre sehr zufrieden damit.«

Cowleys Oberschenkel rückte ein kleines bisschen von meinem weg, vielleicht nur einen oder zwei Millimeter, aber weit genug, um die Haare an meinem Oberschenkel gierig nach

Luft schnappen zu lassen. Ich nutzte die Gelegenheit, um mein Bein noch etwas mehr von seinem zu entfernen. Er zupfte kurz an seinem abstehenden Ohr und atmete dann irgendwie theatralisch aus. Dabei presste er sein Bein noch fester an meines, und ich bekam wieder Oberschenkel-Klaustrophobie. Er wandte den Kopf und sah mir in die Augen.

»Und Sie sind absolut sicher, dass er diesen Aktenkoffer bei sich hatte, als er den Pub verließ? Denken Sie genau nach, Gary. Das ist sehr wichtig.«

Ich deutete einen kurzen nachdenklichen Blick zum Fenster an, ehe ich antwortete.

»Hundertprozentig. Ich hab noch vor Augen, wie er den Koffer auf dem Weg zur Tür in der rechten Hand schwang.«

»Okay, Gary, sehr gut. Sagen Sie, was für einen Eindruck machte Mr. Jones auf Sie, als er den Pub verließ? Wirkte er ängstlich oder beunruhigt oder so?«

»Nein, es ging ihm gut. Ich glaube, er war ein bisschen sauer, weil er so früh wegmusste, aber nein, er kam mir vor wie immer. Ich kenne ihn nicht so gut, aber nein, mir ist nichts Ungewöhnliches an ihm aufgefallen.«

»Hat Brendan Ihnen irgendwas gegeben, Gary? Irgendwelche Dokumente oder Notizbücher oder Terminplaner? Irgendwas in der Art?«

»Nein, wie gesagt, wir haben uns bloß auf ein Bier getroffen. Es hatte nichts mit der Arbeit zu tun.«

»Und worüber haben Sie und Brendan geredet, Gary?«

»Ähm, ich erinnere mich, dass er sich sehr dafür interessiert hat, ob die Videoaufzeichnung eines Gesprächs, bei dem im Hintergrund urheberrechtlich geschützte Musik zu hören ist, nur mit Erlaubnis des Künstlers vor Gericht zugelassen werden darf. Wir haben uns ein bisschen über Fußball unterhalten, ein bisschen über Elektroautos, und er hatte ziemlich viele Fragen zum Privatleben der Sekretärinnen in meiner Kanzlei.«

»Hat er irgendwelche Fälle erwähnt, an denen er gerade arbeitete?«

»Nein, nichts Konkretes. Ich hab ihn gefragt, wie es mit der Arbeit läuft, und er meinte nur, dass er den üblichen langweiligen Alltagskram macht.«

»Und was haben Sie nach sieben Uhr fünfundvierzig gemacht, als Brendan gegangen war?«

»Ich bin mit einer Frau ins Gespräch gekommen, wir haben uns unterhalten, und ich hab ein Steak mit Pommes gegessen. Wir haben uns weiter unterhalten, und dann, als ich an der Theke war, ist sie plötzlich verschwunden. Ich schätze, sie hat auf eine Gelegenheit zum Abhauen gewartet und hatte nicht den Mumm, es mir ins Gesicht zu sagen.«

»Wie heißt die Frau?«

»Ich hab nicht nach ihrem Namen gefragt. Hinterher hab ich beschlossen, sie ›Satsuma‹ zu nennen, nach dem Titel von dem Buch, in dem sie gelesen hat.«

»Lassen Sie mich raten – war das vielleicht ›Der Satsuma-Komplex‹? Das Buch liest zurzeit nämlich die halbe Welt.«

»Ja, genau. Haben Sie es gelesen?«

»Ich hab's angefangen, Gary, aber ich muss sagen, ich fand es richtig bescheuert.«

»Mochten Sie nicht mal die Enten?«

»Ich glaube, an der Stelle, wo die Viecher auftauchen, hab ich aufgegeben.«

Wilmott schaltete sich ein:

»Wie sah die Frau aus? Können Sie sie beschreiben?«

»Mittelgroß, etwa eins achtundsechzig. Dunkles, fast schulterlanges Haar mit einem sehr strengen geraden Pony bis zur

Stirnmitte – wie Jane Brurier oder so. Sie trug eine hellblaue Levi's-Jeans und einen schwarzen Pullover, und sie hatte eine niedliche kleine Stupsnase.«

Ein durchtriebenes Grinsen erschien in Wilmotts aufgedunsenem Gesicht. Mir fiel zum ersten Mal auf, dass seine beiden Vorderzähne um einiges heller waren als die anderen. Das bestärkte mich in meiner Steroiden-These. Davon können einem die Zahnwurzeln wegfaulen. Oder vielleicht hatte Cowley ihm eine reingehauen, als er auf seinen Döner rülpste.

»Klingt, als hätten Sie sich ordentlich in sie verguckt. Schade, dass es ihr umgekehrt nicht genauso gegangen ist«, sagte Wilmott, während er mit einer Hand nach unten griff und seinen Schritt richtete.

»Hören Sie, Gary, da Sie ihn möglicherweise als Letzter lebend gesehen haben, müssen wir vielleicht noch einmal mit Ihnen reden. Könnte ich bitte Ihre Telefonnummer haben?«

Während ich meine Telefonnummer für ihn aufschrieb, fragte ich:

»Sie haben gesagt, ›tot aufgefunden‹. Ich dachte, er wäre überfahren worden oder hätte einen Herzinfarkt oder so gehabt?«

»Nein, davon haben wir kein Wort gesagt, Gary. Also, wir melden uns. Ach so, letzte Frage: Wer ist Jane Brurier?«

»Ich weiß nicht, was sie macht, aber sie ist berühmt für ihren Pony. Der ist sehr, sehr gerade und streng.«

»Nie von ihr gehört«, sagte Cowley.

»Ach so, doch, ich kenne sie – Französin, rettet Raubkatzen und Affen«, sagte Wilmott.

Cowley winkte seinem Partner, ihm zur Wohnungstür zu folgen, und sobald sie draußen waren, zogen sie die Tür kommentarlos hinter sich zu.

Ich war froh, dass die beiden weg waren. Ich bemerkte, dass ich schwitzte, deshalb holte ich mehrmals tief Luft und warf einen entspannenden Blick in Richtung Hauptstraße, um mich zu beruhigen. Ich dachte an den armen Brendan. Es war schwer zu glauben, dass ich ihn nicht wiedersehen würde.

Er hatte mir mal einen großen Gefallen getan, wofür ich ihm noch immer dankbar war. Im Rahmen meines Jobs wickelte ich gelegentlich für Mandanten Hauskäufe oder –verkäufe ab, wenngleich mir nur völlig unkomplizierte Fälle anvertraut wurden, bei denen eigentlich bloß Formulare auszufüllen waren. Leider hatte ich in einem bestimmten Fall vergessen, den Mandanten ein sehr wichtiges Dokument unterschreiben zu lassen – und zwar den eigentlichen Hypothekenbrief. Das hätte bedeutet, dass der Mandant nicht verpflichtet gewesen wäre, die Hypothek auch wirklich zu zahlen. Super für ihn, aber das hätte auch bedeutet, dass die Kanzlei von der Bausparkasse auf den Gesamtbetrag der Hypothek verklagt worden wäre, und für mich wiederum hätte das die sichere Entlassung bedeutet. Ich musste das Formular unterschreiben lassen, ohne bei den Hauskäufern Misstrauen zu erregen. Es war zu riskant, gegenüber einem von meinen Bossen den Fehler zuzugeben, deshalb sprach ich rasch mit Brendan über die Angelegenheit.

»Haha, da hast du ja ordentlich Mist gebaut, du schlampiger Saukerl.«

»Ja, das weiß ich, Brendan, aber hast du eine Idee, was ich da machen kann? Du hast doch immer so praktische Ideen, kannst du dir nichts einfallen lassen? Du musst mir helfen, sonst verlier ich meinen Job und lande auf der Straße wie ein Penner.«

»Um welche Bausparkasse geht's denn?«

»Die Leeds Permanent.«

»Und was tragen Geldsäcke in Leeds für Klamotten, Scheißlatzhosen oder so? Hahaha!«

»Keine Ahnung, vielleicht Filzhut und Regenmantel? Wieso fragst du?«

»Weil die Sache ganz einfach ist. Ich schmeiß mich in Schale, schau bei den Leuten in ihrem neuen Haus vorbei und sage, ich bin von der Bausparkasse. Ich schmier ihnen Honig ums Maul und frage, wie sie sich eingelebt haben, ob sie zufrieden mit unserem Service sind, ob wir ihnen noch andere Serviceleistungen anbieten können. Dann lasse ich sie den Wisch unterschreiben und sage, das wäre die ›abschließende Formalität‹. Die merken garantiert nicht, was sie da unterschreiben. Kunden wollen dich nur so schnell wie möglich loswerden – hahaha!«

Und genauso machte er es. Er lieh sich einen Regenmantel und einen Filzhut von seinem Dad und bekam die Unterschrift. Ich hätte ihn umarmen können, bis er blau anlief. Zum Dank setzte ich für ihn kostenlos ein Testament auf und besorgte ihm einen billigen Transporter, als er umzog.

Die Erinnerung daran machte mich traurig. Er kam mir noch immer irgendwie »präsent« vor, als wäre er nach dem Treffen am Vorabend noch bei mir. Ich stellte mir vor, wie er in der Kanzlei an den Empfang getänzelt kam und seinen üblichen freundlichen Schwachsinn von sich gab oder einen Fuß durch meine Bürotür schob, um mir sein neuestes bescheuertes Paar Socken zu präsentieren. Meine Augen wurden feucht, und eine Träne drohte sich zu bilden. Offensichtlich war ich nicht die letzte Person, die ihn lebend gesehen hatte, aber die Polizei schien es für möglich zu halten. Glaubten sie, ich hätte etwas mit seinem Tod zu tun? Sicherlich nicht. Sollte ich versuchen, Satsuma ausfindig zu machen, für den Fall, dass ich sie für ein Alibi brauchte? Sollte ich sie ohnehin ausfindig machen, nur weil ich sie gern wiedersehen wollte? Ich musste mit jemandem reden und das alles durchdenken. Zum Glück war Grace gleich nebenan, und sie erwartete mich.

4

Als ich vor zwei Jahren meine Wohnung bezog, war meine Nachbarin für mich zunächst nur »die Hundefrau«. Ich wusste nämlich lediglich, dass sie einen Hund hatte. Mein fünfstöckiger Wohnblock hat ein zentrales Treppenhaus und einen Aufzug. Auf jeder Etage gibt es einen Laubengang, von dem die Wohnungen abgehen. Auf meiner Seite des Treppenhauses sind drei Wohnungen. Hundefrau wohnt dem Treppenhaus am nächsten, dann kommt meine Wohnung und dann eine leere, noch renovierungsbedürftige Wohnung, in der es einen Küchenbrand gab, der allem Anschein nach durch ein allzu trockenes Naan-Brot verursacht wurde, das sich spontan entzündete. (Das glaube ich jedenfalls.)

Am Tag meines Einzugs musste ich häufig an Hundefraus Wohnungstür vorbei. Sie stand einen Spalt offen, und jedes Mal, wenn ich vorbeikam, spürte ich, dass jemand mich beobachtete. Sobald ich meinen Kram in die Wohnung geschleppt hatte, gönnte ich mir eine Tasse Tee und ein Stück Battenberg-Kuchen, dann ging ich nach nebenan, um mich vorzustellen. Mittlerweile war die Tür geschlossen, und auf mein Klingeln öffnete niemand. Ich konnte aber hören, dass drinnen ein Hund bellte und die gedämpfte Stimme seines Frauchens ihn aufforderte, still zu sein.

Im Laufe der folgenden Monate sah ich manchmal, wie Hundefrau aus ihrer Wohnung kam und mit dem Hund auf dem kleinen Rasen vor dem Haus Gassi ging. Sie trug stets denselben grün-rot karierten Wollmantel. Ihr ergrautes Haar war zu einem nachlässigen Knoten zusammengebunden, und sie humpelte leicht, was auf ein Problem mit ihrer rechten Hüfte hindeutete. Sie sah aus wie Mitte sechzig. Ich gewann den Eindruck, dass sie keiner Arbeit nachging. Ihr Hund hatte ziemlich langes Fell mit vereinzelten schwarzen und weißen Flecken. Aufgrund der Kommandos, die sie ihm gab, schloss ich, dass er Lassoo hieß. Er hatte sehr viel von einem Hütehund an sich, aber längst den Elan und das Feuer verloren. Jedes Mal, wenn ich sie ihren Hund ausführen sah, fiel mir auf, dass niemand stehen blieb und Hallo sagte oder sie in ein Gespräch verwickelte. Mir kam der Gedanke, dass sie vielleicht einen schlechten Ruf hatte oder dass sie aufgrund eines ungeschriebenen Gesetzes nicht angesprochen werden durfte. Wenn ich ihr tatsächlich mal über den Weg lief, sagte ich Hallo, aber sie sah mich weder an noch erwiderte sie meinen Gruß. Einmal fuhr ich mit ihr im Aufzug, und wir beide schwiegen vor uns hin. Sie roch stark nach sehr altem Früchtebrot. Irgendwann gab ich es auf, sie zu grüßen, und mit der Zeit war ich ganz froh darüber, eine Nachbarin zu haben, die für sich bleiben wollte. Keine Verpflichtungen, keine Verantwortung.

Aber als mein erster Sommer in meiner neuen Bleibe begann, setzte Hundefrau sich an sonnigen Tagen mit einem Stuhl vor ihre Wohnungstür. Sie machte das nicht, um Sonne zu tanken, vermutete ich, sondern um der enormen Hitze zu entkommen, die sich aufgrund der hohen, nach Süden ausgerichteten Wohnzimmer- und Küchenfenster in den Wohnungen staute. Lassoo saß stets neben ihr, seinen Trinknapf zu ihren Füßen. Eines Tages, als ich an ihr vorbeiging, ohne sie zu beachten, sprach sie mich zum ersten Mal an:

»Wo gehen Sie hin?«

Überrascht, aber reaktionsschnell wie immer, antwortete ich wahrheitsgemäß.

»Einen Pie kaufen.«

»Oh, Sie essen gern Pies, was?«

»Ja, ich finde sie überaus wohltuend. Sie nicht?«

»Über welche Art von Pie reden wir denn?«

»Normalerweise entscheide ich mich erst im Laden, aber es wird auf jeden Fall ein herzhafter – wahrscheinlich mit Hack und Kartoffeln, aber vielleicht auch mit Rindfleisch und Zwiebeln. Hängt von den Haltbarkeitsdaten ab.«

»Muss schön sein, einfach so zum Laden gehen zu können, wenn man Lust auf einen Pie hat.«

»Ja, dafür sollte ich wohl dankbar sein.«

Dann atmete sie geräuschvoll aus, als hätte sie Schmerzen, und fing an, ihre Hüfte zu massieren.

»Alles in Ordnung?«, fragte ich.

»Ja, ich hab eine kaputte Hüfte. Ist mal besser, mal schlechter. Ich warte auf eine Operation. Also, noch mal zurück zu Ihrem Pie. Machen Sie den warm oder essen Sie ihn kalt? Ich mag ja kalte Pies, aber Sie sehen mir nicht so aus, als würde Ihr Magen so was vertragen.«

»Ich hab nichts gegen kalte Pies, vor allem mit schön knusprigem Mürbeteig«, antwortete ich.

»Ja, das klingt gut, sehr gut sogar.«

Kurzes Schweigen entstand. Der Hund genehmigte sich einen Schluck aus seinem Napf. Polizeisirenen jaulten im Hintergrund.

»Soll ich Ihnen vielleicht einen Pie mitbringen?«, fragte ich hauptsächlich deshalb, weil sie genau das offensichtlich wollte.

»Das wäre großartig. Mit Rindfleisch und Nierchen bitte. Was glauben Sie, wie lange Sie brauchen?«, fragte sie. Es war das erste Mal, dass sie mich angelächelt hatte, und es war ein schönes Gefühl.

»Ungefähr zehn Minuten.«

»In Ordnung. Würden Sie mir den Gefallen tun und den Hund mitnehmen? Er könnte einen Spaziergang gebrauchen.«

»Ja natürlich. Er scheint ja ein netter Kerl zu sein.«

»Moment, ich hol nur eben seine Leine.«

Sie schlurfte angestrengt schnaufend in ihre Wohnung. Sobald sie drinnen war, warf ich einen Blick in die Tasse, aus der sie trank. Die enthielt entweder Wasser oder Wodka. Ich tippte auf Letzteres. Sie kam mit der Hundeleine zurück.

»Ich bin übrigens Grace.«

»Ich bin Gary. Nett, Sie kennenzulernen.«

»Ich hab Sie die letzten Wochen beobachtet. Sie scheinen ganz vertrauenswürdig zu sein, nicht wie die üblichen Strolche, die sich hierher verirren.«

Ich machte die Leine an Lassoos Halsband fest und tätschelte und streichelte ihn kurz. Er roch nach gerösteten Kastanien mit einem Hauch von Essig. Kein gänzlich unangenehmer Geruch, aber auch keiner, den man in Flaschen abfüllen würde. Ich stellte mir kurz vor, ich würde ihm das Fell mit einer Taschenbibel streicheln. Das machte den Augenblick noch bedeutsamer. Ich fuhr mit dem Aufzug nach unten, und als ich aus dem Gebäude trat, hörte ich, wie Grace mir aus dem dritten Stock zurief:

»Ziehen Sie nicht an seiner Leine. Er ist nicht mehr der

50

Jüngste, genau wie ich. Lassen Sie ihn einfach in seinem eigenen Tempo laufen. Bis in zehn Minuten.«

Sie hatte recht. Von Tempo konnte bei Lassoo keine Rede sein, dafür aber von einer deutlichen Antriebsschwäche. Er schnüffelte hier und da, aber ich spürte, dass er froh sein würde, wenn er den Spaziergang hinter sich hätte. Er gähnte sogar ein paarmal, was ich für einen Hund, der im Freien unterwegs war, ungewöhnlich fand. Als wir jedoch zu der Spielwiese kamen, änderte sich sein Verhalten. Er bellte ein paarmal und zog an der Leine, wollte losgelassen werden. Ich ließ ihn von der Leine, und er rannte zu der Stelle, wo die berüchtigte Wippe gestanden hatte, und machte einen Haufen. Ich hatte keine Kotbeutel dabei und konnte einen alten Mann sehen, der mich aus einem Fenster im Erdgeschoss beobachtete. Aus Angst um meinen Ruf in der Siedlung näherte ich mich dem Tatort, drehte dem glotzenden Rentner den Rücken zu und tat so, als würde ich einen Beutel hervorholen, den Kot aufsammeln und in die Jackentasche stecken. Mit hoffentlich unbeschädigtem Ruf gingen wir weiter.

Bei unserer Rückkehr saß Grace noch immer vor ihrer Tür. Sie hatte einen kleinen kreisrunden Metalltisch und einen Holzhocker neben sich aufgestellt. Sie sah demonstrativ auf ihre Armbanduhr.

»Dreizehn Minuten«, sagte sie zur Begrüßung. »Und Sie haben gesagt, höchstens zehn. Anscheinend gehören Sie zur unzuverlässigen Sorte.«

»Tut mir leid. Der Hund hat mich ein bisschen aufgehalten.«

»Ja, er ist ein echter Lahmarsch. Hat überhaupt keinen Schwung mehr im Leib.«

»An der Spielwiese ist er ganz schön dynamisch geworden.«

»Ja, er hat's immer eilig, wenn er kacken muss. Manchmal denke ich, das ist seine einzige Freude im Leben. Bei mir ist es ähnlich. Setzen Sie sich jetzt zu mir, und wir essen die Pies zusammen?«

In der Regel esse ich Pies gern allein. Keine Ablenkungen. Keine Etikette. Bloß ich und mein Pie, einträchtig zusammen. Doch der Ausdruck in Graces Augen verriet mir, dass sie meine Gesellschaft wirklich wollte. Trotz ihres unwirschen Verhaltens wirkte sie ein bisschen einsam und verletzlich. Sie schien auch jemand zu sein, den ich leicht dazu bringen könnte, mich zu mögen – einfach nur so. Außerdem faszinierte sie mich.

»Ja, sehr gern, das ist sehr freundlich. Soll ich sie aufwärmen?«, fragte ich.

»Für mich nicht, danke. Ich finde, dass Wärme manchmal den Geschmack des Todes hervorholt, den billige Pies oft an sich haben, und wie ich sehe, haben Sie bei der Auswahl Ihr Portemonnaie geschont.«

Wie sich herausstellte, war es eine gute Entscheidung. Wir saßen mindestens zwei Stunden zusammen und unterhielten uns. Sie verfütterte fast ihren ganzen Pie an Lassoo und ging immer wieder rein, um ihre Tasse »Tee« aufzufüllen. Sie war eine richtige Plaudertasche. Sie erzählte mir von ihrem Vater, einem Ingenieur, der nach Sierra Leone ging, als sie acht Jahre alt war, und nie zurückkam, aber ihrer Mutter jedes Jahr am Hochzeitstag ein Foto von seinem Hintern schickte. Sie erzählte mir, dass sie »in Computern« gemacht hatte und beim staatlichen Gesundheitssystem NHS und im Bildungsministerium beschäftigt gewesen war. Wegen ihrer »morschen Knochen« war sie am Ende leider als Verkäuferin von Computern bei PC World gelandet, weil das ein leichter Job war. Sie erzählte mir, dass sie da gefeuert wurde, weil sie ihrem Chef gesagt hatte, er solle »sich ins Knie ficken«. Danach hatte sie erfolgreich Erwerbsunfähigkeitsrente beantragt, und sie behauptete, nie glücklicher gewesen zu sein. Sie machte nur noch nebenbei Online-Computerkurse und gestand schließlich, dass sie sich gern einen Drink genehmigte, wenn sie am Ende des Tages mit der ganzen Denkerei fertig war. Sie redete fast pausenlos, und ich lachte mehr, als ich erwartet hätte.

So freundeten wir uns an, und seitdem besuchte ich sie jeden Samstag, wenn ich nichts anderes vorhatte, und verbrachte ein paar Stunden in ihrer Gesellschaft.

5

Graces Wohnung war genauso geschnitten wie meine, aber das Ambiente hätte unterschiedlicher nicht sein können. Ihre war vollgestopft mit Sachen, die sie über die Jahre angesammelt hatte. Hinter den Regalen und Bergen von Kisten und Büchern war kaum ein Stück Wand zu sehen. Computer und Monitore aus verschiedenen Jahrzehnten waren auf einer Seite des Wohnzimmers gestapelt. An der Fensterseite stand ein Schreibtisch, der als Esstisch und Arbeitsplatz diente. Die Wohnung roch nach rohen Würstchen und heißen Elektrogeräten.

Für unsere Samstagstreffen machte sie sich immer extra schick. Heute trug sie ein geblümtes Laura-Ashley-Kleid und Hausschuhe mit Leopardenmuster. Ihr Haar war unter einem Seidenschal mit aufgedruckten Bananen hochgebunden, und ihr Lippenstift war leuchtend kirschtomatenrot. Sie war immer ein bisschen aufgeregt, wenn ich hereinkam. Soweit ich das beurteilen konnte, war ich ihr einziger regelmäßiger Besucher. Lassoo machte nie viel Getue, blickte nur kurz von seinem Kissen auf, leckte sich die Lefzen und schlief weiter.

»Komm rein, Gary. Ich hab Teewasser aufgesetzt. Was hast du für die Mikrowelle mitgebracht?«

»Einen Shepherd's Pie, der als ›neu und mit verbesserter Rezeptur‹ beschrieben wird, und Käse-Makkaroni in ›Bioqualität mit weniger als 300 Kalorien‹.«

»Ach, scheiß drauf, ich nehm den Sheperd's Pie.«

Sie drückte mir ein mütterliches Küsschen auf die Wange, nahm mir die Fertiggerichte ab und marschierte zielstrebig in die Küche.

»Wer waren die beiden Kerle, die vorhin aus deiner Wohnung gekommen sind?«, rief sie aus der Küche. »Sahen für mich aus wie Polizisten oder vielleicht Gerichtsvollzieher. Hast du Drogen genommen oder deine Miete nicht bezahlt?«

»Ja, das waren Polizisten. Wenn du dich hinsetzt, erzähl ich dir alles.«

Grace kam zurück ins Wohnzimmer, setzte sich zu mir an den Tisch und stützte den Kopf auf die zur Faust geballte Hand, als wollte sie sagen: »Ich bin ganz Ohr.«

Ich gab meine Unterhaltung mit Wilmott und Cowley so gut ich mich erinnern konnte wieder. Grace hörte schweigend zu, und als ich geendet hatte, ging sie in die Küche, kam mit den beiden Fertiggerichten noch in ihren Schalen wieder und knallte sie auf den Tisch.

»Also, was hältst du davon?«, fragte ich, während wir beide mit dem extrem heißen Mikrowellenessen kämpften.

»Wenn dieser Pie eine ›verbesserte‹ Version sein soll, dann bin ich froh, dass ich ihn nie in seiner früheren Form probiert habe.«

»Nein, nicht von dem Pie. Von den Polizisten und davon, dass mein Bekannter tot aufgefunden wurde. Ich meine, wenn die Polizei hier herumschnüffelt, ist er vielleicht ermordet worden.«

»Im Grunde willst du doch nur von mir hören, dass du dich

auf die Suche nach dieser Satsuma machen solltest. Ich merke doch, dass du scharf auf sie bist.«

»Und? Meinst du, ich sollte?«

»Keine Ahnung, Gary. Mich beschäftigt eher, dass dein Bekannter tot aufgefunden wurde. Die haben wahrscheinlich den Tatort mit Flatterband abgesperrt. So eine Absperrung ist nie ein gutes Zeichen.«

»Wieso? Sprichst du aus Erfahrung?«

»Und ob. Die haben den Bahnhof Peckham abgesperrt, als damals dieser Wrestler ausgerastet ist. Die haben unseren Laubengang abgesperrt, als es in der Wohnung neben deiner gebrannt hat. Die Sache ist ernst.«

»Ja, offensichtlich, ein Mensch ist tot.«

»Aber was mir am meisten zu schaffen macht, ist die Frage, woher die Polizisten wussten, dass du ihn als Letzter lebend gesehen hast?«

»Na ja, ich vermute, sie haben meine Nachricht auf seinem Handy gesehen, wann und wo wir uns treffen.«

»Aber die haben doch gesagt, sie hätten kein Handy bei ihm gefunden.«

»Vielleicht hat uns jemand im Pub zusammen gesehen?«

»Wieso in aller Welt sollten sie sich von allen Pubs in Südlondon ausgerechnet das Grove Tavern rauspicken und dort Fragen stellen? Das ergibt keinen Sinn. Er war da kein Stammgast oder so. Haben sie sich dir gegenüber irgendwie ausgewiesen?«

»Ja, einer von den beiden hat mir seine Karte gegeben. Vielleicht sollte ich ihn anrufen und fragen, wie sie auf mich gekommen sind.«

»Ich denke, das solltest du.«

Ich kramte in meinen Taschen, fand aber keine Karte. Vielleicht hatte ich sie in meiner Wohnung liegen lassen. Ich eilte nach nebenan und sah nach. Es war keine Karte zu finden. Er hatte mir keine gegeben, obwohl er gesagt hatte, dass er es tun würde. Ich ging zurück zu Grace.

»Nein, er hat mir keine Karte gegeben.«

»Bist du sicher, dass das Polizisten waren?«

»Ja, ich meine, sie sahen aus wie Polizisten, sie haben geredet wie Polizisten, und einer von ihnen hatte ausgesprochen autoritäre Oberschenkel. Kam mir alles ganz stimmig vor.«

»Wie hießen sie?«

»Wilmott und Cowley von der Polizei Peckham.«

»Mach mir eine Tasse Tee, ich durchforste mal meinen Laptop nach ihnen.«

Ich tat wie geheißen, und als ich mit dem Tee zurückkam, blickte sie von ihrem Computer auf.

»Ich glaube, du steckst womöglich in größeren Schwierigkeiten, als dir klar ist«, verkündete sie. »Du musst diese Frau ausfindig machen.«

»Warum, was hast du gefunden?«

»Ich kann die Namen Wilmott und Cowley nirgends auf der Website der Met Police entdecken. In Wembley gibt es eine Verwaltungsbeamtin mit dem Namen Cowley, aber das war's auch schon.«

»Na ja, ich nehme nicht an, dass sie die Namen von allen ihren Detectives einfach so rausgeben. Da gibt's doch bestimmt eine gewisse Geheimhaltung ...«

»Mag sein, aber soweit ich das sehe, taucht keiner von denen irgendwo auf, weder in Gerichtsberichten noch in Presseartikeln noch in den sozialen Medien ... Da stimmt doch was nicht, oder?«

»Ganz ehrlich, Grace, ich glaube nicht, dass Detectives dazu angehalten werden, sich auf Twitter und Co. rumzutreiben. Die müssen sich bedeckt halten. Es gibt Leute, die haben's auf Polizisten abgesehen.«

»Heutzutage ist jeder in den sozialen Medien unterwegs.«

»Tja, abgesehen von mir und den beiden Detectives, Grace. Hör mal, ich muss los. Bis dann.«

»Ich werde weiter nach diesen beiden angeblichen Polizisten suchen.«

»Ich weiß.«

Kaum war ich von meinem Stuhl aufgestanden, sprang Lassoo auch schon darauf und schnappte sich den Shepherd's Pie. Mit seiner Beute zwischen den Zähnen sprang er wieder herunter und fing an, die Schale auf den Boden zu schlagen, bis ein paar graue Fleischstücke herausfielen. Er fraß sie, hüpfte dann aufs Sofa, wo er das linke Hinterbein steil gen die Zimmerdecke reckte und sich die Lefzen leckte.

6

Ich war leicht beunruhigt von Graces Entdeckung, deshalb ging ich ein bisschen spazieren, um wieder runterzukommen. Ich mache das oft, wenn ich nervös bin. Dabei kommt mir meine Phantasie folgendermaßen zugute: Ich stelle mir beispielsweise vor, dass es ein wunderschöner sonniger Tag ist und ich schlabberige rote Cord-Shorts und tolle gelblich braune Clogs trage. Die Clogs sind klobig und sehen wichtig aus. Sie sind aus hartem, fast durchsichtigem Karamell. Während ich so vor mich hin spaziere, öffnen alle möglichen Leute jeden Alters ihre Haustüren oder Schiebefenster, um mich anzufeuern und meine tollen Clogs zu bewundern.

»Die Clogs sind der Hammer, Gary!«

»Gut gemacht, Gary, du siehst wirklich umwerfend aus!«

»Der Wahnsinn, Gary, einfach der Wahnsinn, wie du das immer wieder schaffst.«

»Du siehst aus, als könntest du alles und alle in die Tasche stecken.«

Am Ende der Straße, an einem Tag, der sich unnütz anfühlt, stelle ich mir vor, dass ich kehrtmache und den Beifall des jubelnden Publikums genieße. Wenn es ein Tag ist, an dem ich eher positiv eingestellt bin, bleibe ich ganz still stehen, der Sonne zugewandt, und blicke langsam zu Boden.

Ich stelle mir vor, dass meine Toffee-Clogs zu einer klebrigen Pfütze um meine Füße geschmolzen sind. Während ich weitergehe, höre ich, wie Türen und Fenster zugeknallt werden und ein paar einsame Stimmen hinter mir Kommentare abgeben.

»Schade um die Clogs, Gary. Trotzdem, sie waren schön, solange sie gehalten haben.«

»Völlig ungeeignetes Material, Gary. Aber das wusstest du ja. Du musst langsam die Kurve kriegen, Kumpel.«

»Gary, du verdammter Wichser.«

Es geht nur darum, Gleichgewicht und Ausgeglichenheit in mein Leben zu bringen. Diesmal sah ich, wie mir das Publikum zujubelte, und das erleichterte mir die Entscheidung, nach Satsuma zu suchen. Die einzigen zwei nützlichen Informationen, die ich über sie hatte, waren, dass sie in der Grange-Siedlung in Walworth wohnte und dass sie ein albern aussehendes Fahrrad besaß. Ich beschloss, nach Walworth zu fahren und mich dort ein wenig umzusehen. Doch zuallererst musste ich mein Handy aus dem Büro holen. Wenn man Nachforschungen anstellt, sollte man wohl am besten sein Handy bei sich haben. Ich hoffte außerdem, dass Wilmott oder Cowley versuchen würden, mich zu kontaktieren. Alle zehn Minuten fielen mir neue Fragen ein, die ich ihnen gern stellen wollte.

Die Kanzlei ist samstags geschlossen, aber ich habe einen Schlüssel. Auf dem Weg dorthin ging ich in Wayne's Coffeeshop, um mir fürs Büro einen Cappuccino und ein Stück Battenberg-Kuchen mitzunehmen. Der Coffeeshop heißt Grinders, und Wayne, der Inhaber, stand wie immer hinter der Theke. Er kennt mich gut, und wir haben einen guten Draht zueinander. Seit zwei Jahren schaue ich praktisch täglich mehrmals bei ihm rein. Er betrachtet mich als seinen persönlichen Anwalt (ich habe ihm bei der Neuverhandlung seiner Ladenmiete und bei diversen Verkehrsdelikten geholfen), und ich betrachte ihn als einen potenziellen Freund (obwohl ich nicht wagen würde, ihm das zu sagen). Er ist einer von diesen Fitnessstudio-Süchtigen, die ihre prallen Muskeln gerne in superengen weißen T-Shirts zur Schau stellen. Er ist etwa so alt wie ich, weit über eins achtzig groß und trägt sein tiefschwarzes Haar so aufgebauscht wie George Michael in seiner Wham!-Phase. Als Wayne mich sah, schenkte er mir ein Lächeln so breit wie die Zahnbürste eines Flusspferdes.

»Hallo Gary, samstags lässt du dich doch normalerweise nicht bei mir blicken.«

»Tja, ich hab dich so schrecklich vermisst, ich musste einfach vorbeikommen. Es sind deine Muskeln, Wayne, die gehen einem nicht mehr aus dem Kopf, ziehen einen in ihren Bann.«

Er spannte einen Bizeps an und gab ihm einen Kuss mit gespitzten Lippen.

»Bei den Muckis hätte man nicht übel Lust, ein Liebesgedicht zu schreiben oder ein Loblied auf sie zu singen«, sagte Wayne.

»Stimmt haargenau. Du bist sexy, Wayne, so sexy wie ein Sahnehäubchen auf einer blank geputzten Schulglocke.«

»Ich weiß, deshalb hab ich ja auch drei Freundinnen.«

»Hast du die überhaupt schon mal getroffen?«

»Nur eine.«

»Und ist die deine Mutter?«

»Nein. Deine Mutter.«

Ich lachte herzhaft, aber mich beschlich das Gefühl, dass das Lachen aus einem traurigen Winkel irgendwo in mir drang. Ich verhielt mich nicht natürlich. Ich wollte bloß von ihm gemocht werden. Ich will von jedem gemocht werden. Man muss allerdings anpassungsfähig sein, um das hinzukriegen, und es ist ganz schön anstrengend. Ich weiß nicht, was ich eigentlich damit bezwecke, aber ich schätze, es ist besser, als sich Feinde zu machen.

»Ein Stück Battenberg und einen Cappuccino zum Mitnehmen bitte, Wayne.«

Wayne warf seine Kaffeemaschine an und machte sich an meine Bestellung.

»Nimmst du dir nie mal einen Tag frei, Wayne?«

»Nee, die Leute brauchen ihren Kaffee, und ich bin der Mann mit den Bohnen. Die von der Seenotrettung nehmen sich ja auch nicht frei, oder?«

»Du bist aber kein Rettungsdienst«, konterte ich.

»Wer sagt das? Erzähl das mal meinen Stammkunden. Ich bin ihr verdammter Rettungsring, und überhaupt, wenn ich einen Tag zumache, gehen die Kunden vielleicht zu einem anderen Laden und finden den womöglich besser.«

»Das zeugt von mangelndem Vertrauen in dein Produkt, Wayne.«

»Ich bin bloß realistisch, Alter. Ich bin eine Ein-Mann-Band. Und die Konkurrenz schläft nicht.«

»So ist das Leben, Boss«, erwiderte ich. »Kleine Fische wie wir haben's schwer, der Welt einen Stempel aufzudrücken.«

»Zisch ab, Gary, du ziehst mich runter. Und nenn mich nicht klein. Heb dir das für dich auf, du Winzling.«

Wir lächelten uns eine ganze Weile starr an, bevor er mir meine Bestellung reichte. Ich verabschiedete mich und verließ den Laden, um mich auf den kurzen Weg ins Büro zu machen.

Die Kanzlei belegt die oberen drei Etagen eines viktorianischen Bankgebäudes. Es ist ein Labyrinth aus Korridoren und Treppenaufgängen. Die Anaglypta-Tapete an den Wänden ist weiß gestrichen, und die einzelnen Büros sind ausnahmslos mit hellgrünem Teppichboden und dunklen Holzmöbeln ausgestattet. Mein Büro befindet sich in der zweiten Etage. Auf ein nicht einsehbares Stück oben am Türrahmen habe ich in winzigen Buchstaben »dicke Bananen« geschrieben. Gelegentlich werfe ich einen Blick darauf, um mich aufzuheitern.

In meinem Büro stehen ein alter Mahagonischreibtisch mit Sessel, zwei Holzstühle für Mandanten und Bücherregale links und rechts von einer kleinen Kamineinfassung. Der alte offene Kamin ist durch einen elektrischen mit Holzfeuereffekt ersetzt worden. Er strahlt seine Wärme äußerst zielgenau in Richtung der jeweiligen Mandanten, die mir am Schreibtisch gegenübersitzen. Ich schalte ihn normalerweise aus, wenn sie den Eindruck machen, dass sie leicht ins Schwitzen kommen.

Mein Job ist sterbenslangweilig. Seine offizielle Bezeichnung ist »Rechtsassistent«. Ich habe die Stelle bekommen, weil ich vor sechs oder sieben Jahren meinen Abschluss in Jura gemacht habe und dann zweimal hintereinander durchs zweite Examen gerasselt bin. Vielleicht versuche ich mein Glück irgendwann aufs Neue, aber einstweilen ist der Job genau das Richtige für mich. Meine Arbeit besteht darin, Erstgespräche mit neuen Mandanten zu führen, Rechtsbeistand bei Vernehmungen auf Polizeirevieren zu leisten, Anträge auf Prozesskostenhilfe auszufüllen, einfache Testamente aufzusetzen und Eigentumsübertragungen abzuwickeln. Ich mache also allen Scheiß, den man mir aufträgt.

Ich bin immer gern allein in der Kanzlei. Es fühlt sich fast ein bisschen unanständig an, als wäre ich ein Einbrecher oder ein verdeckter Arbeitsplatzinspektor. Es erinnert mich an meine Jugendzeit, wenn ich allein zu Hause war und herumtanzen konnte wie Rod Stewart in seinem Düsseldorfer Penthouse. Ich stelle mir dann vor, dass ich der Boss bin, spaziere durch die Büros und schaue mir den Schnickschnack auf den Schreibtischen und die Fotos auf den Regalen an. Die ungewohnte Stille verwandelt die Atmosphäre, so dass aus einem Arbeitsplatz ein Museum der Melancholie wird. Mir kommt der Gedanke, dass die Räumlichkeiten wie geschaffen wären für Beihilfe zum Selbstmord.

Mein Handy lag auf meinem Schreibtisch, wo ich es hatte liegen lassen, und es zeigte keine Nachrichten oder verpassten Anrufe an. Ich legte die Füße auf den Schreibtisch und biss kräftig in meinen Battenberg-Kuchen. Der ist so süß, dass mir davon immer die Zähne weh tun. Ich dachte wieder an Brendan, und mir fiel ein, dass er mich gefragt hatte, ob er demnächst seine wichtigen Dokumente abholen könne. Ich bewahrte sie in einer sicheren Urkundenkassette unter den Bücherregalen in meinem Büro auf, also holte ich sie hervor, um den Inhalt zu überprüfen, damit ich seine Angehörigen anschreiben und sie von deren Existenz in Kenntnis setzen könnte.

Das Kuvert enthielt einen Grundbucheintrag für sein Haus, ein simples einseitiges Testament, in dem er sein gesamtes Vermögen seiner Ex-Frau vermachte, und ein paar Rentenportfolios. Nichts Besonderes. Der Anblick seines Namens in Druckbuchstaben machte mich traurig, und ich erinnerte mich kurz daran, wie er mir gegenübersaß, die Füße auf meinen Schreibtisch gelegt, so dass ein Paar Socken zum Vorschein kam, auf dem Schimpansenfüße prangten. Ich legte die Dokumente zurück in die Kassette, nahm meinen halbleeren Kaffeebecher und verließ die Kanzlei, um mich auf die Suche nach Satsuma zu machen. Die Grange-Siedlung, wo sie angeblich wohnte, war nur eine halbe Meile entfernt, aber ich fuhr mit dem Auto hin, fand rasch einen Parkplatz und begann meine »Nachforschungen«. Die kommunale Sozialbausiedlung wurde in den 1950er Jahren erbaut und besteht aus acht freistehenden, u-förmigen, fünfgeschossigen Wohnblocks aus Backstein, um die sich etliche kleine Straßen mit Parkmöglichkeiten winden. Jedes Gebäude hat ein zentrales Treppenhaus mit Laubengängen, die zu den Wohnungen auf jeder Etage führen.

Von meinem Parkplatz aus hatte ich einen guten Blick auf die Vorderseiten von zwei dieser Wohnblocks. Der eine heißt »Vaseley House«, und die meisten seiner Wohnungstüren sind rot gestrichen, während der andere, »Drummond House«, überwiegend hellblau gestrichene Türen hat. Die Laubengänge sind aus dunkelbraunem Backstein mit weiß gestrichenen Abschlusssteinen darüber. Ein paar Wohnungstüren sind in anderen Farben gestrichen, und ich vermute, dass es sich dabei um Wohnungen handelt, die von den jeweiligen Mietern aufgrund der geltenden Vorverkaufsrechtsregelung günstig erworben werden konnten. Wenn ich so eine Wohnung gekauft hätte, hätte ich die Türfarbe nicht verändert. Ich spürte angesichts meines Vorhabens einen leichten Schauer der Erregung, der aber abebbte, je mehr Zeit verging.

Ich hatte keinen richtigen Plan. Wahrscheinlich hoffte ich, Satsuma würde plötzlich auf ihrem albernen Fahrrad auftauchen oder den Kopf über die Mauer des Laubengangs stecken und »Hey, sucht da draußen jemand nach mir?« rufen. Ich hatte überhaupt keinen Plan. Ich lehnte mich in meinem Sitz zurück und schaute mich um. Es waren nicht viele Leute zu sehen. Gut fünfzig Meter vor mir fummelte ein Typ in einem alten Blaumann an der Gummidichtung um die Heckscheibe eines Autos herum. Sein Hintern sah sehr prall und stramm aus, als er sich auf die Zehenspitzen stellte, um die hinterste Ecke der Scheibe zu erreichen. Mir kam der interessante Gedanke, dass er selbst dann noch genauso aussehen würde wie jetzt, wenn er sein Herz in einer Gesäßbacke sitzen hätte. Sein Geheimnis bliebe zwischen ihm, seinen Angehörigen und seinem medizinischen Team. Vielleicht würde er seine Arbeitskollegen und seine Versicherung einweihen müssen. Sein Herz wäre nicht so geschützt wie im Brustkorb. Das könnte ein Problem sein, vor allem wenn ihm beispielsweise ein Farmer in den Hintern treten würde, weil er unerlaubt über seinen Acker gelaufen war. Der Gedanke verflog, und ich spuckte auf meinen Ärmel, um einen Fleck auf der Windschutzscheibe wegzuwischen. Ich machte es bloß noch schlimmer.

Ich nahm die Ausgabe von ›Der Satsuma-Komplex‹ vom Beifahrersitz. Ich hatte das Buch mitgenommen, um es als Vorwand zu benutzen, um bei Satsuma zu klingeln, falls ich herausfand, wo sie wohnte – »Hi, ich wollte dir bloß dein Buch zurückbringen. Das hast du neulich Abend im Pub liegen lassen. Wie unglaublich ist das denn? Ich bin ein wunderbarer Mann, ich hoffe, du siehst das auch so.«

Ich las den Klappentext auf der Rückseite des Buches:

Der Satsuma-Komplex ist ein Roman über Einsamkeit, fehlende Identität und kulturelle und moralische Verderbtheit. Seine Figuren sind orientierungslos, aber fesselnd. Eine eindringliche Meditation über Liebe und Verlust und alles, was dazwischenliegt.

Es klang immer noch beschissen. Ich warf noch einen kurzen Blick auf Satsumas Nachricht: *»Du wirst nicht enttäuscht sein – ha!«* Aber ich wusste, das wäre ich, wenn ich in die Seiten eintauchen würde.

Ich warf das Buch wieder auf den Beifahrersitz und stöberte im Türfach herum, um mir dessen Inhalt in Erinnerung zu rufen. Ich entdeckte etliche leere Zuckertütchen und Kaffeerührstäbchen aus Holz, ein altes Pfefferminzbonbon, das halb aus seinem durchsichtigen Papier gerutscht und an einer Fünfpencemünze kleben geblieben war, und eine kleine Plastikflasche Nasenspray. Ich fing an, das Papier von dem Bonbon zu klauben, bekam aber das klebrige Zeug unter die Fingernägel. Ich nahm eins von den Kaffeerührstäbchen und teilte es der Länge nach in der Mitte, um mir damit die Nägel zu säubern. Es funktionierte gut, worüber ich sehr froh war. Ich schaltete das Radio ein; es war auf talkSPORT eingestellt. Sie sprachen gerade über einen Boxkampf, bei dem der eine Boxer den anderen Boxer auf die Bretter gschickt hatte. Nach dieser Enthüllung begann ein Werbespot für ein Unternehmen, das zwölf Millimeter dicke Gipskartonplatten im Handumdrehen liefern konnte. Mir kam der Gedanke, dass jemand, der eine anderthalb Quadratmeter große, zwölf Millimeter dicke Gipskartonplatte überall mit sich herumträgt, schnell als etwas Besonderes gelten würde. Vielleicht hätte Satsuma mich dann ernster genommen.

Ich wechselte zu einem Sender, der etwas spielte, das man als »Smooth Jazz« bezeichnen könnte. Es passte gut zu meiner Situation. Ich stellte die Sitzlehne nach hinten und lauschte andächtig, um mich gedanklich von der Verrücktheit meines Unterfangens abzulenken. Pup pup pup dam dam dam machte die Musik beharrlich, und dann setzte die Trompete wie ein langsamer Guss aus einem Krug mit dicker Bratensoße ein.

Ich merkte, dass ich dringend pinkeln musste, sah aber keine Möglichkeit, mich irgendwo außerhalb des Autos zu erleichtern. Neben mir in der Mittelkonsole stand mein Kaffeebecher. Es war ein Kaffee mittlerer Größe, daher schätzte ich, dass in den Becher gut ein Viertelliter reinpassen würde. Das könnte genau das Fassungsvermögen sein, das ich benötigte. Ich schaute mich um. Von dem Wohnblock hinter mir war kein direkter Blick ins Wageninnere möglich. Der Block zu meiner Linken war zu weit weg, um irgendwas in meinem Wagen zu erkennen. Aus den zwei Erdgeschosswohnungen zu meiner Rechten würde man meine obere Hälfte sehen können, aber nichts unterhalb der Fensterlinie. Der einzige Mensch, den ich sehen konnte, war Blaumann, und der schien völlig vertieft in seine Heckscheibenfummelei. Trau dich, dachte ich, schon allein für den Nervenkitzel.

Ich öffnete mein Fenster und schüttete den letzten Rest Kaffee aus dem Becher auf die Grasböschung. Als ich das Fenster wieder schloss, bemerkte ich, dass Blaumann verschwunden war, entweder in seinen Wagen oder in den Wohnblock. Ich öffnete langsam den Reißverschluss meiner Hose, suchte dabei die Gegend nach neugierigen Augen ab. Ich hielt den Becher schräg und legte meinen Dödel auf den Rand. Ich ließ einen Strahl ab, der im Nu den Becher in meiner Hand erwärmte. Ich sah hektisch nach links und rechts, ob da irgendwer guckte, und schaute zwischendurch immer wieder nach, wie voll der Becher schon war. Weil ich den Becher schräg hielt, füllte er sich schneller, als ich gedacht hatte, doch um ihn etwas gerader zu halten, musste ich Hüften und Hintern nach oben schieben, damit mein Dödel über dem Becherrand blieb. Ich schätzte, dass meine Blase erst halbleer war.

Plötzlich klopfte es an meine Seitenscheibe. Ich rutschte auf dem Sitz zurück und hielt den Becher über meinen Dödel. Der Strahl strömte noch kurz weiter und tränkte die Vorderseite meiner Hose. Durchs Fenster konnte ich ein Stück blauen Baumwollstoff sehen. Es war Blaumann. Ich kurbelte das Fenster herunter, verlegen und plötzlich schweißnass, weil er vielleicht was gesehen hat.

»Hallöchen«, sagte ich mit dem schönsten Lächeln, das ich zustande brachte.

»Kann ich Ihnen helfen? Hier dürfen nämlich eigentlich nur Anwohner parken.« Er sagte das recht freundlich, aber mit einem leichten Tadel in der Stimme.

Mein Schweißausbruch legte sich wieder; er hatte offenbar nicht gesehen, was ich gemacht hatte.

»Ja, ich weiß, ich bin bloß auf der Suche nach jemandem, der in der Siedlung wohnt. Die genaue Adresse hab ich leider nicht.«

Er beugte sich tiefer und schob den Kopf in die Mitte des Fensterrahmens.

»Wen suchen Sie denn? Oder haben Sie vielleicht ungute Absichten?«

»Es geht um eine junge Frau, die ich im Pub kennengelernt habe. Sie hat ihr Buch liegenlassen, und ich wollte es ihr zurückgeben.«

Mir wurde peinlich bewusst, dass der Duft von Spargel und Erbsen aus meinem Schritt aufstieg. Ich sah, wie er einen Blick in die Richtung warf und eine Augenbraue hochzog.

»Haben Sie da Gemüsebrühe im Becher?«, fragte er. »Es gibt heutzutage nicht mehr viele Leute, die so was trinken. Ich hab immer gern welche getrunken, besonders am Samstagnachmittag, wenn Wrestling im Fernsehen lief.«

»Ja, ich weiß, was Sie meinen – es geht doch nichts über

eine schöne kräftige Brühe, um sich auf dem Sofa aufzuwärmen. Nein, das ist bloß Tee, einer von diesen Kräutertees, die gut für die Verdauung sein sollen.«

»Ich sehe, Sie trinken ihn ohne Milch. Machen heutzutage viele. Kann Tee ohne Milch nicht vertragen, schmeckt mir einfach nicht.«

»Aber Sie haben ihn ja noch gar nicht probiert. Wollen Sie einen Schluck?«

»Nee, ist nichts für mich.«

»Na los, wann haben Sie zuletzt welchen ohne Milch getrunken? Die Dinge haben sich weiterentwickelt. Diese neuen Mischungen sollen auch ohne gut schmecken.«

Ich hob den Becher ans Fenster und verdeckte dabei mit der linken Hand meinen offenen Hosenschlitz.

»Er ist leider nur lauwarm, aber so sollen diese neuen Teesorten getrunken werden. Na los, trinken Sie einen Schluck.«

»Also gut, dann mal her damit.«

Er nahm mir den Becher aus der Hand und wollte ihn an den Mund führen. Scheiße, der trinkt das wirklich. Ich kam zur Besinnung.

»Moment, da fällt mir ein, Sie sollten ihn doch nicht probieren. Ich hab zwei Magnesiumtabletten reingetan, und die können ein bisschen Probleme machen, wenn man nicht dran gewöhnt ist.«

Er gab mir den Becher zurück.

»Schade, riecht wirklich gut, ein bisschen streng, aber ich mag meinen Tee gern gehaltvoll. Das stört mich ja gerade an den meisten Kräutertees, die sind nämlich oft eher fade. Jedenfalls, wie heißt denn diese Frau? Ich kenne die meisten Leute in diesem Teil der Siedlung.«

»Schon gut. Ich werde sie einfach anrufen, hätte ich gleich machen sollen, bevor ich hergekommen bin. Aber danke.«

»Keine Ursache. Aber bleiben Sie nicht hier stehen. Wie gesagt, das hier sind Anwohnerparkplätze.«

Während er wegging, tat ich so, als würde ich telefonieren, ließ dann den Motor an. Ein Eichhörnchen tauchte auf dem tiefsten Ast eines Ahornbaums zu meiner Rechten auf.

»Alles klar, Kumpel?«, fragte ich es im Kopf.

»Nicht schlecht, Gary. Ich höre, du hast gerade in deinem Auto gepinkelt.«

»Ja, blöd von mir. Keine Ahnung, warum ich so einen Mist mache.«

»Du solltest mal drüber nachdenken, was für Schlüsse die Leute ziehen würden, wenn sie gesehen hätten, was du da tust. Warum machst du so einen Blödsinn?«

»Ich weiß es nicht. Ich meine, ich hatte mächtig Druck, falls das eine Erklärung ist.«

»Ich werde dir sagen warum, Gary, weil es dir nämlich schnurzegal ist, was andere über dich denken. Es ist dir nicht wichtig, weil dir alle anderen egal sind.«

»Nein, ich glaube, da liegst du falsch, Kumpel. Ich vermute, es liegt daran, dass ich mich ständig abstrampele, jemand zu sein, den die Leute mögen, und manchmal muss ich etwas tun, das sich wie ein Befreiungsschlag anfühlt. Ja, ich fühle mich jetzt schrecklich, schäme mich total, um die Wahrheit zu sagen, aber wenigstens hatte ich das Gefühl, ein wenig zu leben.«

»Auf jeden Fall solltest du darüber nachdenken, was das für ein Typ ist, der zu so was fähig ist.«

»Vielleicht mach ich das ja irgendwann mal.«

»Ja, vielleicht.«

»Ich bedaure es sehr, wenn das hilft.«

»Nein, eigentlich nicht.«

Plötzlich hörte ich, wie etwa dreißig Meter vor mir und schätzungsweise zwei Stockwerke über meinem Kopf eine Tür aufflog und dann zugeknallt wurde. Das Eichhörnchen sprang vom Ast und flitzte davon. Durch das offene Fenster konnte ich einen Mann und eine Frau streiten hören. Der Mann brüllte aus vollem Hals, aber ich verstand nur Wortfetzen. Es klang ziemlich heftig. Die Tür knallte wieder, und dann sah ich es.

Hoch über mir war ein Fahrrad vom Laubengang im zweiten Stock geworfen worden und trudelte nach unten. Es war das Walter-Fahrrad in all seiner Pracht und würde sich gleich das Rückgrat brechen. Es landete auf der asphaltierten Fläche vor dem Treppenhaus. Die Vordergabel knickte ein, und der Hinterreifen drehte sich wie ein Rouletterad. Der Sattel hatte sich komplett verdreht und ragte gen Himmel.

Ein Mann tauchte aus dem Treppenhaus auf, trat einmal kräftig mit der Schuhsohle auf das Vorderrad und stapfte davon. Er war groß, gut über eins achtzig, und sah aus wie um die vierzig. Sein kahl geschorener Kopf hatte eine ansprechende Form und stand ihm auch wegen seiner attraktiven Gesichtszüge sehr gut. Er trug einen blauen Anzug, der ihm etwa zwei Nummern zu klein war, und die Hose war eng geschnitten. Ein großer Kerl in einem Teenager-Anzug – das ist heutzutage kein seltener Anblick. Er setzte sich in einen leuchtend roten 3er BMW und brauste davon. Ein paar Minuten nachdem er weggefahren war, stieg ich aus meinem Auto und nahm die Szene in Augenschein.

Als ich mich dem demolierten Fahrrad näherte, sah ich Satsuma aus dem Haus kommen. Ihr Pony saß nicht mehr perfekt, und ihr Haar war völlig zerzaust. Sie trug einen grauen Bademantel, und ihre Doc Martens waren offen. Unsere Blicke trafen sich. Sie wischte sich mit dem Ärmel ihres Bademantels die Nase ab und begrüßte mich mit einem enttäuschten Lächeln.

»Hallo, was machst du denn hier?«, fragte sie, während sie sich rasch umsah.

»Also, ähm, eigentlich hab ich dich gesucht.«

»Ich versteh nicht. Wieso das denn?«

Ich stand jetzt vor ihr und konnte sehen, dass sie geweint hatte.

»Ist alles in Ordnung?«, fragte ich.

»Ja, mir geht's gut. Was willst du? Es ist gerade wirklich kein günstiger Zeitpunkt für mich ...«

»Das sehe ich. Hör mal, geht's dir wirklich gut? Wer war der Typ, der dein Fahrrad runtergeschmissen hat?«

»Das geht dich wirklich nichts an.«

Ihre Gleichgültigkeit und Kälte überraschten mich. So hatte ich mir unser Wiedersehen nicht vorgestellt. Vor lauter Schock wurde ich förmlicher.

»Ich halte dich auch nicht lange auf. Erinnerst du dich an den Mann, mit dem ich gestern Abend im Grove an der Theke gesessen habe?«

»Ja, einigermaßen.«

»Tja, er wurde tot aufgefunden, nachdem er den Pub verlassen hatte, und anscheinend war ich die letzte Person, die mit ihm gesprochen hat.«

»Ach du Scheiße, echt jetzt?«

»Ja. Die Polizei war bei mir, und vielleicht brauche ich ein Alibi für die Zeit, nachdem er den Pub verlassen hat bis ich nach Hause gekommen bin. Wärst du einverstanden, wenn ich ihnen deinen Namen und deine Adresse gebe?«

Sie antwortete schnell und mit einem Anflug von Panik und Furcht in der Stimme:

»Nein, tut mir leid, das geht nicht. Das könnte mich in große Schwierigkeiten bringen, und das kann ich zurzeit einfach nicht gebrauchen.«

»Bist du auf der Flucht oder so? Hast du schadhafte E-Zigaretten importiert oder geklaute Vorhänge verkauft?«, fragte ich, um die Situation etwas aufzulockern.

»Nein, ich beantworte bloß deine Frage. Ich bin nicht damit einverstanden, dass du meine Daten an die Polizei weitergibst.«

Es war eine sehr klare und eindeutige Antwort, und da ich ein Schisser bin, machte ich prompt einen Rückzieher.

»Hey, kein Problem, das ist völlig okay. Ich musste das fragen. Ich will dich nicht in Schwierigkeiten bringen. Hör mal, soll ich dir mit dem Fahrrad helfen?«

»Nein, bitte, geh einfach. Tut mir leid, dass ich dir nicht helfen kann. Bitte komm nie wieder her.«

»Nein, alles klar. Keine Bange, ich bin kein Verdächtiger oder so. Das klärt sich bestimmt alles auf.« Als sie sich umdrehte, fiel mir das Buch wieder ein. »Hey, ich hab das Buch dabei, das du im Pub liegen gelassen hast.« Ich hielt ihr das Buch hin, hoffte, sie würde sich mir wieder zuwenden.

»Schon gut, kannst du behalten.«

Sie warf mir ein schwaches Lächeln zu und hob das Fahrrad auf, um es durchs Treppenhaus nach oben zu schleppen. Ich hätte ihr gern geholfen, doch das wollte sie nicht. Ich hatte meinen Namen und meine Handynummer auf die Innenklappe des Buchumschlags geschrieben in der Hoffnung, dass sie mich irgendwann anrufen würde. Während ich dastand und ihr nachschaute, das Buch noch immer in der Hand, schwante mir, dass wir wahrscheinlich nie wieder miteinander reden würden.

7

Es war gegen drei Uhr am Nachmittag, als ich zu meiner Wohnung zurückkehrte. Grace hatte mich parken sehen und wartete auf dem Laubengang, als ich aus dem Aufzug trat.

»Hast du sie gefunden?«, sagte sie zur Begrüßung.

»Ja, hab ich«, erwiderte ich, und sie kam ungefragt auf eine Tasse Tee in meine Wohnung.

»Hast du irgendwas über die beiden Polizisten rausgefunden?«, fragte ich.

»Nichts. Also bleib ich zumindest vorerst wachsam und misstrauisch. Haben die irgendwie mit dir Kontakt aufgenommen?«

»Nein.«

»Hmmm.«

Sie ließ sich aufs Sofa plumpsen, und ich holte ihr eine Tasse Tee und einen Viscount-Keks – die mit Pfefferminzgeschmack, die einzeln folienverpackt sind.

»Was anderes hast du nicht da?«, fragte sie und stellte ihre salbeigrünen Slipper neben sich aufs Polster.

»Magst du keine Viscount-Kekse?«, erwiderte ich.

»Ich mag die Folie nicht. Wenn ich die wegpule, wackeln meine Füllungen.«

»Soll ich sie für dich abmachen?«

»Nein, die Folie ist ein Ausschlusskriterium, Gary, verstehst du das nicht?«

»Von mir aus, dann esse ich ihn eben.«

Als ich zum Sofa ging, um mir ihren Viscount-Keks zu holen, hob sie plötzlich eine Hand, um mir zu signalisieren, dass ich nicht näher kommen sollte.

»Nicht so schnell, Junge«, sagte sie. »Du hast meine Frage immer noch nicht beantwortet: Hast du noch etwas anderes zu bieten, außer dem Viscount-Keks?«

»Ich hätte noch ein KitKat Chunky.«

»Bleib mir bloß weg mit deinem KitKat Chunky. Den krieg ich nicht gekaut, nicht mit meinen Zähnen.«

»Ich könnte dir eine Scheibe Toast machen?«

»Langweilig. Toast esse ich schließlich jeden Tag. Ich lebe mehr oder weniger von dem Zeug. Wie wäre es mit einem Stück Battenberg-Kuchen?«

»Ich hab noch ein paar von diesen kleinen pappigen Schoko-waffeln aus dem Coffeeshop.«

»Wie wär's mit einem Stück Battenberg-Kuchen?«, fragte sie mit einem wissenden Ausdruck im Gesicht.

»Wie wär's mit Nutella auf einem Cracker? Das hat fast Ge-burtstagsniveau ...«, entgegnete ich.

»Gary, ich kann den Battenberg-Kuchen auf der Arbeitsplatte sehen, und es sind noch gut zwei Fingerbreit übrig. Also ein Fingerbreit für jeden. Wenn wir den essen, wäre das so, als würdest du an deinem Geburtstag die Fahrprüfung bestehen und jemand deine Sachen bügeln. Na los, verputzen wir ihn.«

»Bist du sicher, dass dir von dem Marzipan nicht die Zähne wackeln?«

»Absolut.«

Ich schnitt den Battenberg-Kuchen in zwei Stücke und legte

ihres auf einen Unterteller. Meine Scheibe war deutlich dicker, aber das verbarg ich vor ihr, indem ich den Kuchen aus der flachen Hand aß.

»Wann richtest du dich endlich wohnlicher ein? Schau dich doch mal um. Du lebst wie ein Hausbesetzer. Du hast hier nichts, was du nicht einfach zurücklassen könntest. Es fühlt sich alles so, keine Ahnung ... provisorisch an.«

»Ich find's gut so. Es zeigt mir, dass ich nach vorne schauen soll, dass ich offen sein muss für verlockende Möglichkeiten, die sich jederzeit auftun können.«

»Blödsinn, Gary, du bist genauso festgefahren wie ich. Jeden Tag seh ich dich in deinem schäbigen Anzug und mit der leeren Plastikaktentasche zur Arbeit gehen. Du siehst ungefähr so dynamisch aus wie ein ausrangierter Kühlschrank.«

»Danke, Grace. Wie auch immer, ich dachte, du wolltest was über die Frau hören, die ich gesucht habe?«

»Dann schieß mal los. Übrigens, meine Scheibe Kuchen ist höchstens einen halben Fingerbreit dick. Wenn ich verhungere, bist einzig und allein du schuld.«

Ich fing an, ihr von meinem Ausflug zur Grange-Siedlung zu erzählen. Nachdem sie ihren Battenberg vertilgt hatte, schob sie eine Hand in den Salbeislipper neben sich und unterbrach meinen Redefluss.

»Die Frau hat dir wirklich den Kopf verdreht, was?«

»Wie kommst du darauf? Ich kenn sie doch kaum.«

»Tu nicht so scheinheilig. Beantworte die Frage.«

»Ich hab nicht mal darüber nachgedacht. Sie ist eine Nummer zu groß für mich.«

»Na ja, sogar Lassoo ist eine Nummer zu groß für dich, aber das beantwortet meine Frage nicht.«

»Okay. Ich bin schwer beeindruckt von ihr. Sie hat so eine

angenehme Art, und sie fasziniert mich. Meine Antwort wäre also: Ich bin fasziniert von ihr.«

»Du scheinst viel darüber nachgedacht zu haben.«

»Und ob.«

»Du hast mir nie von deinem Liebesleben erzählt. Hast du schon mal eine Freundin gehabt?«

»Ich dachte, du wärst meine Freundin?«

»Lass den Quatsch, Gary, beantworte meine Frage.«

Freundinnen ist ein Thema, über das ich grundsätzlich nicht gern rede. Ich weiß, dass ich nicht gut aussehe, aber ich bin auch nicht potthässlich. Ich würde mein Gesicht als leicht zu vergessen bezeichnen (viele Leute vergessen es zweifellos), und ich bin eins einundsiebzig groß, was nur dreieinhalb Zentimeter unter dem Landesdurchschnitt ist (ich habe das mehrfach nachgeschlagen). Wenn ich einen Raum betrete, habe ich nicht das Gefühl, dass die Leute so was denken wie ›Hey, da kommt eine halbe Portion‹ oder ›Achtung! Eine Krabbe auf zwei Beinen‹! Nichts dergleichen. Nur gelegentlich fällt mal eine Bemerkung über meine Größe, was wohl bedeutet, dass ich ganz gut damit durchkomme.

Mein großes Problem war schon immer, dass mir das Selbstvertrauen fehlt, eine Frau anzusprechen. Als Teenager war ich zu der Überzeugung gelangt, dass ich nie ein Mädchen kennenlernen würde, und das machte mich traurig. Ich dachte, das läge daran, dass ich keine Schwestern hatte. Frauen kamen mir vor wie außerirdische Wesen. Ich kann mich nicht erinnern, an der Uni je mit einer Kommilitonin gesprochen zu haben, außer um irgendwelche Sachfragen zu klären. Ich versuchte, Grace das zu vermitteln.

»Es fällt mir nun mal schwer, Frauen kennenzulernen und eine Beziehung aufzubauen. Ich hatte zwei Freundinnen, aber mit der Letzten war Schluss, bevor ich nach London gezogen bin.«

»Papperlapapp«, erwiderte Grace. »Erzähl mir, wie du die beiden kennengelernt hast, wenn du so unfähig bist.«

Aus irgendeinem Grund, vielleicht, weil Satsuma mir im Kopf herumspukte, beschloss ich, mich zu öffnen und Graces Frage zu beantworten (und mich dabei in ein deutlich besseres Licht zu rücken).

Ich erzählte ihr, wie ich meine erste Freundin während meiner zweiten Woche an der Uni in Manchester kennenlernte. Ich war achtzehn und wohnte zusammen mit acht anderen Erstsemestern in einem Studentenwohnheim. In den ersten Wochen verkroch ich mich die meiste Zeit in meinem Zimmer und traute mich nur abends in die Gemeinschaftsküche, wenn ich wusste, dass meine Mitbewohner unterwegs waren und sich amüsierten oder zumindest so taten als ob. An jenem Abend wählte ich den falschen Zeitpunkt und traf in der Küche eine Kommilitonin, die darauf wartete, dass ihr Toast aus dem Toaster sprang. Ich ignorierte sie zunächst und suchte umständlich nach meinem Brot, um dann, als ich es gefunden hatte, zwei Scheiben aus der Plastikverpackung zu nehmen und diese anschließend wieder sorgfältig zu verschließen. Die Scheiben waren extra dick, wie ich meinen Toast am liebsten habe. Ich suchte wieder umständlich nach einem meiner Teller (meine Mum hatte mir bei Home Bargains ein Set Plastikgeschirr mit dem Gesicht einer Schleiereule als Motiv gekauft) und stellte ihn auf die Arbeitsplatte. Ich hatte keine Butter und wollte die von jemand anderem aus dem Kühlschrank klauen. Sie hatte diesen Plan vereitelt, daher schlich ich zurück in mein Zimmer, um zu warten, bis sie die Küche verließ. Doch als ich zehn Minuten später zurückkam, stand sie noch immer am Toaster.

»Hi«, sagte sie.

»Hallo«, erwiderte ich.

Das Gespräch verpuffte, und sie wandte sich wieder dem Toaster zu. Ich ging zur Arbeitsplatte und stellte fest, dass meine beiden Toastscheiben nicht mehr auf dem Teller lagen. Sie hat sie sich genommen, dachte ich, und empfand prompt Bewunderung für sie. Es verschaffte mir auch einen gewissen Vorteil. Ich könnte das nutzen, um sie dazu zu bringen, mich zu mögen. Sie drehte sich wieder um und sprach mit mir, während sie zum Flur rechts von mir schaute.

»Hör mal, tut mir leid, dass das hier so lange dauert. Ich hab den ersten Schwung verbrannt. Vielleicht willst du ja lieber in deinem Zimmer warten.«

»Nein, kein Problem, ich warte hier. Ich bin Gary, nett, dich kennenzulernen.«

»Ja, gleichfalls. Ich bin Layla, ich mag Toast.«

»Ich auch. Ist sehr schmackhaft.«

»Genau.«

Sie drehte sich wieder zum Toaster um, und ich sah, dass sie an dem Rädchen drehte, um die Röstzeit zu verlängern. Ich spürte, dass sie total nervös war. Sie hatte langes dunkelbraunes, in der Mitte gescheiteltes Haar und einen rötlichen Teint, als hätte sie sich das Gesicht mit einer Kokosnuss geschrubbt. Sie war nicht mein Typ, meiner ersten Einschätzung nach. Sie trug eine beige Jogginghose und ein hellblaues Sweatshirt mit dem Aufdruck »Happy Now« auf der Vorderseite. Sie spähte kurz über die Schulter und warf mir ein entschuldigendes Lächeln zu. Mir fiel auf, dass sie leuchtend roten Lippenstift trug. Den hatte sie bei unserer ersten Begegnung vor zehn Minuten noch nicht getragen. Ihre Schneidezähne waren sehr markant und selbstbewusst, perfekt, um Fleisch zu essen und hilfreich beim Öffnen schwieriger Verpackungen.

PING machte der Toaster, und zwei extra dicke verbrannte Toastscheiben sprangen heraus. Sie schnappte sie sich rasch, warf sie in die Spüle und tränkte sie mit kaltem Wasser aus dem Hahn. Dann fischte sie die durchweichten Scheiben heraus und warf sie in den Mülleimer. »Schon wieder nichts geworden«, sagte sie. »Irgendwas stimmt mit dem Toaster nicht.«

»Ja, offensichtlich«, erwiderte ich.

»Das waren meine letzten zwei Scheiben, also kein Toast für mich. Ich werd einfach etwas Butter essen.«

»Ich mach dir einen Vorschlag«, sagte ich. »Du kriegst zwei Scheiben von meinem Brot, wenn du mir was von deiner Butter abgibst.«

»Hört sich gut an.«

»Bist du jetzt happy«, sagte ich und zeigte auf das »Happy Now« auf ihrem Sweatshirt.

»Ach so, ja. LOL. Sogar LAFS.«

»Wofür steht LAFS?«

»Layla's awful fucking sweatshirt.«

Ich lachte, mehr oder weniger.

»Deine Schleiereulenteller gefallen mir. Hast du die von deiner Mum?«, fragte sie.

»Nein«, log ich, um nicht wie ein Softie zu wirken. »Ich hab schon immer Eulen gemocht. Ich find's toll, dass sie den Kopf so weit drehen können und dass sie schicke Hosen tragen, obwohl sie ein auf die Jagd fokussiertes Outdoor-Leben führen.«

»Wo hast du sie gekauft?«

»In einem Souvenirladen in einem Vogelschutzgebiet auf dem Lande.«

»Perfekter Ort, um Eulenteller zu kaufen.«

»Ja, und überhaupt ein großartiger Ort, schon allein aufgrund seiner Geisteshaltung und seiner verschiedenen Sichtweisen.«

»Hatte der Laden ein Café?«

»Ja, da hab ich das Schleiereulengeschirr zum ersten Mal gesehen.«

»Gab's auch Toastbrot zu kaufen?«

»Ja, und der Kaffee hatte ein Schleiereulengesicht im Milchschaum.«

»Du magst deine Schleiereulen wirklich.«

»Nicht so sehr, wie du Toast magst.«

In den folgenden Wochen verbrachten wir viele Stunden miteinander und wurden zu einem Team: zwei einsame Seelen gegen den Rest der Welt. Wir erfüllten uns gegenseitig all unsere Bedürfnisse und verbrachten die nächsten drei Jahre zusammen wie in einer Art Kokon. Falls sie mich verließ, wäre ich völlig aufgeschmissen. Ich tat alles, was ich konnte, um dafür zu sorgen, dass sie sich genauso fühlte. Wir lebten in einer riesigen warmen Wassermelone und stellten nie in Frage, ob das gut war, weil wir uns vor der Antwort fürchteten. Ich fühlte mich verdammt wohl und nahm an, dass sie dasselbe empfand.

Eines Abends dann kam ich nach Hause, und sie war weg. Sie hatte mir einen Brief hinterlassen, in dem sie sich entschuldigte und erklärte, sie habe das Gefühl, drei Jahre ihres Lebens verschwendet zu haben, dass es an der Zeit sei, sich neu zu orientieren. Sie hatte recht. Ich war nicht am Boden zerstört, aber doch so verunsichert, dass ich zu meiner Mum zurückkehrte, um mit ihr in einer anderen warmen Melone zu leben. Als der Schmerz nachließ, wurde mir klar, dass ich nie wirklich in Layla verliebt gewesen war. Sie hatte mit mir geredet, und das hatte genügt, um uns auf unsere unnütze Reise zu schicken. Dennoch, ich hatte eine Freundin gehabt und ein Stück weit meine Angst vor Frauen verloren.

Grace fiel mir ins Wort.

»Soll ich etwa Mitleid mit dir haben?«

»Nein, ich gebe bloß die Fakten wieder.«

»Rein interessehalber, warum seid ihr so lange zusammengeblieben, wenn alles so beschissen war?«

»Keine Ahnung, Grace, ich glaube, ich hatte gehofft, die Sache würde einfach im Sand verlaufen oder Layla würde einen Schlussstrich ziehen. Hast du schon mal in einer warmen Melone gelebt? Das ist sehr beruhigend – da fällt es schwer, das aufzugeben.«

»Ich würde niemals in einer großen Frucht leben, Gary – schon gar nicht in einer warmen. Die fängt irgendwann an zu faulen, ist doch klar. Du hattest einfach nicht den Mumm, Schluss zu machen. Typisch Mann. Und du hast sie nicht mal richtig gemocht. Du Arschloch. Wie hast du dann die andere Freundin kennengelernt?«

Ich erzählte ihr, wie ich an Freundin Nummer zwei gekommen war: Anne.

Ich war vierundzwanzig und lebte zu Hause bei meiner Mum in Leeds. Ich hatte einen Job in der Stadtverwaltung, wo ich Bauanträge bearbeitete. Die Arbeit war leicht, monoton und langweilig, was zu meiner allgemeinen Missstimmung perfekt passte. Eines Abends wollten ein paar Kollegen aus meiner Abteilung zu einer Comedy-Veranstaltung in einem Pub in der Nähe. Sie fragten, ob ich Lust hätte, mitzukommen. Ich spürte, dass sie mich aus reiner Höflichkeit einluden und nicht aus echtem Interesse an meiner Person, aber ich sagte trotzdem zu. Nervöse, unsichere Möchtegernkünstler faszinieren mich. Es ist, als würde ich dabei zuschauen, wie ich gefoltert werde, ohne tatsächlich Schmerzen verspüren zu müssen.

Der Comedy-Abend fand in einem Saal im hinteren Teil des Pubs statt. Die Bühne war auf einer Seite, die Bar auf der anderen. Über der Bühne hing ein Spruchband mit der Aufschrift »lachhaft!«, und etwa zwanzig Tische waren im Raum verteilt. Unsere Gruppe hatte einen Tisch für sechs Personen reserviert. Wir waren jetzt zu siebt, also nahm ich mir einen Stuhl von einem anderen Tisch und setzte mich zwischen, aber leicht hinter zwei meiner Kollegen. Der eine war mein Vorgesetzter Ian Pepper. Mitte vierzig und dumpf wie eine verdammte Betonglocke. Er wandte mir den Kopf zu, um ein wenig zu plaudern. »Alles klar da hinten, Gary? Können Sie die Bühne gut sehen?«

»Ja, alles prima, danke. Und, sind Sie ein großer Comedy-Fan?«, fragte ich.

»Eigentlich nicht. Kapier nicht, wozu das gut sein soll.«

»Was gucken Sie denn gern, so zur Unterhaltung?«

»Ich guck mir ganz gern Golf im Fernsehen an.«

»Und wozu soll Golf gut sein?«

»Na ja, es gibt ein Ergebnis, einen Gewinner, einen Erfolg, wenn man so will.«

»Okay, aber wenn Comedians Sie zum Lachen bringen, dann sind Sie auch der Gewinner.«

»Aber das tun sie eben nie. Gary, meinen Sie, Sie könnten eine Runde Getränke für unseren Tisch holen? Wäre das wohl möglich?«

»Ja klar, mach ich gern.«

Ich nahm die Bestellungen entgegen und ging zur Bar. Sie war leer bis auf drei junge Frauen, die in der Mitte der Theke standen. Sie waren laut und aufgekratzt, offenbar angeheitert. Als ich die Bestellung aufgab, machte die Größte der drei einen Schritt auf mich zu. »Na, du Winzling, sind die Drinks alle für dich?«, sagte sie und sah lachend zu mir runter.

»Nein, die sind für meine Kumpel.«

»Was für Kumpel? Als ob du irgendwelche Kumpel hättest.« Sie drehte sich zu ihren Freundinnen um, und prompt lachten die beiden mit ihr.

Ich begann zu schwitzen und wartete inbrünstig darauf, dass meine Bestellung fertig wurde, damit ich zurück zum Tisch gehen konnte. Die Große schaute immer noch zu mir runter, während sie ihr kohlensäurehaltiges Getränk durch einen Strohhalm saugte und dabei übertrieben verführerische Grimassen zog. Ich fühlte mich gehasst. Sie hatte ein blasses rundes Gesicht und glattes, pechschwarzes, in der Mitte gescheiteltes Haar, das ihr bis auf die Schultern fiel. Sie trug ein schwarzes Trägerkleid, und die Gesamtwirkung war die einer Victoria Beckham für Arme. Ich glaube, sie war betrunken. Entweder das oder auf dem besten Weg dahin.

Ihre kleine vogelgesichtige Freundin schaltete sich ein:

»Willst du uns denn keinen Drink spendieren, Kleiner?«

Ich starrte bloß stur geradeaus auf die Spirituosenflaschen hinter der Bar. Spatzengesicht ließ nicht locker:

»Bist du taub, Mann? Spendierst du uns nun einen Drink oder was?«

Die ersten beiden Bier meiner Bestellung wurden vor mir auf die Theke gestellt. Ich nahm sie und ging zurück zum Tisch. Ich fragte Ian, ob er mir bei den restlichen Getränken behilflich sein könnte, und er tat mir dankenswerterweise den Gefallen. Als ich wieder zur Bar kam, hatten sich die drei Frauen bereits an ihren eigenen Tisch gesetzt.

Nachdem ein paar Stand-up-Comedians ihre Auftritte absolviert hatten, kündigte der Moderator die nächste Nummer an, und auf die Bühne kam der Victoria-Beckham-Verschnitt.

»Hi, ich bin Anne Campbell. Wieso glotzt ihr mich alle so an? Steht ihr auf mich, oder fragt ihr euch bloß, ob ich gut staubsaugen kann?«

Das wurde mit völligem Schweigen quittiert. Mein Vorgesetzter, Ian Pepper, war der Einzige, der lachte.

»Hahaha. Das ist SEHR, SEHR LUSTIG!«, grölte er, und es war unmöglich zu sagen, ob das ernstgemeint war oder purer Sarkasmus.

Sie machte weiter, aber ich sah ihr an, dass ihr Selbstvertrauen angeschlagen war.

»Also, ähm ... okay. Ich war neulich angeln, und als ich die Schnur einholte, hatte ich eine ›Best of Händel‹-Kassette am Haken. Fische lieben anscheinend ›Wassermusik‹.«

Stille. Diesmal wurde sie von jemand anderem im Publikum durchbrochen (Ian hörte nicht mehr zu):

»Erzähl uns einen Witz, du willst es doch auch.«

Vereinzelte Lacher. Das Publikum war eindeutig nicht auf ihrer Seite. Ich konnte spüren, wie ihr Selbstbewusstsein ins Wanken geriet. Sie nahm das Mikro aus dem Ständer, was prompt eine kreischende Rückkopplung aus den Lautsprechern erzeugte. Ein Typ an einem vorderen Tisch rief:

»Hör auf die Lautsprecher, Mädel: Zisch ab!«

Damit war ihr Schicksal besiegelt; es gab keinen rettenden Ausweg, zu dem sie sich mit ihren Pointen hätte durchhangeln können. Der Moderator kam zurück auf die Bühne, um sie zu erlösen. Sie tat mir leid, und ich hatte Schuldgefühle wegen der Rolle, die mein Kollege dabei gespielt hatte, sie der Lächerlichkeit preiszugeben. Ich konnte mir nur halb einreden, dass sie es aufgrund ihres Verhaltens mir gegenüber zuvor an der Bar verdient hatte.

Am Ende des Abends waren meine Kollegen sturzbesoffen und unterhielten sich hauptsächlich über ihre Erinnerungen an Konserven und tiefgekühlte Fertiggerichte. Außer uns waren nur noch eine Handvoll Leute da. Ich warf einen Blick über die Schulter und sah, dass Victoria Beckham sich mutterseelenallein mit einem blau gefärbten Sprudelgetränk tröstete. Ich nahm eine volle Flasche Bier von unserem Tisch und ging zu ihr.

»Hey, hier ist der Drink, den ich dir spendieren sollte.«

»Was? Ach so. Danke, aber ich bin jetzt bei dem blauen Drink.«

»Ich hab dich auf der Bühne gesehen. Ich fand, du hast dich gut behauptet.«

»Normalerweise bin ich viel besser. Aber irgendein Arschloch hat mich gleich am Anfang unterbrochen, und so Zwischenrufe bringen mich immer total aus dem Konzept.«

»Ja, ich hab den gehört. So ein Idiot.«

»Hey, sorry, dass ich dich vorhin Winzling genannt hab ... Ich werde immer ganz überdreht, wenn ich mir vor einem Auftritt Mut antrinke. So klein bist du gar nicht.«

»Ja, ich bin nur dreieinhalb Zentimeter unter dem Landesdurchschnitt. Dein Angelwitz war richtig lustig. Sogar mein Kollege Ian hat gelacht, und der lacht normalerweise nur über Golfschläge.«

Ich schaute zu unserem Tisch hinüber und sah, dass Ian und die anderen aufbrachen. Das freute mich. Victoria Beckham und ich unterhielten uns noch gut eine Stunde und gingen dann zusammen. Das gehässige und dreiste Verhalten, das sie vor ihrem Auftritt an den Tag gelegt hatte, war wie weggeblasen. Sie wirkte besiegt. Mir wurde klar, dass ich diese Frau leicht dazu bringen könnte, mich zu mögen, und das tat ich dann auch. Wir wurden ein Paar, waren die nächsten zwei Jahre unzertrennlich und schufen die nächste warme Melone, in der ich vor mich hin dümpeln konnte, bis ich sie zufällig dabei erwischte, wie sie es hinter einem Müllcontainer auf dem Kinoparkplatz mit einem Polizisten trieb, dann war Schluss.

Grace unterbrach mich.

»Hier zeichnet sich ein Muster ab. Deine beiden Beziehungen sind in die Hose gegangen, weil du es eigentlich nur bequem haben wolltest und es ihnen schwer gemacht hast, zu gehen. Warum glaubst du, dass es bei dieser Satsuma anders sein wird?«

»Ich habe es im Kopf durchgespielt. Ich denke, es könnte etwas Außergewöhnliches daraus werden.«

»Wie kommst du darauf?«

»Weil ich wirklich total auf sie abfahre.«

»Gott steh der armen Frau bei.«

Ich erzählte Grace von Satsumas' Weigerung, mir ein Alibi zu geben, und versicherte ihr, dass ich in der Lage wäre, die Polizei zu ihrer Wohnung zu führen, falls das jemals erforderlich sein sollte. Ich wollte nicht, dass es dazu kam, und da ich mit der ganzen Sache nichts zu tun hatte, ging ich natürlich davon aus, dass es auch nie passieren würde. Grace schien mit dem Ergebnis zufrieden zu sein und riet mir, Satsuma zu vergessen, in ihrem und auch in meinem eigenen Interesse. Lassoo fiel mitten im Nickerchen von seinem Stuhl, lief ein paar Schritte zur Seite und kotzte auf den Teppich.

8

An dem Abend ging ich ins Grove, um Fußball zu gucken. Ich wollte versuchen, mich von Gedanken an Brendans Tod und von Graces Argwohn wegen Wilmott und Cowley abzulenken. Vor allem aber wollte ich mich von Satsuma und von dem nagenden Gefühl ablenken, dass sie in irgendwelchen Schwierigkeiten steckte oder Kummer hatte. Ich setzte mich zu Nick und Andy auf unseren Stammplätzen am Ende der Theke. Da zwei Londoner Vereine gegeneinander antraten, war das Spiel zwangsläufig eine langweilige Angelegenheit. Nach dem Schlusspfiff erzählte ich ihnen von der Frau, die ich neu kennengelernt hatte, und schwindelte ihnen vor, dass sich die Dinge außergewöhnlich gut anließen. Nicks Rat war eindeutig: »Lass dich nicht darauf ein, Alter. Alle Frauen machen einen Scheißärger, besonders die gutaussehenden.«

Nick und Andy verabschiedeten sich kurz nach dem Abpfiff, ich ging in den Lounge-Bereich und setzte mich in die Nische, wo ich es nicht geschafft hatte, Satsuma für mich einzunehmen. Während ich so dasaß, ließ ich Bruchstücke unseres Gesprächs noch einmal Revue passieren. Was hatte ich falsch gemacht? Ich hatte mich ein bisschen gemein über ihr Fahrrad geäußert, aber sie schien es mit Humor genommen zu haben.

Ansonsten war unsere Unterhaltung doch unverkrampft verlaufen. Wieso hatte es nicht funktioniert?

Ich musste aufhören, an sie zu denken. Ich schaute zur Theke hinüber, wo ich Brendan zuletzt gesehen hatte, und beschloss, zwecks Satsuma-Ablenkung eine Weile über ihn nachzudenken. Ich scrollte durch die Kontakte in meinem Handy bis zu seinen Daten und sah mir die fünf oder sechs Nachrichten an, die wir ausgetauscht hatten. Sie waren alle nur arbeitsbezogen und nüchtern, bis auf eine, der er ein Foto von seinem neuesten Sockenkauf angehängt hatte. Ein beiges Paar mit einem Revolver, der den Beinteil jeder Socke über die ganze Länge schmückte. Die Nachricht lautete »Fußsoldat LOL«. Ich lächelte und dachte daran, dass ich nicht gelächelt hatte, als ich die Nachricht erhielt. Unsere letzte Interaktion war die, dass er mir den Zettel mit der Telefonnummer seines »Freunde-und-Verwandte-Handys« in die Tasche gesteckt hatte. Ich holte den Zettel hervor und wählte die Nummer. Ich weiß selbst nicht warum; es schien mir einfach angemessen, ehe ich den Zettel wegwarf. Der Anruf ging direkt an die Mailbox: »Hier ist die Mailbox von Fuzzbox, Ihrem kompetenten Sockenexperten. Bitte hinterlassen Sie eine Nachricht nach dem Signalton.« Ich legte auf und lachte in mich hinein. Brendans letzter Witz war echt gut.

Ich beschloss, es mit Brendans normaler Arbeitsnummer zu versuchen, der Nummer, die ich immer benutzt hatte, und wählte sie aus meiner Kontaktliste. Nach fünf- oder sechsmaligem Klingeln ging jemand dran.

»Hallo?«, sagte ich.

Es kam keine Antwort, aber ich konnte spüren, dass jemand am anderen Ende war.

»Hallo? ... Hallo? ... Hallo? Ist das Brendans Handy?«, fragte ich in die Stille hinein.

Wieder keine Antwort. Ich spürte einen kleinen Adrenalin-stoß im Magen.

»Hallo? ... Ist da die Polizei?«

Ein paar Sekunden Stille am anderen Ende, dann wurde aufgelegt. Wer zum Teufel hatte Brendans Handy? Mein erster Gedanke war die Polizei gewesen, aber die hätten doch bestimmt mit mir gesprochen. Würde ich jetzt Schwierigkeiten kriegen, weil ich die Nummer angerufen hatte? Ich glaubte nicht. Scheiße, was, wenn Brendan tatsächlich ermordet worden war und ich gerade mit dem Mörder gesprochen hatte? Könnten die mich anhand des Anrufs zurückverfolgen? Ja, natürlich könnten sie das, ich stand ja garantiert in Brendans Kontaktliste. Ich geriet schlagartig in Panik, beruhigte mich dann damit, dass seine Nummer in den letzten Tagen sicherlich von allen möglichen Arbeitskontakten angerufen worden war. Es war keine große Sache, aber trotzdem war mir jetzt mulmig zumute. Ich ging zurück in den anderen Bereich des Pubs und guckte mir ein spanisches Fußballspiel an, das zwangsläufig in technischer Hinsicht durchaus bewundernswert, aber sterbenslangweilig war.

Auf dem Weg nach Hause nahm ich den Zettel von Brendan wieder aus der Tasche, bedachte ihn mit einem kleinen Lächeln und warf ihn in den Rinnstein. Beim Hervorholen des Zettels hatten meine Finger etwas Kleines, Hartes unten in meiner Tasche ertastet. Es war ein USB-Stick in Form eines winzigen Maiskolbens. Ich hatte ihn noch nie zuvor gesehen. Brendan musste ihn mir heimlich zugesteckt haben. Ich ging kurz hoch in mein Büro, als ich auf meinem Weg an der Kanzlei vorbeikam, und steckte den USB-Stick in meinen PC. Auf dem Bildschirm erschien die Mitteilung, dass der Inhalt des Speichermediums passwortgeschützt war und ich das Pass-

wort eingeben sollte. Ich tippte einige naheliegende Kandida-
ten ein:

Passwort
123456
BrendanHA-HA
HAHA Brendan
HABrendanHA
Socken
SOX

Keines funktionierte, und ich gab auf. Ich würde Grace morgen fragen, ob sie eine Möglichkeit sah, das Passwort für den
Stick zu knacken, denn Brendan hatte offensichtlich gewollt,
dass ich dessen Inhalt sehe.

9

Als ich am nächsten Tag aufwachte, dachte ich nicht mal zehn Minuten an Satsuma. Fortschritt, sagte ich mir. Ich hatte so gut wie nichts Essbares mehr in der Wohnung, also beschloss ich, zum Frühstück in den Coffeeshop zu gehen. Vorher schaute ich noch bei Grace vorbei und erzählte ihr von dem USB-Stick. Sie bekam leuchtende Augen, wollte unbedingt mit von der Partie sein.

»Lass ihn mir hier«, sagte sie mit einem hungrigen Ausdruck im Gesicht. »Ach, und könntest du kurz mit Lassoo Gassi gehen? Meinen Knochen ist heute nicht danach, und er muss dringend raus.« Ich willigte ein, ihn mit zum Coffeeshop zu nehmen.

»Hast du im Internet irgendwas über die beiden Polizisten gefunden?«, fragte ich.

»Nichts. Irgendwann ist mir die Lust vergangen, um ehrlich zu sein. Die müssen untergetaucht sein, oder du hast mir die falschen Namen gegeben. Ich hab mir schon überlegt, dass sie vielleicht Journalisten sind. Das würde passen. Die schnüffeln doch ständig im Elend anderer Leute herum. Aber diese neue Aufgabe klingt viel interessanter. So, jetzt hau ab und zieh nicht an seiner Leine.«

Lassoo ließ sich wie immer viel Zeit und wurde erst munter,

als wir die Spielwiese erreichten. Ich ließ ihn von der Leine, damit er sein Geschäft verrichten konnte. Als er davontrottete, sprang mein Eichhörnchenfreund auf die kleine Mauer am Rand der Spielwiese.

»Alles klar, Kumpel?«, fragte ich mich selbst.

»Ja, gar nicht mal schlecht, wenn ich drüber nachdenke«, erwiderte ich für ihn.

»Dein Schwanz ist heute aber nicht so flauschig fluffig. Hattest du eine anstrengende Nacht?«

»Vielleicht solltest du das nicht unbedingt ansprechen, wo du doch meine Gefühlslage gar nicht kennst. Vielleicht mache ich mir Sorgen um dich. Hast du das als Möglichkeit in Erwägung gezogen, bevor du mir einen reinwürgst? Ich glaube nicht, dass du das getan hast. Hab ich recht?«

»Ja, du hast recht. Tut mir leid.«

»Also, die junge Frau, die dich im Pub sitzengelassen hat, wie ich höre, hast du sie wiedergesehen? Wie sieht's denn aus mit ihr?«

»Da läuft gar nichts. Wäre ja auch anmaßend, mir einzubilden, dass sie das Gleiche empfindet wie ich, bloß weil wir uns im Pub unterhalten haben.«

»Das nehm ich dir nicht ab. Es nervt dich, dass sie offenbar kein Interesse hat, aber noch mehr nervt dich, dass du nicht glaubst, du könntest sie dazu bringen, dich zu mögen.«

»Da liegst du falsch. Das Spiel spiel ich nicht mit ihr. Sie hat kein Interesse an mir, und damit hab ich kein Problem.«

»Was für ein Spiel spielst du denn dann? Du würdest nicht mit mir reden, wenn du nicht irgendwas auf dem Herzen hättest.«

»Ganz ehrlich, Kumpel, in ein paar Tagen hab ich sie vergessen. Ich hab mich noch um andere Dinge zu kümmern.«

»Du lügst.«

»Du lügst«, konterte ich.

»Nein, du«, entgegnete das Eichhörnchen, sprang von der Mauer und verschwand in der Ferne.

Ich sah, dass Lassoo angestrengt dabei war, einen Haufen zu machen, und wieder einmal hatte ich keinen Kotbeutel dabei. Ich ging zu ihm hinüber und tat so, als würde ich die Hinterlassenschaft aufsammeln. Während ich das tat, blickte ich auf und sah die Detectives Cowley und Wilmott auf mich zukommen.

»Hallo, Gary«, sagte Cowley. »Was machen Sie da? Sie verstecken doch hoffentlich nichts, das wir nicht sehen sollen?«

»Nein, ich mache nur hinter meinem Hund sauber.«

»Wie, mit bloßen Händen? Das ist ekelig«, warf Wilmott ein.

»Nein, natürlich nicht. Ich hab bloß gemerkt, dass ich keine Kotbeutel mitgenommen hab, und wollte nachsehen, ob sich das Problem vielleicht irgendwann in nichts auflöst.«

»Jeder Hundehaufen löst sich irgendwann in nichts auf, Gary«, sagte Cowley, »es sei denn, der Hund hat Plastik oder Kies gefressen. Ich wusste gar nicht, dass Sie einen Hund haben, Gary.«

»Hab ich auch nicht, ich führe bloß den Hund meiner Nachbarin aus. Sie hat mürbe Knochen, deshalb fällt ihr das Gassigehen manchmal schwer. Hören Sie, dürfte ich wohl Ihre Ausweise sehen? Nur der Form halber. Ich mein das nicht böse.«

»Überhaupt kein Problem, Gary«, erwiderte Cowley. Sie zogen beide kleine schwarze Etuis aus ihren Taschen. Auf den Etuis war das Wappen der Metropolitan Police eingeprägt, und innen befand sich ein Plastikeinsatz für einen Lichtbildausweis. Sowohl die Namen als auch die Fotos waren korrekt. Die Ausweise schienen echt zu sein.

»Ich danke Ihnen. Also, wollten Sie mit mir über irgendwas sprechen?«

»Wir haben uns bloß gefragt, ob Ihnen vielleicht irgendwas Neues eingefallen ist, das für unsere Ermittlungen relevant sein könnte, Gary. Sie scheinen ein nachdenklicher Mensch zu sein. Ist Ihnen vielleicht irgendwas in den Sinn gekommen?«, fragte Cowley.

»Ja, es gibt da zwei Sachen, die ich Ihnen gern mitgeteilt hätte, aber ich hatte Ihre Telefonnummer nicht. Sie haben mir Ihre Karte nicht gegeben.«

»Oh, das tut mir leid, Gary. Wie nachlässig von mir. Aber jetzt sind wir ja hier, also schießen Sie los. Was können Sie uns sagen?«

»Also, erstens habe ich aus einer Laune heraus Brendans Handynummer gewählt, als ich gestern Abend im Pub war – na ja, nur ein letztes Mal, bevor ich seinen Namen löschen wollte –, und es ist jemand drangegangen. Ich vermute, es war die Polizei, aber die Person am anderen Ende hat kein Wort gesagt.«

»Ich kann Ihnen versichern, wenn es jemand von der Polizei gewesen wäre, hätte er mit Ihnen gesprochen, und wie Sie sich erinnern werden, wurde kein Handy bei Brendan gefunden. Haben Sie Ihr Handy dabei?«, fragte Cowley.

»Ja, hab ich.«

»Gut, dann rufen Sie die Nummer doch noch einmal an, Gary. Das könnte wichtig sein«, forderte Wilmott mich auf.

Ich wählte die Nummer und hörte die Durchsage: »Die von Ihnen gewählte Rufnummer ist zurzeit nicht erreichbar.« Sie schienen nicht überrascht.

»Jedenfalls, danke für die Information, Gary. Und, was war das andere, das Sie uns mitteilen wollten?«, fragte Cowley.

»Bloß, dass ich gestern ins Büro gegangen bin, und da ist mir wieder eingefallen, dass wir ein paar wichtige Dokumente für Brendan in Verwahrung genommen haben – sein Testament, seine Besitzurkunden, Rentenunterlagen und so weiter.«

»Haben Sie sich die Dokumente angesehen, Gary?«, fragte Cowley.

»Ja, sie befinden sich in einem Umschlag in der Urkunden-kassette in meinem Büro. Nichts, was von Bedeutung wäre, aber ich dachte, Sie sollten es vermutlich wissen.«

»Danke, Gary, wir werden uns das ansehen, sobald wir die Erlaubnis Ihrer Kanzlei eingeholt haben. War sonst noch ir-gendwas Interessantes in dem Umschlag? Zum Beispiel Com-puterdisketten, Notizbücher, Tonbandaufnahmen und so wei-ter?«, fragte Cowley mit einer plötzlichen Dringlichkeit in der Stimme.

»Nein, bloß ganz normale Dokumente, wie man sie beim Anwalt hinterlegt.«

Ich wollte gerade den USB-Stick erwähnen, als Wilmott einen Anruf bekam und seinem Partner signalisierte, dass sie gehen mussten. Sie dankten mir für die Informationen und riefen mir im Davongehen noch zu, dass sie sich melden wür-den. Ich war froh, dass ich den Stick nicht hatte erwähnen müssen. Irgendwie war es Brendan schuldig, einen Blick auf den Inhalt zu werfen, bevor ich den Detectives von dem USB-Stick erzählte. Brendan hatte ihn mir persönlich zuge-steckt, und dem wollte ich Rechnung tragen und nachsehen, was darauf gespeichert war, bevor ich den Stick aushändigte. Vielleicht war irgendwas Privates drauf, vielleicht sogar Bilder von Socken. Deshalb wartete ich lieber noch ab. Sie hatten

mich nicht nach meinem Satsuma-Alibi gefragt, was ich merk-
würdig fand, aber ich fasste es als ein gutes Zeichen auf. Ich
wollte, dass sie uns beide in Ruhe ließen.

Als ich den Coffeeshop betrat, räumte Wayne gerade einen
der vier runden Tische ab. Er trug ein enges schwarzes Shirt,
das im grellen LCD-Licht des Cafés leuchtete, und eine beige
Hose von der Sorte, die ich Pastinakenhose nenne, weil sie
eng an den Beinen anliegt und sich nach unten hin verjüngt,
um den Knöchel wie einen Schraubstock zu umschließen.

»Du schon wieder«, sagte er. »An einem Sonntag. Du musst
ja richtig heiß auf mich sein.«

»Nicht so heiß auf dich wie auf deine Hose, Wayne.«

Wayne stellte sich aufrecht hin, die Hände auf die Hüften
gestemmt und die Beine leicht gespreizt. »Ja, die ist sehr an-
schmiegsam. Findest du, sie sieht einengend aus? Denn, glaub
mir, das ist nicht der Fall.«

»Schön zu hören, Wayne. Sie sitzt wirklich ein bisschen
stramm, vor allem an den Knöcheln und im Schritt.«

»Absolut nicht. Sie fühlt sich an wie eine sanfte Umarmung.
Was darf's sein, Kumpel?«

»Zwei Cappuccino und zwei –«

»... Stück Battenberg«, sang er, während er zurück hinter
die Theke trottete. Lassoo folgte ihm bis zu der Vitrine mit
Kuchen und Gebäck. Er legte eine Pfote ans Glas und senkte
den Kopf, um auf einen Donut zu starren. Dann ließ er die
Pfote an dem Glas heruntergleiten und ersetzte sie durch die
andere Pfote. Er wechselte während unserer ganzen Zeit im
Café die Pfoten, ohne den Donut auch nur ein einziges Mal
aus den Augen zu lassen.

»Ich hab neulich Abend im Pub eine Frau kennengelernt«,
platzte ich zu meiner eigenen Verblüffung heraus.

»Weiß sie, dass du sie kennengelernt hast?«

»Ja, wir haben uns unterhalten und hatten einen guten Draht zueinander.«

»Dann wirst du sie also wiedersehen, bevor sie eine einstweilige Verfügung gegen dich beantragt?«

»Ja, ich hab sie schon wiedergesehen, vor dem Wohnblock, in dem sie lebt.«

»Was meinst du mit ›vor dem Wohnblock, in dem sie lebt‹? Hast du ihr etwa nachspioniert? Gott, sie braucht diese einstweilige Verfügung, und zwar pronto.«

»Nein, ich hab ihr nicht nachspioniert. Ich hab bloß wieder den Kontakt zu ihr gesucht.«

»Und hast du ihn gefunden? Oder hat sie dich bloß abblitzen lassen?«

»Schwer zu sagen. Ich habe kein gutes Gespür für derartige Spekulationen.«

»Dann erzähl mal: Wie ist es gelaufen?«

»Beschissen. Ich glaube, ich habe sie zu einem ungünstigen Zeitpunkt erwischt. Ich vermute, sie hatte gerade einen Streit mit ihrem Freund oder vielleicht mit ihrem Vermieter.«

»Freund?! Lass die Finger von ihr, Gary. Schlag sie dir aus dem Kopf.«

»Aber sie ist wirklich schön.«

»Ja, und du nicht.«

Da war was dran.

Als ich Lassoo an der Leine von der Vitrine wegzog, schaute er mich an, als wollte er sagen: »Du hättest mich glücklich machen können, aber das hast du nicht. Danke für gar nichts.« Als Wiedergutmachung kaufte ich eine kleine Packung Hundekekse im Laden an der Ecke, ehe wir zurück nach Hause gingen. Als ich in Graces Wohnung kam, starrte sie mit der

Intensität eines norwegischen Scharfschützen auf ihren Computerbildschirm.

»Hi, Grace, ich hab dir einen Kaffee mitgebracht. Wie läuft's? Machst du Fortschritte?«

»Stell den Kaffee einfach hin und verschwinde. Ich kann mich nicht konzentrieren, wenn du hier bist.«

»Okay, bist du schon weitergekommen?«

»Nein, verschwinde.«

»Aber glaubst du, du kannst das Passwort knacken?«

»Ja, ich bin die Beste in der Branche. Verschwinde.«

Als ich ging, sah ich noch, wie Lassoo von seinem Kissen rutschte und mit dem Kopf gegen einen Zeitungsständer knallte. Er zuckte nicht mal mit der Wimper und schlief fast augenblicklich mit einem zufriedenen Brummen auf dem Fußboden ein.

10

Der nächste Tag war ein Montag, und ich dachte rund fünf Minuten an Satsuma, bevor ich aufstand, und dann wieder auf dem ganzen Weg zur Arbeit. Nicht schlecht. Ich holte mir unterwegs einen Kaffee im Coffeeshop, war aber enttäuscht, Wayne nicht anzutreffen. Auf meine Frage, warum er nicht da war, wurde mir gesagt, dass er einfach nicht zur Arbeit erschienen war. Das sah ihm gar nicht ähnlich; er war doch sonst immer da, bei Wind und Wetter und Wolkenbruch. Vielleicht hatte seine Hose eine Einschnürungsverletzung verursacht.

Als ich die Kanzlei erreichte, verließen zwei uniformierte Polizisten gerade das Gebäude. Ich hatte den Impuls, sie zu fragen, ob sie Cowley und Wilmott kannten, tat es aber nicht. Oben angekommen, begrüßte mich John Blenkingstop, einer der Partner. Er erklärte, dass letzte Nacht in die Kanzlei eingebrochen worden war, und bat mich, in meinem Büro nachzusehen, ob irgendetwas fehlte.

Es sah alles aus wie immer, bis ich Abdrücke von den Füßen der Urkundenkassette auf dem Teppichboden sah, was bedeutete, dass sie bewegt worden war. Ich öffnete sie und stellte fest, dass Brendans Dokumente verschwunden waren. Ich meldete das Blenkingstop, und er sagte, er würde die Information an die Polizei weitergeben. Als ich ihm die schreckliche

Nachricht von Brendans Tod mitteilte und meine vage Verwicklung in die Sache schilderte, erstaunte mich die Gleichgültigkeit in seinem Gesicht.

»Kommen Sie mal mit in mein Büro, Gary«, sagte er.

Ich folgte ihm in sein feudales Büro im ersten Stock. Es sollte einschüchtern und beeindrucken. An einem Ende stand ein riesiger Mahagonischreibtisch unter einem imposanten Porträt der Gründerväter der Kanzlei, und die übrigen Wände wurden von deckenhohen Regalen mit juristischen Fachbüchern eingenommen. Ich musste daran denken, wie ich diesen Raum am Tag meines Vorstellungsgesprächs das erste Mal betrat. Unsere Unterhaltung verlief etwa folgendermaßen:

»Warum möchten Sie bei Tarrants arbeiten, Mr. Thorn?«

»Weil Ihre Kanzlei Tradition hat, einen ausgezeichneten Ruf genießt und auf die Art von Fällen spezialisiert ist, die mich interessieren.«

»Schwachsinn. Zig Kanzleien wie unsere sind auf der Suche nach Personal. Was ist der wirkliche Grund?«

»Nein, im Ernst. Ich habe mich eingehend über Ihre Kanzlei informiert, und sie scheint genau das Richtige für mich zu sein.«

»Letzte Chance, Mr. Thorn, oder Sie können gleich wieder gehen.«

»Ich wohne nur fünf Minuten entfernt, hätte also nur einen kurzen Fußweg zur Arbeit.«

»Guter Junge, ich mag Sie, können Sie nächsten Montag anfangen?«

»Ja.«

»Möchten Sie noch so tun, als hätten Sie ein paar Fragen, auf die Sie die Antworten gern hören würden?«

»Nein.«

»Guter Junge, dann bis nächsten Montag.«

Heute war er in einer ähnlichen Stimmung.

»Hören Sie, Gary, John McCoy, der Inhaber von Cityside Investigations, ist ein sehr wichtiger Mandant von mir, und, wie Sie wissen, war Brendan einer seiner bevorzugten Mitarbeiter. Kooperieren Sie unbedingt mit der Polizei.«

»Ich habe bereits mit ihnen geredet, konnte ihnen aber nichts Nützliches sagen. Ich war nur eine halbe Stunde mit Brendan in dem Pub zusammen. Er war wohlauf, als er ging. Ich werde Sie auf dem Laufenden halten, falls die Polizei sich wieder bei mir meldet.«

»Nicht nötig. Ich möchte nicht, dass es zu einem Interessenkonflikt zwischen unserer Kanzlei und Cityside Investigations kommt. Wir können es uns nicht leisten, sie als Mandanten zu verlieren. Betrachten Sie die Angelegenheit als Ihr Problem und nicht als meines. Falls es doch zu einem Interessenkonflikt kommt, trenne ich mich von Ihnen und nicht von John McCoy, ist das klar?«

»Ja, natürlich. Ich werde die Angelegenheit nie wieder erwähnen.«

»Gut so, und kaufen Sie sich einen neuen Anzug, Sie sehen aus wie ein Teppichhändler.«

Ich war gerade erst fünf Minuten wieder in meinem Büro, als das Telefon auf meinem Schreibtisch klingelte. Es war ein Officer vom Polizeirevier Peckham. Ein Mandant unserer Kanzlei sollte vernommen werden und hatte die Anwesenheit eines Rechtsbeistandes verlangt. Der Mandant hieß Wayne Moore. Aha, dachte ich, deshalb war er heute Morgen nicht im Coffeeshop.

Bei meiner Ankunft auf dem Revier erfuhr ich vom diensthabenden Sergeant, dass Wayne wegen des Verdachts auf Besitz von Drogen der Klasse A zu Handelszwecken verhaftet worden war und dass der zuständige Officer mich über die Einzelheiten ins Bild setzen würde. Ich nahm im Warteraum auf der harten blauen Plastikbank Platz, die an einer Wand stand. Die Wände waren hellgrau und leer bis auf ein Informationsschild mit der Aufschrift »Im Brandfall«, auf das irgendjemand »Bier trinken« geschrieben hatte. Augenblicke später kam ein Mann mittleren Alters in einem dunkelgrünen Anorak und einer blauen Hose ins Revier und trat an den Schalter des diensthabenden Sergeant. Er hatte riesige Füße, und seine schmutzigweißen Turnschuhe sahen aus wie von einem Clownskostüm. Er trug eine dickrandige Brille und hatte sich die wenigen Haare, die ihm geblieben waren, kompliziert über die Glatze gekämmt, was abermals einen Hauch von Zirkus verströmte. Er sprach den diensthabenden Sergeant mit dröhnender Stimme und einem relativ vornehmen Akzent an.

»Sind Sie hier zuständig?«

»Ja, das bin ich. Was kann ich für Sie tun, Sir?«

Der Sergeant war Mitte vierzig. Sein Haar war hinten und an den Seiten kurz geschnitten, und er hatte einen großen Kopf. Er war übergewichtig, und seine dicken gepflegten Finger spielten mit einem Kugelschreiber, während er desinteressiert auf den Computerbildschirm vor sich starrte. Ein unaufrichtiges Dauerlächeln lag auf seinem Gesicht, und er schien seiner Arbeit mit unterschwelliger Gleichgültigkeit nachzugehen. Ein großer Fleischesser, schätzte ich, und keinesfalls jemand, dem man beispielsweise am Strand oder im Wartezimmer eines Arztes zu nah auf die Pelle rücken würde.

»Er ist mein Nachbar, und ich will, dass er verhaftet und eingesperrt wird.«

»Und wieso bitte schön, Sir?«

»Das werde ich Ihnen sagen, wenn Sie mir die Gelegenheit dazu geben. Um es einfach auszudrücken, er hat einen Weg gefunden, von seinem Haus aus auf meinen Dachboden zu gelangen. Er kommt meistens nachts und fängt an, Klopfgeräusche zu machen und zu schnaufen und zu schnauben wie ein kleiner Bär. Es macht mich wahnsinnig und ist ein eindeutiger Fall von Ruhestörung. Zu allem Überfluss ist er Ausländer. Das muss aufhören, bevor ich etwas tue, was ich bereue.«

»Was hat die Tatsache, dass er Ausländer ist, damit zu tun, Sir?«

»Na, das ist doch wohl offensichtlich, oder? In seinem Land ist es wahrscheinlich akzeptabel, sich auf dem Dachboden des Nachbarn herumzutreiben.«

»Wie heißt Ihr Nachbar?«

»Herrgott nochmal, Sie fallen Leuten wohl gern ins Wort, was? Er heißt Mr. Dushku.«

»Und haben Sie ihn mal darauf angesprochen?«

»Darauf wollte ich gerade kommen. Nein, das habe ich nicht, aber ich habe ihm mehrmals geschrieben und keine Antwort erhalten. Er wird wahrscheinlich behaupten, dass er nicht Englisch lesen kann, aber das ist eine Lüge, denn ich habe gesehen, wie er in seinem Garten die Sun gelesen hat. Er spricht jedenfalls ziemlich gut Englisch, wenn er seine ungezogenen Kinder anschreit.«

»Haben Sie ihn denn mal tatsächlich auf Ihrem Dachboden gesehen oder herausgefunden, wie er dorthin gelangt?«

»Ich lege mich zwei- oder dreimal die Woche nachts da oben auf die Lauer, aber er kommt nie, wenn ich dort bin. Er muss ein Guckloch oder so was haben, weil er nur kommt, wenn die Luft rein ist. Ich verstecke mich hinter dem alten Kaltwassertank aus Metall, aber er kann mich trotzdem sehen.«

»Und wie gelangt er dann auf Ihren Dachboden? Ist in der Mauer vielleicht ein Loch oder eine Lücke?«

»Ich weiß nicht, wie er es anstellt. Bei dem ganzen Gerümpel, das da oben liegt, kann ich nicht die ganze Mauer inspizieren. Was spielt das überhaupt für eine Rolle? Ich dachte, ich spreche mit einem Polizisten, nicht mit einem Statiker.«

»Nun, ich halte die Frage für sehr wichtig, um die Faktenlage zu klären, Sir.«

»Nein, das denke ich nicht, denn ich habe Tonbandaufnahmen von seinen mitternächtlichen Schleichereien. Hier, hören Sie sich das mal an.«

Mr. Clown-Schuhe drückte eine Taste an seinem Handy und spielte eine Aufnahme ab, die er gemacht hatte. Als Erstes hörte man ihn flüstern: »Aufnahme vom oberen Flur, 4 Uhr morgens, 16. September.« Dann folgte ein unregelmäßiges Kratz- oder Klopfgeräusch und das gelegentliche »Knurren« eines Babybären. Der Sergeant unterbrach die Wiedergabe und fragte:

»Sind Sie sicher, dass es ein Babybär ist und nicht vielleicht eine Taube?«

»Eine Taube!«, brüllte Clown-Schuhe. »Wie soll denn eine Taube solche Geräusche machen? Ist das Ihr verdammter Ernst? Meinen Sie, die Taube stemmt Hanteln oder fährt ein verficktes Skateboard?«

»Okay, Sir, unterlassen Sie bitte die Kraftausdrücke. Bleiben wir höflich. Das Problem ist, wenn er tatsächlich Ihr Eigentum betritt, ohne die Absicht, etwas zu stehlen oder Schaden anzurichten ...«

Clown-Schuhe fiel ihm ins Wort: »Er richtet Schaden an! Schaden an meiner geistigen Gesundheit! Ich bekomme kaum noch Schlaf und vernachlässige meine kirchlichen Pflichten. Ich bin Kirchenvorsteher in der St. Mary's Church – ja, so ein Mensch bin ich –, und trotzdem ist niemand und ich meine wirklich niemand bereit zu helfen.«

»Okay, Sir, ich verstehe. Also, einer meiner Kollegen wird Ihre Aussage aufnehmen und Ihnen erklären, welche Maßnahmen wir gegebenenfalls ergreifen werden. Wenn Sie bitte auf der Bank dort drüben Platz nehmen und einen Moment warten würden.«

Clown-Schuhe drehte sich langsam um, und sein Körper sank leicht zusammen. Als er auf mich zukam, machte einer seiner Schuhe ein gedämpftes Quietschgeräusch. Er sah mich an, und ich setzte das beste mitfühlende Lächeln auf, das ich zustande brachte. Daraufhin blieb er wie angewurzelt stehen. Er starrte mich mit einer beunruhigenden Intensität einige Sekunden lang an, als überlegte er, ob ich sein verloren geglaubter Sohn sei. Dann schloss er kurz die Augen und verließ das Polizeirevier.

Der Sergeant seufzte hinter seinem Schalter und tippte etwas in seinen Computer.

»Hörte sich für mich an wie ein Eichhörnchen«, sagte ich.

»Nein, eindeutig eine Taube. Ich habe eine auf meinem Dachboden. Treibt einen in den Wahnsinn«, erwiderte er, ohne die Augen vom Bildschirm zu nehmen.

Ein junger Polizist im Anzug kam durch die große Sicherheitstür, die den öffentlichen Warteraum vom Rest des Reviers trennte. Er winkte mir, ihm zu folgen, und stellte sich als Detective Constable Bailey vor. Er war der leitende Ermittler in Waynes Fall. Er führte mich zu einem kleinen Vernehmungs-

108

raum, der in der Mitte eines langen Korridors mit Vernehmungsräumen lag, und wir setzten uns einander gegenüber. Er hatte Waynes Fallakte in der Hand und las mir daraus vor, dass Wayne und sein Vater im Auto des Vaters in Lewisham von einer Polizeistreife angehalten worden waren. Sie hatten einer Durchsuchung des Fahrzeugs zugestimmt, und die Officer hatten unter dem Beifahrersitz ein kleines Päckchen mit einer Substanz gefunden, bei der es sich vermutlich um Kokain handelte. Daraufhin waren Wayne und sein Vater sofort wegen Drogenbesitzes zu Handelszwecken festgenommen worden. Beide hatten bei ihrer Festnahme strikt abgestritten, irgendwelche Kenntnis von den Drogen im Auto gehabt zu haben, sich aber ansonsten in keiner Weise zu der Anschuldigung geäußert. Der Detective bestätigte, dass der Wagen, mit dem sie unterwegs gewesen waren, auf den Vater zugelassen war. Wayne hatte um Rechtsbeistand gebeten, und ich konnte ihn jetzt sprechen. Er würde gleich hergebracht werden.

Etwa fünf Minuten später kam Wayne herein. Er trug eine schwarze Pufferjacke und eine zerrissene Skinny-Jeans, die ziemlich heftig und willkürlich zerfetzt war, als wäre der Schaden durch den Angriff eines Dachses entstanden. Wayne wirkte unbekümmert und gutgelaunt. »Die haben dich geschickt! Womit hab ich das verdient?«, fragte er, als er sich lässig auf den Stuhl mir gegenüber setzte.

»Was stört dich an mir, Wayne? Ich bin ein juristischer Überflieger, und das weißt du auch.«

»Nee, mein Lieber, du bist immer high von Kaffee und Battenberg-Kuchen – so high, dass du gelinde gesagt unberechenbar wirst.«

Er stupste seine Faust gegen meine, um zu zeigen, dass er sich in Wirklichkeit freute, mich zu sehen. Seine erste Frage war dieselbe, die mir noch jeder Mandant gestellt hat, dem ich je auf dem Polizeirevier zur Seite stehen musste.

»Kannst du mich hier rausholen, und zwar sofort? Ich hab ein Café zu betreiben.«

»Kommt drauf an.«

»Worauf?«

»Na, darauf, wie schwer die Anschuldigungen sind, wie erdrückend die Beweislast gegen dich ist, ob du Zeugen beeinflussen könntest, ob du in einem Arbeitsverhältnis stehst, ob du schon mal gegen Kautionsauflagen verstoßen hast ...«

Er unterbrach mich:

»Hör mal, ich hab nichts gemacht. Die Bullen haben mir die Drogen untergeschoben. Das haben sie schon mal bei meinem Dad gemacht. Die wollen ihn damit einschüchtern. Er war auch mal Bulle. Er weiß einiges darüber, was die früher so alles getrieben haben, und sie glauben nicht, dass er den Mund halten kann. Es ist bloß eine Warnung. Die Anklage wird fallen gelassen, wart's nur ab. Es ist bloß ein Scheißspiel.«

Dann schilderte Wayne mir die Umstände der Festnahme aus seiner Sicht. Meiner Einschätzung nach sagte er hundertprozentig die Wahrheit. Ich musste ihn allerdings warnen, dass die Verteidigungsstrategie der ›untergeschobenen Beweise‹ bei Geschworenen nur selten verfängt. Ich riet ihm, während der Vernehmung keinen Kommentar abzugeben, und versprach ihm, dass ich mein Bestes tun würde, um den Haftrichter davon zu überzeugen, ihm Kaution zu gewähren. Er schien das Ganze noch immer erstaunlich gelassen hinzunehmen, und seine Vernehmung war klasse. Ein Teil davon wird mir in Erinnerung bleiben:

DC BAILEY: Warum waren Sie mit Ihrem Vater in dem Auto?

WAYNE: Kein Kommentar, außer dass ich mich lieber im Auto mitnehmen lasse, als zu Fuß zu gehen.

DC BAILEY: Warum sind Sie bereit, mir diese Information zu geben, wo Sie doch die meisten meiner anderen Fragen mit »kein Kommentar« beantwortet haben?

WAYNE: Kein Kommentar, außer dass meine Aversion gegen das Zufußgehen eine Frage des Lebensstils und der Persönlichkeit ist, und in dieser Hinsicht möchte ich niemals falsch eingeschätzt werden.

DC BAILEY: Gehört das Konsumieren von Drogen zu Ihrem Lebensstil und Ihrer Persönlichkeit?

WAYNE: Kein Kommentar, außer der Klarstellung, dass ich nie illegale Drogen genommen habe, da mein Lebensstil und meine Persönlichkeit nicht mit einem derartigen Verhalten vereinbar sind.

DC BAILEY: Wohin waren Sie und Ihr Vater mit dem Auto unterwegs, als die Polizeistreife Sie angehalten hat?

WAYNE: Kein Kommentar, außer dass wir zum Supermarkt wollten, um Katzenstreu zu kaufen.

ICH: Wayne, darf ich dich daran erinnern, dass ich dir geraten habe, auf alle Fragen ausschließlich mit »kein Kommentar« zu antworten?

WAYNE: Kein Kommentar.

DC BAILEY: Warum war es nötig, dass Sie zu zweit Katzenstreu kaufen?

WAYNE: Kein Kommentar, außer dass es schneller geht, wenn der eine am Eingang zum Supermarkt aussteigt und der andere am Geldautomaten hält und wartet, als allein hinzufahren und einen Parkplatz suchen zu müssen. Außerdem findet mein Dad es ein bisschen unmännlich, Katzenstreu zu kaufen.

DC BAILEY: Wussten Sie, dass sich unter Ihrem Sitz ein Beutel mit Drogen der Klasse A befand?

WAYNE: Kein Kommentar, außer dem Hinweis, dass zu Hause noch immer eine Katze verzweifelt darauf wartet, endlich kacken zu können.

Im Anschluss an die Vernehmung wurde Wayne zurück in seine Zelle gebracht. Ich unterhielt mich mit DC Bailey, der durchblicken ließ, dass der Haftrichter Wayne vorbehaltlich weiterer Untersuchungen auf Kaution freilassen würde, was meinen leisen Verdacht bestätigte, dass Bailey glaubte, Wayne habe nichts von den Drogen gewusst. Seinem Vater würde jedoch keine Kaution gewährt werden, also waren sie offenbar überzeugt, dass er tatsächlich etwas mit den Drogen zu tun hatte.

Bevor ich den Vernehmungsraum verließ, nutzte ich die Gelegenheit und fragte Bailey, ob es in den Ermittlungen im Fall Brendan Jones etwas Neues gebe. Er schaute mich verdutzt an und sagte, er habe keine Ahnung, was ich meinte. Ich erzählte ihm, dass mich seine Kollegen DI Wilmott und DI Cowley aufgesucht hatten, da ich eine der letzten Personen war, die Brendan gesehen hatten, bevor er tot aufgefunden wurde. Wieder sah er mich mit verwirrter Miene an. »Dieser Wilmott und dieser Cowley, haben die wirklich gesagt, sie sind vom Polizeirevier Peckham?«

»Soweit ich mich erinnere, ja. Sie haben gesagt, sie seien von der Kripo, glaube ich.«

»Warten Sie einen Moment, ich frag mal nach.«

»Das ist sehr freundlich von Ihnen. Wayne ist übrigens ein netter Kerl, müssen Sie wissen.«

»Ja, ich schätze, Sie haben recht.«

Bailey verließ den Raum und kam knapp zehn Minuten später zurück, um mir mitzuteilen, dass in der Mordkommission kein Mensch was von Brendan Jones wusste und es definitiv keine laufenden Ermittlungen zu seinem Tod gab. Er konnte außerdem bestätigen, dass im Revier keine Detectives namens Wilmott oder Cowley arbeiteten. Er fragte mich, ob ich eine Aussage machen oder Anzeige gegen die zwei Unbekannten erstatten wollte, die sich als Polizisten ausgaben. Ich verneinte. Ich spürte instinktiv, dass ich mich besser so weit wie möglich aus dieser Sache raushalten sollte. Außerdem war ich noch ganz überwältigt von der allmählichen Erkenntnis, dass Brendan vielleicht gar nicht tot war.

Sobald ich das Revier verlassen hatte, wählte ich erneut Brendans Telefonnummer. Sie war noch immer nicht erreichbar. Mein nächster Impuls war, DI Cowley anzurufen, doch kaum war mir der Gedanke gekommen, erinnerte ich mich an den plötzlichen Abgang der beiden Detectives von der Spielwiese, was bedeutete, dass sie mir auch diesmal nicht ihre Telefonnummer gegeben hatten. Zurück in meinem Büro, schickte ich Brendan eine Nachricht an seine Arbeits-E-Mail-Adresse.

Hi Brendan,
war schön, neulich Abend dich und deine Socken zu sehen. Schade, dass du schon so früh wegmusstest. Ich bin noch geblieben und mit einer echt netten Frau ins Gespräch gekommen, deshalb bin ich froh, dass du dich verdrückt hast, um ehrlich zu sein! Ich bin ihr ein paar

Tage später über den Weg gelaufen, und sie schien nicht interessiert, aber ich werde deinen Rat befolgen und »am Ball bleiben«.

Eine schlechte Nachricht ... die Dokumente, die du uns zur Aufbewahrung gegeben hast (dein Testament, deine Besitzurkunden usw.), wurden Sonntagabend aus meinem Büro gestohlen. Kein Grund zur Panik – ich habe alles auf meinem Computer gespeichert und kann sie ersetzen.

Um mit etwas Erfreulicherem abzuschließen: Bitte ruf mich an, sobald du kannst ... ich hab Arbeit für dich.

Bis dann,

Gary

Ich erhielt fast postwendend eine Antwort von John McCoy, der Inhaber von Cityside Investigations.

Hi Gary,

Brendan arbeitet gerade außerhalb und wird in absehbarer Zeit keine neuen Fälle übernehmen können. Bitte wenden Sie sich direkt an mich, und ich werde die Arbeit einem unserer anderen Mitarbeiter zuteilen.

Schönen Gruß,

John McCoy

PS: Viel Glück bei der Lady

Ich nahm die E-Mail für bare Münze und war plötzlich geradezu beschwingt von der größer werdenden Wahrscheinlichkeit, dass Brendan noch unter den Lebenden weilte. Ich wollte ihn wirklich wiedersehen. Ich wollte wirklich mit ihm ein Bier trinken gehen und ihm zu seinem Fuzzbox-Witz gratulieren. Meine Freude wurde allerdings durch Gedanken an Wilmott und Cowley getrübt. Doch ich konnte mir nur immer wieder sagen, dass ich, komme, was wolle, nichts falsch gemacht hatte.

Als ich nach Hause kam, klopfte ich an Graces Tür, doch sie machte nicht auf. Ich hörte nur ein merkwürdiges Winseln von Lassoo.

11

Je mehr meine Sorgen wegen Brendan schwanden, desto intensiver musste ich an Satsuma denken. Am Mittwochabend war klar, dass ich versuchen musste, sie wiederzusehen. Ich fuhr nach der Arbeit zur Grange-Siedlung und parkte an derselben Stelle wie beim letzten Mal. Der rote 3er BMW des großen Glatzkopfs stand vor dem Haus auf der anderen Straßenseite. Blaumann war gut fünfzig Meter vor mir damit beschäftigt, die Stoßstange eines betagt aussehenden VW Golf auszutauschen. Sein breiter Hintern ragte genau in meine Richtung.

Mir kam kurz der Gedanke, dass, wenn sich sein Magen in einer seiner Gesäßbacken befände, weniger Leitungen erforderlich wären, um die von ihm aufgenommene Nahrung wieder in die Außenwelt zu befördern. Der Gedanke verflog rasch wieder, als mich plötzlich Zweifel an meiner Entscheidung befielen, zu der Siedlung zu fahren.

Ich hatte das nicht wirklich durchdacht. Die Chancen, dass Satsuma auftauchte, während ich hier saß, waren verschwindend gering, und ich konnte nicht einfach an ihre Tür klopfen, falls der Glatzkopf da war. Meinem flüchtigen ersten Eindruck nach zu urteilen, war er zwar deutlich älter als Satsuma, aber ich hatte den Gedanken nicht verworfen, dass er tatsächlich

ihr Lebensgefährte sein könnte. In gewisser Weise war ich
froh, seinen Wagen vor dem Haus zu sehen, denn er lieferte
mir einen Grund, keinen Kontaktversuch zu unternehmen,
und das wiederum erleichterte mein schlechtes Gewissen angesichts der Tatsache, dass ich nur hier war, weil ich ihr Gesicht wiedersehen wollte, weshalb ich mir schon fast wie ein
Stalker vorkam.

Blaumann richtete sich auf und drückte den Rücken durch,
um ihn zu lockern. Er blickte einige Sekunden lang in meine
Richtung und wischte sich die Hände vorn an seinem baum-
wollenen Strampelanzug ab. Er kratzte sich ausgiebig am
Hintern und kam auf mich zu. Ich kurbelte mein Fenster herunter, um ihn zu begrüßen. Er wurde langsam zu einem Problem für mich – ein verdammt neugieriger Geselle. Plötzlich
ritt mich der Teufel. Ich nahm die kleine Tüte Hundekekse,
die ich vergessen hatte, Grace zu geben, aus meiner Tasche,
öffnete sie und legte ein paar Kekse auf die Mittelkonsole.
Dann gab ich auf jeden einen Tropfen von dem Eukalyptus-
Nasenspray.

»Alles klar?«, fragte ich, sobald er an meinem Fenster stand.

»Hab mir doch gedacht, dass Sie es sind. Wieso parken Sie
schon wieder hier ohne Anwohnerparkausweis?«

»Ich hol bloß meine Freundin ab. Sie muss jeden Moment
unten sein.«

»Schwer zu glauben, dass Sie eine Freundin haben, mein
Lieber. Ist sie auch so klein?«

»Der war gut.«

Er beugte sich ins Fenster, so dass sein Gesicht den leeren
Raum füllte. Er kaute auf seinem Mundwinkel, während er
das Innere des Wagens inspizierte. Sein Atem roch nach frit-
tiertem Schweinespeck und Senf. Schließlich sagte er:

»Wissen Sie noch, der Kräutertee, den Sie neulich getrunken haben?«

»Ja, ich erinnere mich.«

»Der geht mir nicht mehr aus dem Kopf. Er hatte ein wirklich einzigartiges Aroma – unglaublich satt und intensiv für ein pflanzliches Produkt.«

»Stimmt – und glauben Sie mir, er gibt einem einen ordentlichen Kick.«

»Vielleicht wären Sie so nett, mir den Namen der Marke zu nennen, damit ich ihn auch für mich und meine Frau und die Kinder besorgen kann.«

»Ja, kein Problem. Er heißt Deep-Balance-Kräutertee. Ich kaufe ihn in dem Bioladen auf der Peckham High Street. Ich glaube, der, den Sie probiert haben, war mit Rosmarin und Basilikum.«

Ich nahm zwei Hundekekse von der Mittelkonsole. »Da fällt mir ein, die hier könnten was für Sie sein. Sind gut für die Darmflora, vollgepackt mit Pro- und Präbiotika. Befreien von Blähungen und sorgen für eine regelmäßige und wohltuende Verdauung. Bitte – probieren Sie einen, die schmecken gar nicht so schlecht. Wenn Ihnen die Konsistenz nicht zusagt, können Sie sie zerbröseln und auf Joghurt streuen.«

Er nahm einen der Kekse aus meiner Hand und biss ein Stück ab. »Menschenskind, die sind aber verdammt hart, was?«

»Ja, am besten behält man sie eine Weile im Mund, damit der Speichel sie aufweicht.«

Er befolgte meine Anweisung und begann, den Bissen im Mund herumzuschieben.

»Ah, so geht's. Nicht schlecht, ziemlich säuerlich, aber gar nicht schlecht für so was Gesundes. Trotzdem, im Joghurt wären sie besser. Gibt's die auch im Bioladen?«

»Ja, sie heißen ›Goodboys Darmgesundheit‹-Ergänzungs-mittel. Nehmen Sie drei am Tag, und Ihre Klobürste wird überflüssig.«

Er bedankte sich für die Biotika und trottete zurück zu sei-ner Arbeit. Während ich ihm nachschaute, sah ich, wie der Glatzkopf und ein anderer Mann aus dem Haus kamen und mit dem roten BMW wegfuhren. Es gab keinen Grund mehr, Satsuma nicht zu besuchen.

Ich ging die Treppe hoch und klopfte an ihre Tür. Es war leicht zu erkennen, welche zu ihrer Wohnung gehörte, denn eines der Räder von ihrem Walter-Fahrrad lehnte daneben an der Wand. Es war mit knallbunten Plastikblumen in den Spei-chen geschmückt.

Sobald sie die Tür öffnete und mich sah, schob sie sich an mir vorbei und blickte über die Balustrade des Laubengangs. Ich nahm an, dass sie nachsehen wollte, ob ihr Glatzkopf weg-gefahren war.

»Du schon wieder. Was machst du hier?«, fragte sie mit einem leichten Lächeln im Gesicht, was darauf schließen ließ, dass sie meinen Besuch nicht rundweg missbilligte.

»Ich wollte dich bloß mal sehen, mich vergewissern, dass es dir gutgeht, gucken, ob du auch ohne Fahrrad klarkommst, aber vor allem wollte ich dich sehen. Ach so, und dir doch end-lich dein Buch zurückgeben. Jawohl. Also, wie geht's dir?« Sie nahm mir das Buch aus der Hand.

»Mir geht's gut, danke. Ich vermute, du bist in Wirklich-keit hier, um mich zu bitten, dir ein Alibi zu geben, stimmt's?«

»Nein, überhaupt nicht, ich schwöre. Die Sache hat sich er-ledigt.«

Wir standen einen Moment lang schweigend da. Ich konnte

keinen Augenkontakt halten, spürte aber, dass sie mir direkt in mein langweiliges Gesicht starrte.

»Ich mag deine Plastikblumen«, sagte ich schließlich, um das Schweigen zu brechen. »Die haben so einen schönen Glanz, den nur Plastik hat. Außerdem sind sie pflegeleicht wie eine Antihaftpfanne. Hast du sie selbst gepflückt?«

Wieder die leise Andeutung eines Lächelns, aber ihre Körpersprache ließ erkennen, dass meine Zeit wohl abgelaufen war. Sie drehte sich um und ging zurück zur Wohnungstür. »Also bis dann. Mach's gut«, sagte sie und schickte sich an, mir die Tür vor der Nase zuzumachen.

»Moment noch«, sagte ich. »Ich hab meinen Namen und meine Handynummer auf die Innenklappe des Buches geschrieben. Bitte ruf mich an, wenn du mal ein freundliches Gespräch brauchst oder Lust auf einen entspannten Drink im Pub hast.«

»Vielleicht mach ich das ... Bis dann.«

»Hey, könnte dir vielleicht sogar Spaß machen.«

»Ich weiß«, erwiderte sie mit einem kurzen Zögern.

Und dann schloss sie die Tür.

Zurück in meinem Wagen war ich wie auf Droge, nur weil ich bei ihr gewesen war und wieder ihre Stimme gehört hatte. Ich schätzte, dass ich meine Sache gut gemacht hatte. Ich hatte nichts offensichtlich Abstoßendes gesagt. Vielleicht hatte ich nach Hundekeksen gerochen, aber wer weiß, vielleicht war das ja genau ihr Ding?

Ein Eichhörnchen sprang auf meine Motorhaube und starrte mich neugierig an.

»Wie ich höre, hast du diesem neugierigen Kerl einen Hundekuchen zum Kauen gegeben. Hattest du schon Gelegenheit, darüber nachzudenken, warum du so was machst,

120

zumal der arme Mann bereits deine Pisse schnuppern musste?«

»Ich räche mich bloß an einer Welt, die ich selbst geschaffen habe.«

»Und wie ist es mit der Frau gelaufen? Hast du dir ihren Namen geben lassen? Seid ihr jetzt ein Paar für immer und ewig?«

»Scheiße, nein, ich weiß noch immer nicht, wie sie heißt, aber ich hab ihr sozusagen ein Angebot gemacht und ihr die Entscheidung überlassen. Hab ihr gesagt, sie soll sich melden, wenn sie mal Lust hat zu plaudern, und sie hat gesagt, sie würde das vielleicht machen.«

»Vielleicht wollte sie dich bloß loswerden, hast du das wenigstens kurz mal in Erwägung gezogen?«

»Klar hab ich das, aber ich werde die Möglichkeit lieber ignorieren, zumindest bis ich zu Hause bin.«

»Vielleicht hält sie dich auf Sparflamme. Du weißt schon, macht dir ein bisschen Hoffnung, damit du weiter wie ein Hündchen hinter ihr herläufst.«

»Nein, so eine Frau ist sie nicht.«

»Ach nein? Was ist sie denn dann für eine Frau?«

»Eine verdammt wunderbare.«

Das Eichhörnchen zwinkerte mir mehrmals mitfühlend zu und flitzte dann davon.

TEIL ZWEI

12

Emily

Mein Name ist Emily. Ich lebe in einer Dreizimmerwohnung in der Grange-Siedlung in Walworth im Südosten von London. Ich bin fünfundzwanzig Jahre alt, habe dunkelbraunes Haar und eine alberne Stupsnase. Ich style mein Haar mit einem strengen Pony von Schläfe zu Schläfe. Mir wurde kürzlich gesagt, ich sähe damit aus wie Jane Brurier, wer immer das auch sein mag. Ich bin kurz davor, mich aus dem Staub zu machen. Ich möchte Ihnen erzählen, was mich zu dieser Entscheidung bewogen hat.

Ich bin als Einzelkind in dem Hotel meiner Eltern am Rande von Brighton aufgewachsen. Mum mochte Dad nicht besonders. In späteren Jahren bezeichnete sie ihn wahlweise als »ignoranten Scheißer«, »kalten Schmierenkomödianten«, »furzenden Esel« und – mein persönlicher Favorit – als »Bongo spielende Schlange«. Sie verließ ihn, als ich auszog. Ich glaube, sie ist nur meinetwegen bei ihm geblieben, und ich fühle mich oft schuldig deswegen. Nachdem sie ihn verlassen hatte, wurde sie ein anderer Mensch – ein glücklicher Mensch.

Dad genoss es, dass Mum bei ihm war, aber ich kann mich nicht erinnern, dass er je liebevoll mit ihr umging. Er war ein mürrischer und abweisender Mann mit einer Neigung zum

Jähzorn, und ich hatte Angst vor ihm, ehrlich gesagt. Er hat mich nie geschlagen, wohl hauptsächlich, weil ich ihm nie Anlass dazu gab. Ein wütender Blick von ihm genügte, und ich gehorchte. Ich habe auch nie gesehen, dass er Mum geschlagen hat, aber wenn ich raten müsste, würde ich sagen, dass er das wahrscheinlich tat. Ich erinnere mich an einen Vorfall aus der Zeit, als ich ungefähr zehn Jahre alt war. Das Hotel war ein vierstöckiges viktorianisches Haus mit weißer Putzfassade in einer Reihe von ähnlichen imposanten Gebäuden. Es hatte zwölf Gästezimmer im ersten und zweiten Stock. Im Erdgeschoss befanden sich eine Küche, ein Speisesaal und ein Aufenthaltsraum mit bunt zusammengewürfelten Sesseln und einem Fernseher. Meine Eltern und ich wohnten in der dritten Etage. Wir hatten keinen Fernseher. Zwischen 17 Uhr und 21 Uhr durfte ich mich unten nicht blicken lassen, während meine Eltern für die Gäste Abendessen kochten und servierten. Eines der Gästezimmer lag direkt über dem Speisesaal. Wenn es nicht belegt war, nahm ich mir manchmal den Hauptschlüssel aus dem Schrank in unserem Flur und schlich mich in besagtes Zimmer, um dem Geplauder aus dem Speisesaal darunter zu lauschen.

Eines Tages war ich mal wieder in das Zimmer gegangen und hatte mich im Bad mit einem Kissen auf den Fußboden gelegt, ein Ohr an die Fliesen gepresst, weil ich festgestellt hatte, dass der Klang dort viel klarer war. Mit geschlossenen Augen ließ ich mich vom Gelächter und dem Stimmengewirr von unten berieseln, als plötzlich die Zimmertür aufging und mein Vater hereinkam, Hand in Hand mit einem der weiblichen Gäste.

»Was ist, wenn deine Frau was merkt?«, flüsterte die Frau halblaut.

»Ach, scheiß auf sie, die elende Kuh«, erwiderte mein Vater, ohne auch nur zu versuchen, leise zu sein.

Ich war wie erstarrt und betete, dass sie mich nicht bemerken würden, während ich zusah, wie Dad sie auf das Bett drückte und anfing, ihr Gesicht und ihre Brust zu küssen.

Sie beschwerte sich: »Hör auf! Ich will nicht, lass mich los!«

Mein Vater rollte sich vom Bett und marschierte aus dem Zimmer. »Dann fick dich selbst, ihr seid doch alle gleich«, war sein Abschiedskommentar, als sie ihm nach draußen folgte.

Es wurde wieder still im Zimmer, und mein Herzschlag verlangsamte sich allmählich. Ich schlich mich hinaus und betrat das Zimmer nie wieder.

Ich erinnere mich, dass ich in der Schule nur eine einzige richtige Freundin hatte. Sie hieß Louise. Sie hatte krauses fuchsrotes Haar und O-Beine. Sie spielte Geige, und genau wie ich mied sie Sport und kam schlecht mit den anderen Mädchen an unserer Schule klar. Sie nannten uns »Die Guppys«, weil es uns hässlich klingen ließ. Ich glaube, ein paar von ihnen waren eifersüchtig darauf, wie eng wir befreundet waren. Wir waren die unbeliebtesten Mädchen in unserem Jahrgang. Das störte uns aber nicht, da wir ja einander hatten. Louise durfte mich nicht zu Hause besuchen, und ich durfte nicht mit zu ihr nach Hause. Wenn ich um Erlaubnis bat, sagte mein Vater stets: »Umgib dich lieber mit Menschen, denen du am Herzen liegst, anstatt mit solchen, denen dein Wohlergehen womöglich gleichgültig ist.« Ich wusste nie, was ich darauf erwidern sollte, und selbst wenn mir eine schlaue Antwort eingefallen wäre, hätte ich es nicht gewagt, sie ihm ins Gesicht zu sagen.

Als ich fünfzehn war, fassten Louise und ich uns ein Herz und erzählten zu Hause, dass während des ersten Schulhalbjahrs jeden Samstagvormittag Wiederholungskurse in der Schule angeboten würden. Meinem Vater gefiel die Idee, dass wir Stoff wiederholen wollten, und gab mir die Erlaubnis, daran teilzunehmen. Ich zog meine Schuluniform an und nahm eine große, mit Lehrbüchern gefüllte Tasche mit, um das alternative Outfit darunter zu verbergen. Louise und ich stiegen beide in den Bus, der zur Schule fuhr, blieben aber sitzen, bis er im Zentrum von Brighton hielt. Dort angekommen, zogen wir unsere Jeans und Crop-Tops an und flanierten durch die Innenstadt, versuchten, die Blicke von Jungs auf uns zu ziehen.

Diese samstäglichen Ausflüge wurden das Schönste in meinem stark eingeschränkten Leben. Wir hatten nur begrenzten Erfolg bei den Jungs, weil wir beide meist kein Wort mehr herausbrachten, sobald uns ein Angehöriger des anderen Geschlechts ansprach. Erfolgreich waren wir jedoch beim Ladendiebstahl, bei dem wir es hauptsächlich auf billiges Make-up abgesehen hatten.

Am besten konnten wir in Geschäften wie Boots, Superdrug und kleinen unabhängigen Apotheken klauen. Wir spezialisierten uns auf die billigeren Marken wie Rimmel und Max Factor, da sie in den Läden nicht so gut gesichert waren. Lippenstifte verschwanden in unseren Hosentaschen, Eyeliner- und Lidschattenpaletten wanderten in meine große Tasche. Wir ließen in jedem Laden immer nur einen Artikel mitgehen, weil wir meinten, falls wir erwischt würden, könnten wir einfach behaupten, er sei aus Unachtsamkeit in unserer Hosen- oder Handtasche gelandet.

Ich weiß noch, wie wir einmal in dem großen Superdrug auf der East Street waren. Wir standen Schulter an Schulter vor dem Rimmel-Regal und warfen eine blaue Lidschattenpalette in Louises Tasche auf dem Boden zu unseren Füßen. Ich ging lässig aus dem Geschäft auf die Straße und wurde prompt von einer Ladendetektivin gepackt. Sie bugsierte mich durch eine Personaltür in ein Büro mit grauen Aktenschränken und einem großen »Konferenztisch« in der Mitte. Ich musste mich hinsetzen, und wir warteten auf das Eintreffen der Polizei. Die Ladendetektivin saß mir gegenüber und starrte mich an, als wäre ich ein Hund, der auf ihren perfekt gepflegten Rasen pinkelt. Sie sagte kein einziges Wort.

Während ich dasaß, empfand ich eine Angst, wie ich sie nie zuvor erlebt hatte. Sie richtete sich ausschließlich auf die Reaktion meines Vaters. Wenn ich mein Leben auf der Stelle hätte beenden können, ich hätte es getan. Die Angst durchströmte meinen Körper wie ein Fluss aus schierer Panik. Ich konnte meinen rasenden Herzschlag in der Brust, im Kopf und sogar in den Armen spüren. Meine schweißnasse Stirn juckte, meine Hände und Beine zitterten. Mein Mund war trocken, und mein Magen fühlte sich an wie ein Wäschetrockner voller Motten.

Nach einigen Minuten schoben zwei andere Ladendetektive Louise in den Raum. Ich war erleichtert, ihr Gesicht zu sehen. Sie lächelte mich beruhigend an. Einer der Ladendetektive nahm Louise die Tasche ab und kippte den Inhalt auf den Tisch. Ein paar Schulhefte, eine Federmappe und ihre Schuluniform fielen heraus. Während der Mann die Sachen durchsah, wurde deutlich, dass die Lidschattenpalette nicht mehr da war. Die Detektivin fragte Louise, ob sie einer Leibesvisitation zustimme, und Louise willigte ein. Sie wurde in einen Nebenraum geführt, und als sie nach einigen Minuten zurückkam, lächelte sie mich wieder an. Die Ladendetektivin und ihre Kollegen verließen den Raum.

Wir saßen schweigend da. Ich konnte nicht sprechen. Ich rechnete jeden Moment damit, dass ein Polizist hereinkommen würde. »Alles okay?«, fragte Louise. Ich schüttelte bloß den Kopf, legte ihn dann auf den Tisch und begann zu weinen. Dann kehrte die Detektivin zurück und forderte uns auf, mitzukommen. Sie ging mit uns in den Laden und sagte, dass wir gehen könnten, aber dass sie jetzt unsere Gesichter kannten und wir uns nie wieder blicken lassen sollten. Wir verließen den Laden und gingen schweigend hinunter zum Strand. Ich dachte noch immer die ganze Zeit, dass mich jeden Moment ein Polizist festhalten und mitnehmen würde.

Wir saßen eine Weile auf dem kiesigen Strand, und zwischen meinen Schluchzern gelang es mir, sie endlich zu fragen, was passiert war. Louise erzählte mir, dass sie gesehen hatte, wie die Ladendetektivin mir nach draußen gefolgt war, deshalb war sie zu einem anderen Ausgang gelaufen, hatte kehrtgemacht, die Lidschattenpalette in irgendein Regal gelegt und dann im Laden darauf gewartet, dass sie geschnappt wurde. »Vertrau mir, Emily. Ich schwöre, die haben nichts bei mir gefunden, sie können also gar nichts machen. Es ist alles okay, uns wird nichts passieren.« Das leuchtete mir ein, und ich brach vor lauter Erleichterung wieder in Tränen aus. Ich umarmte Louise so fest und innig, wie ich konnte. Damals war es das Freundlichste und Unerhörteste, was jemand je in meinem Leben für mich getan hatte.

Als ich an dem Nachmittag nach Hause kam, saß mein Vater still im Wohnzimmer und las die Zeitung. Ich sagte Hallo, doch er schaute nicht mal auf. Ich dachte daran, wie sehr ich mich vor seiner Reaktion gefürchtet hatte, als ich allein mit der Ladendetektivin bei Superdrug saß. Ich hasste ihn mehr denn je.

Ansonsten waren unsere Diebestouren ein Erfolg und hatten eine positive Wirkung auf unser Ansehen in der Schule. Wir fingen an, das Make-up zu stark reduzierten Preisen an andere Mädchen in unserem Jahrgang und dem darüber zu verkaufen. Das verschaffte uns ein gewisses Ansehen, und wir wurden im weiteren Verlauf des Schuljahres viel respektvoller behandelt. Es kam nicht mehr so häufig vor, dass wir beschimpft oder unsere Schulbücher auf den Bürgersteig geworfen und mit Füßen traktiert wurden. Dieser neue Status änderte sich jedoch dramatisch im nächsten Jahr nach der Sache mit Pete Forshaw, dem zweitschönsten Jungen der Schule und Freund des härtesten Mädchens in meinem Jahrgang, Claire Haslett.

Es war ein Sonntagmorgen, und ich war auf dem Rückweg vom Kiosk, wo ich die Sonntagszeitung für meinen Vater gekauft hatte. Während ich die Strandpromenade entlangging, sah ich ein Stück vor mir Pete Forshaw allein auf einer Bank sitzen und durch sein Handy scrollen. Ich hatte ihn seit Jahren aus der Ferne angehimmelt, aber nie mit ihm gesprochen. Er trug wie immer seine schwarze Lederjacke und eine dunkelblaue Jeans. Sein Haar fiel stets als Erstes auf; es war tiefschwarz mit einem natürlichen Glanz und in der Mitte gescheitelt, und es umrahmte perfekt seine dunkelbraunen Augen. Er hatte einen makellosen olivfarbenen Teint, bis auf ein kleines Muttermal seitlich an der Oberlippe.

Ich wurde immer nervös, wenn ich an Jungen vorbeimusste, die irgendwo rumstanden oder saßen. Ich mochte es nicht, dass meine Brust taxiert wurde, wenn ich mich näherte, und ich konnte förmlich spüren, wie sich ihre Blicke in meinen Hintern bohrten, wenn ich weiterging. Bei Pete war es noch schlimmer, weil ich wie die meisten anderen Mädchen auf ihn abfuhr. Er hatte den Kopf gehoben und blickte mich direkt an, während ich auf ihn zuging. Je näher ich ihm kam, desto mehr wurde ich mir meines Ganges und meiner Schritte bewusst. Als ich in Hörweite von ihm war, lief ich wie ein Schimpanse mit einer Beinschiene. Als ich fast bei ihm war, streckte er die Beine vor sich aus.

»Hi, Emily«, sagte er. »Hast du dir in die Hose geschissen oder was?«

»Ja«, erwiderte ich, »ich beginne den Tag gern mit einem richtigen Knaller.«

»Ha, das ist witzig, witzig und clever. Und, was machst du so früh hier draußen am Tag des Herrn?«

»Hab bloß die Zeitung gekauft.«

»Ich liebe die Nachrichten. Eines Tages werde ich auf sämtlichen Titelseiten sein. Dann kannst du auf den Artikel zeigen und sagen: ›Mit diesem Typen hab ich mich mal auf der Strandpromenade unterhalten‹, und die Leute werden sich plötzlich für dich interessieren. Glaubst du mir das?«

»Ja, ich glaube dir, Pete.«

»Gut so. Komm, setz dich kurz zu mir. Lass uns zusammen die Nachrichten durchsehen.«

»Nein, ich muss nach Hause. Mein Dad wartet auf seine Zeitung, damit er sich wichtigmachen kann, während meine Mum und ich das Putztuch schwingen.«

»Böser Daddy, fauler Daddy. Komm schon, nur fünf Minuten. Ich wollte schon immer mal mit dir quatschen und rausfinden, wie du so drauf bist. Glaubst du mir das?«

Er klopfte neben sich auf die Bank, und ich gab nach.

»Na los«, sagte er, »such einen Artikel aus, der dich interessiert, und lies ihn mir vor. Wenn er mein Interesse weckt, können wir uns drüber unterhalten.«

»Okay, aber dann muss ich los.«

Ich blätterte die Zeitung durch und stieß auf einen Artikel, in dem es darum ging, dass die Hundepopulation einer indischen Stadt von einer wilden Affenbande terrorisiert wurde.

»Interessierst du dich für Affen?«, fragte ich.

»Vielleicht, vielleicht auch nicht, kommt auf den Affenkontext an. Lies mal vor, dann sag ich's dir.«

Ich fing an, den Artikel vorzulesen. Nach zwei Absätzen unterbrach er mich:

»Nee, interessiert mich nicht, aber ich interessiere mich für dich, Emily.«

»Wie meinst du das?«

»Na ja, ich hab gehört, du klaust Make-up in Läden und vertickst es an der Schule, und ich muss sagen, ich finde so ein Verhalten faszinierend. Wieso auch nicht? Wer hätte gedacht, dass die bildhübsche kleine Emily Baker ein Langfinger ist?«

»Ich weiß überhaupt nicht, was du meinst, Pete«, erwiderte ich, wobei mir die Lüge deutlich ins Gesicht geschrieben stand und durch meine blinzelnden Augenlider bestätigt wurde.

Plötzlich wurde mir klar, dass er mich gerade als »bildhübsch« bezeichnet hatte.

O mein Gott, dachte ich, das hat sich gut angefühlt.

»Was würden deine Eltern machen, wenn sie das wüssten?«

»Mum würde mich bitten, ihr irgendeine Faltencreme zu klauen, und Dad würde mich an einen Heizkörper ketten, falls ich Glück habe.«

»Witzig, echt witzig. Dann wollen wir mal hoffen, dass er es nie erfährt. Komm, ich bring dich nach Hause.«

Wir spazierten die Strandpromenade entlang auf das in der Ferne sichtbare Hotel zu. Ich wünschte, es wäre weiter weg, aber es wollte einfach nicht zurückweichen. Als wir das Ende der Promenade erreichten, blieb er stehen und fragte, ob er ein Foto von uns machen könne. Bevor er auf den Auslöser drückte, gab er mir einen Kuss auf die Wange. Ich spürte, dass ich knallrot wurde, griff hastig nach meiner Zeitung und verabschiedete mich.

»Also, wir sehen uns, Pete.«

»Wir sehen uns in der Schule. Ich werde dich suchen.«

»Ich könnte schwer zu finden sein, und überhaupt, hast du nicht eine Freundin?«

»Nee, nicht offiziell.«

Ich lächelte ihn an und winkte ihm im Weggehen noch einmal zu. Sobald ich in meinem Zimmer war, schickte ich Louise eine SMS. »Ich glaube, ich bin verliebt«, schrieb ich knapp.

»WAS!? IN WEN?«, erwiderte sie.

»In den schönsten jungen der schule!!!«, lautete meine unbescheidene Antwort.

In der Woche darauf liefen Pete und ich uns in der Schulcafeteria über den Weg und verabredeten uns für Sonntag, am selben Ort und zur selben Zeit. Ich holte die Zeitung für meinen Vater früher als sonst, damit ich länger mit Pete zusammen sein konnte. Es war ein herrlicher wolkenloser Tag. Wir kauften uns ein Eis und setzten uns zusammen an den Strand, mit dem Rücken an eine hölzerne Buhne gelehnt, um vor dem Wind geschützt zu sein. Schließlich knutschten wir, und bevor wir gingen, machte er noch ein paar Fotos von uns, wie wir alberne Grimassen schnitten. Er fragte mich, ob ich mir vorstellen könnte, seine Freundin zu sein, und ich sagte, ich würde es mir überlegen. Als ich zum Lunch nach Hause kam, schwebte ich auf Wolke sieben, und sogar unser ödes altes Esszimmer und der lauwarme Zitronen-Baiser-Pie schienen einen magischen Glanz zu besitzen. Ich schaffte es, so überzeugend über eine der bissigen Bemerkungen meines Vaters zu lächeln, dass er sich prompt schockiert und überrascht abwandte.

Am nächsten Mittag saßen Louise und ich in der Pause auf der Schulwiese und sprachen über die Sache mit Pete. Während wir uns unterhielten, bemerkten wir Claire Haslett, die sich uns mit drei ihrer Freundinnen näherte. Ich ahnte, dass das Ärger bedeutete, und sagte Louise, sie solle schleunigst mit mir aufstehen. Hasletts Botschaft war einfach und prägnant. Sie hielt eines der Fotos hoch, die Pete von uns gemacht hatte, und fauchte: »Lass deine verdammten Pfoten von meinem Freund, du Miststück.«

»Ich hab deinen Freund nicht angefasst, und außerdem, er hat gesagt, ihr zwei ...«

Ich kam nicht dazu, meinen Satz zu beenden, denn sie verpasste mir mit dem Unterarm einen heftigen Schlag auf Wange und Nase. Ich fiel zu Boden, und als ich hochblickte, sah ich, dass sie sich über mich beugte, ehe sie sagte: »Du hässliche eingebildete Schlampe.« Dann spuckte sie mir ins Gesicht und rauschte von dannen, und ihre Freundinnen lachten vor lauter Begeisterung über die Gewalttätigkeit.

Obwohl sich unsere Wege in dieser Woche ein paarmal kreuzten, sprachen Pete und ich kein Wort miteinander, und ich nahm an, dass Haslett ihn abgeschreckt hatte. Ich schrieb ihm keine SMS für den Fall, dass sie sein Handy überwachte. Wenn du sie zum Feind hattest, war das Leben an der Schule einfach die Hölle. Auf dem Weg nach Hause setzte ich mich um der alten Zeiten willen auf die Bank an der Strandpromenade und schaute den Möwen zu, die sich über die Möwenfußballergebnisse vom Vortag stritten. Wie aus heiterem Himmel tauchte Pete auf einmal neben mir auf und legte seinen Arm um meine Schulter. Er gab mir eine lange, staubige

Fruchtgummischlange aus seiner Tasche. »Die hab ich für dich gekauft – na ja, sozusagen als Entschuldigung. Ich hätte die Fotos löschen sollen. Tut mir echt leid.«

»Du hast gesagt, du hättest keine Freundin, was sollte das also?«

»Nein, ich hab gesagt, dass ich ›offiziell‹ keine Freundin habe.«

»Was soll das denn heißen?«

»Es heißt, dass wir uns wie ein Paar verhalten, aber für mich ist es nur ein zwangloses Arrangement.«

»Tja, das sieht Claire ganz offensichtlich anders. Sie hat dich als ihren Freund bezeichnet, kurz bevor sie mir eine geschallert hat.«

»Scheiße, das tut mir total leid, aber ich bin nicht dafür verantwortlich, dass sie labil ist.«

»Hast du ihr eigentlich gesagt, dass du dich nicht als ihren Freund betrachtest?«

»Ja, aber das bringt nichts. Ich glaube, sie ist es gewohnt, ihren Willen zu bekommen.«

»Hast du Angst vor ihr?«

»Nicht vor ihr an sich, aber vor den Konsequenzen, wenn ich mich mit ihr anlege.«

»Dann bist du also ein Feigling?«

»Ja, wahrscheinlich, aber ein gutaussehender.«

»Findest du, dass ich gut aussehe?«, fragte ich einfach nur so.

»Zehnmal besser, als du denkst.«

Wir blickten beide eine Weile schweigend hinaus aufs Meer, während ich versuchte, den Mut aufzubringen, das zu sagen, was ich wirklich sagen wollte. Eine Möwe landete auf dem Poller vor uns und sah mir direkt in die Augen. »Wer ist jetzt der

Feigling?«, schien sie zu sagen. Ich nahm die Herausforderung an und platzte damit heraus:

»Hör mal, Pete, ich verbringe wirklich gern Zeit mit dir und fände es toll, wenn wir offen damit umgehen und rausfinden könnten, ob wir es als Paar schaffen. Aber solange du das mit Claire Haslett nicht geklärt hast, will ich dich nicht wiedersehen.«

»Ich klär das, versprochen. Jetzt komm, vergiss das Ganze. Such uns einen Artikel in der Zeitung aus, mit dem wir uns befassen können.«

»Versprochen?«, fragte ich mit einem, wie ich hoffte, todernsten Blick in den Augen.

»Ich verspreche es«, erwiderte er, steckte sich ein Ende der Fruchtgummischlange in den Mund und begann zu kauen. Ich blätterte die Zeitung durch und blieb bei einem Farbfoto von einem Buntspecht hängen.

»Was hältst du von dem? Der sieht doch ganz hübsch aus, oder?«, fragte ich.

»Ein bisschen übertrieben, wenn du mich fragst, ein bisschen gekünstelt«, antwortete er.

»Der ist das Gegenteil von gekünstelt! Er wurde so geboren. Er hat sich keine Gedanken über sein Aussehen gemacht.«

»Das ist mir klar, aber ich steh einfach nicht auf Imponiergehabe. Schlicht bleiben, Worte für sich sprechen lassen. Dir ist schon klar, dass all diese Punkte und roten Flecken einschüchtern sollen, oder? Das ist ein schlechter Anfang, findest du nicht? Wo bleibt die Liebe?«

Ich lachte, schnappte mir die Fruchtgummischlange und wandte ihm den Kopf zu, um ihn zu küssen. Er ging sofort darauf ein. Es war der erste wirklich innige Kuss meines Lebens, und deshalb auch der schwierigste. Meine Lippen waren trocken vom Seewind, und seine waren klebrig und süß von der Fruchtgummischlange. Ich hatte gehört, dass die Zunge zum Einsatz kommen sollte, und so ließ ich sie immer wieder in seinen Mund schnellen wie eine züngelnde Schlange, die Witterung aufnimmt. Ich hatte auch durch Kino und Fernsehen gelernt, dass man genussvolle Geräusche machen sollte, und so stieß ich zwischendurch Grunzlaute aus, die dem Geräusch ähnelten, das eine Python macht, wenn sie sich bedroht fühlt. Ich holte Luft und nutzte den Moment, der Fruchtgummischlange den Kopf abzubeißen, damit sich mein Mund genauso klebrig anfühlte wie seiner. Ich konnte den Kopf nicht runterschlucken, und als wir uns erneut küssten, flutschte er zwischen meinen Lippen heraus und fiel auf die Bank. Ich starrte darauf, während der Kuss immer hektischer und glitschiger wurde. Als wir schließlich aufhörten, tropfte uns beiden grüner Schleim vom Kinn. Ich zeigte im Stil eines niedlichen Außerirdischen auf Pete und sagte langsam:

»Du. Freund.«

Er richtete ebenfalls den Zeigefinger auf mich und erwiderte:

»Du. Freundin.«

Ich fand, das klang gut.

Wir machten unsere Beziehung nie öffentlich, aber natürlich kam Haslett dahinter. Gleich zu Beginn des nächsten Schuljahres nahm sie Rache.

Eines Tages wurde ich zum Schulleiter zitiert. Als ich die Treppe zu seinem Büro hochging, kamen mir Haslett und ein paar aus ihrer Gefolgschaft entgegen. Sie blickten alle etwas düster, nur Haslett hatte ein eigenartiges Grinsen im Gesicht. Sobald sie den Fuß der Treppe erreichten, brachen sie in wildes Gekicher aus.

Sie hatten dem Schulleiter von meinem kleinen Kosmetik-geschäft erzählt. Das war eine ernste Sache. Er erwog, die Polizei zu informieren. Ich legte ein umfassendes Geständnis ab, erwähnte aber Louises Namen nicht. Meine Eltern waren schon auf dem Weg, um mich abzuholen. Ich wurde von der Schule verwiesen. Mein Vater sprach nie wieder in einem fürsorglichen oder freundlichen Ton mit mir. Ich wurde zu Hause unterrichtet, damit ich doch noch meine Abschlussprüfung ablegen konnte. Wenn ich nicht lernte, musste ich sieben Tage die Woche im Hotel helfen. Ich erzählte meinen Eltern von Louises Beteiligung an den Ladendiebstählen, weil ich hoffte, dass meine Schuld dadurch irgendwie abgeschwächt würde. Das war ein großer Fehler. Mein Vater verständigte ihre Eltern, und sie kamen überein, dass wir uns nicht mehr wiedersehen sollten. Ich sagte meiner Mum, dass ich von zu Hause ausziehen würde, sobald ich meine Prüfungen hinter mir hätte. Sie erklärte, dass sie das für eine gute Idee hielt.

Anfangs telefonierte ich jeden Tag mit Pete, aber schon bald wurden unsere Gespräche hölzern und distanziert. Das nächste Mal sah ich ihn erst, als ich an der Schule meine Prüfungen ablegte. Wir lächelten einander zu, hatten uns aber nichts zu sagen. Mein Vater fuhr mich für die Prüfungen zur Schule und wartete draußen, um mich gleich anschließend wieder nach Hause zu bringen. Im August desselben Jahres, zwei Monate vor meinem achtzehnten Geburtstag, zog ich von zu Hause aus und in ein möbliertes Zimmer direkt an der Strandpromenade von Brighton. Die Kaution und die ersten drei Monatsmieten bezahlte ich mit dem Geld, das meine Großmutter mir hinterlassen hatte. Ich nahm einen Job als Kellnerin/Barfrau in einem nahe gelegenen mexikanischen Restaurant an. Eines Abends, als ich schon einen Monat dort arbeitete, sah ich, wie meine Mum und mein Dad auf die Speisekarte im Fenster blickten. Das Angebot gefiel ihnen nicht, und sie gingen wieder. Es machte mich traurig, aber ich redete mir ein, dass diese Traurigkeit dazugehörte, wenn ich einen Neuanfang machen und mein eigenes Leben leben wollte.

Dann lernte ich Tommy kennen.

13

Als ich von meinem Besuch bei Satsuma zurückkam, erwarteten Grace und Lassoo mich auf dem Laubengang.

»Wo bleibst du denn? Glaubst du, ich hab nichts Besseres zu tun, als hier rumzustehen und auf dich zu warten?«

»Ich freu mich auch, dich zu sehen, Grace. Ich hab dich nicht darum gebeten, hier draußen zu stehen wie die Queen, die darauf wartet, dass sie gebratene Leber mit Zwiebeln serviert bekommt.«

»Wieso guckst du so selbstzufrieden aus der Wäsche?«

»Weil meine Nachbarin – das bist du, Grace – eine wahre Perle ist. Komm, lass dich mal drücken.«

Ich breitete die Arme aus und machte einen Schritt auf sie zu. Sie verschränkte die Arme und tat so, als würde sie bei dem Gedanken daran erschaudern.

»Warst du bei dieser Frau? Ja, warst du, oder? Was bist du doch für ein dämlicher Trottel.«

Mein Gesicht verriet die Wahrheit, und Lassoo stieß einen übertriebenen Seufzer aus.

»Ich komm in einer Viertelstunde vorbei, dann kannst du mir erzählen, wie sehr du dich zum Narren gemacht hast. Hast du da Fish and Chips in deiner Einkaufstüte?«

»Ja.«

»Gut, heb mir was auf.«

Und sie tapste zurück in die Wohnung und knallte Lassoo die Tür auf die Nase, als er ihr hinterherlief. Er sah zu mir hoch, als wollte er sagen: »Das ist verdammt nochmal deine Schuld.«

Eine Viertelstunde später kamen Grace und Lassoo zu mir.

»Gerade ist mir wieder eingefallen, warum ich dich sehen wollte«, sagte Grace mit einer gewissen Freude im Gesicht ob der Erinnerung. Sie nahm den Maiskolbenspeicherstick aus ihrer Tasche und fuhr fort:

»Ich hab wirklich alles versucht, um das Passwort für das Ding hier zu knacken, aber ich komm nicht weiter. Ich hab sogar versucht, einen identischen Maiskolbenstick im Internet zu beschaffen, um zu sehen, wie der Passwort-Manager programmiert ist, konnte aber nirgends einen finden. Ich hab ein Foto von einem ähnlich aussehenden aus China gefunden, aber den gab's nicht zu kaufen. Ist wirklich ein Jammer. Das Ding hat nicht mal einen Herstellernamen.«

»Grace, es spielt keine Rolle mehr. Vergiss es einfach.«

»Kommt nicht in Frage. Das Problem ist, falls es sich um eine Kombination aus zufälligen Buchstaben und Zeichen handelt, hat mein Rechner vielleicht nicht die nötige Kapazität, um das Passwort zu knacken. Die andere Möglichkeit ist, dass es sich um was Privates von der Person handelt, die das Passwort erstellt hat – zum Beispiel Geburtsdatum, Name der Ehefrau, Name des Haustiers, Name der Straße und so weiter. Du musst mir möglichst viele Informationen dieser Art geben, dann kann ich es noch einmal versuchen.«

»Grace, Brendan ist immer noch gesund und munter, also kann ich ihm den Stick einfach zurückgeben, wenn wir uns das nächste Mal treffen.«

»Er ist am Leben? Wieso hast du mir das nicht gesagt?«

»Ich wollte es dir gestern Abend sagen, aber du hast nicht aufgemacht.«

»Woher weißt du, dass er am Leben ist? Hast du mit ihm gesprochen?«

»Nein, aber ich war heute im Polizeirevier und hab einen Detective nach dem Mord gefragt. Er hat sich umgehört und mir dann gesagt, die Polizei habe keine Ahnung, wovon ich rede. Ich hab versucht, Brendan auf seinem Handy anzurufen, aber da kommt immer nur die Ansage, dass die Rufnummer nicht erreichbar ist. Dann hab ich eine Mail an sein Büro geschrieben, und die haben mir geantwortet, dass er im Moment auswärts arbeitet. Deshalb, ja, bin ich ziemlich sicher, dass er noch am Leben ist. Sorry, ich hätte es dir früher sagen sollen.«

»Ich gebe nicht auf, zumindest nicht, bis du tatsächlich mit ihm geredet hast. Er hat dir den USB-Stick nicht ohne Grund gegeben, und mir macht die Herausforderung Spaß. Halt mich jetzt nicht davon ab. Sonst fang ich sofort wieder mit dem Rauchen an.«

»Das ist wirklich nicht nötig, Grace, aber wenn es dich glücklich macht, nur zu. Schaden kann's ja wohl nicht.«

»Dann besorgst du mir also so viele persönliche Informationen über ihn, wie du nur kannst?«

»Ja, ich werde mal sehen, was ich in den Akten habe.«

»Hat er eine Frau?«

»Ja, aber sie haben sich vor einer Weile getrennt.«

»Na, dann kontaktier sie doch. Vielleicht kann sie dir ja sagen, was los ist, und vielleicht kennt sie auch einige seiner Passwörter.«

»Das ist eine gute Idee, Grace. Vielleicht mach ich das«, antwortete ich, obwohl ich im Grunde wusste, dass ich das nicht tun würde.

Ich hatte die Portion Fish and Chips auf zwei Teller verteilt und im Backofen warm gehalten. Wir setzten uns an den Tisch, aßen und tranken ein kaltes Bier. Ich erzählte ihr von meinem Besuch bei Satsuma. Ihr Interesse richtete sich auf den glatzköpfigen Mann. Sie kam zu dem Schluss, dass er wahrscheinlich ein übereifriger Schuldeneintreiber war und dass Satsuma es vermutlich mit der Mietzahlung nicht so genau nahm.

»Vielleicht sollte ich ihr anbieten, die Miete zu bezahlen? Du glaubst also nicht, dass er womöglich ihr Lebensgefährte ist, oder?«, fragte ich.

»Das bezweifele ich«, sagte sie und gab Lassoo wieder etwas Fish and Chips. »Nach dem, was du mir erzählt hast, ist sie etwa vierundzwanzig Jahre alt und künstlerisch veranlagt, mit einer bescheuerten Frisur und Doc-Martens-Stiefeln. Ein bisschen wie Jane Brurier, hast du gesagt, glaub ich. Wenn du bedenkst, dass er fast vierzig ist und wie ein Autoverkäufer rumläuft, dann glaub ich nicht, dass das einen Kompatibilitätstest besteht.«

»Aber er war beide Male da, als ich hingefahren bin.«

»Das muss nichts heißen. Du würdest jemanden, von dem du noch Geld kriegst, wahrscheinlich auch ziemlich oft besuchen. Aber wenn du so besorgt bist, warum hast du sie nicht gefragt?«

»Keine Ahnung. Kam mir ein bisschen aufdringlich vor, ein bisschen übergriffig. Vielleicht will ich's auch gar nicht wissen. Findest du, du und ich sind kompatibel?«

»Nein«, sagte sie und stellte ihren Teller auf den Boden, damit Lassoo ihn leer fressen konnte. »Aber du und Lassoo, ihr passt gut zusammen. Übrigens, wer zum Teufel ist Jane Brurier?«

»Ich hab keinen blassen Schimmer.«

Wir saßen ein Weilchen schweigend da, genossen unser kaltes Bier und taxierten uns gegenseitig. Ich mochte schon immer die dünnen Fältchen über ihrer Oberlippe und in den Mundwinkeln, die verrieten, dass sie mal eine passionierte Raucherin gewesen war.

»Warum hast du mit dem Rauchen aufgehört?«, fragte ich.

»Mein Arzt hat gesagt, als Raucherin käme ich auf der Warteliste für eine neue Hüfte ganz nach unten«, antwortete sie.

»Vermisst du es?«

»Ich vermisse alles an meinem Leben, bevor meine Hüfte anfing, zu zerbröseln. Ein Jammer, dass ich damals nicht wusste, wie glücklich ich war. Wenn ich irgendwann gar nicht mehr rausgehen kann, leg ich mich wahrscheinlich einfach ins Bett und qualme zwanzig Zigaretten am Tag, bis ich tot bin oder mich selbst in Brand stecke.«

»Ich könnte dir Gesellschaft leisten.«

»Was, in meinem Bett?«

»Nein, beim Rauchen. Ich vermisse es auch.«

Wieder schwiegen wir, während Grace sich bückte und für Lassoo ein bisschen Bier auf den Teller goss.

In diesem Moment klingelte mein Handy. Die Nummer sagte mir nichts. Ich ging trotzdem ran.

»Hallo?« Ich erkannte die Stimme sofort.

Es war Satsuma.

»Hi, wie geht's dir«, antwortete ich, während mein Herz einen Sprung machte und selbst die längsten Haare auf meinen Schultern versuchten, sich aufzurichten.

»Gut, danke. Ich wollte mich bloß dafür entschuldigen, dass

ich vorhin etwas reserviert war. Ich wollte nicht unhöflich sein, ich hab nur zurzeit ziemlich viel um die Ohren.«

»Hey, gar kein Problem, es war schön, dich zu sehen.«

Von ihrem Platz am Tisch aus platzte Grace los: »O Gott, sie ist es.«

Ich warf ihr einen gespielt verärgerten Blick zu und hielt den Mittelfinger an die Lippen, damit sie den Mund hielt.

»Sorry, hast du Besuch? Ich will nicht stören«, sagte Satsuma.

»Nein, nein, nein«, erwiderte ich und ging ins Schlafzimmer, um außer Hörweite von Grace zu kommen. »Du störst überhaupt nicht. Das ist bloß meine Nachbarin Grace. Sie ist auf einen Sprung vorbeigekommen, um über einen USB-Stick zu reden, den ich ihr gegeben hab. Er hat die Form eines Maiskolbens, und sie versucht gerade, das Passwort zu knacken. Das Gespräch ist alles andere als spannend, wie du dir vorstellen kannst.«

»Bist du ein Spion oder so? Oder einer, der Geld von Online-Bankkonten klaut? So ein bisschen Action könnte ich im Moment ganz gut gebrauchen.«

»Nein, es geht bloß um die Arbeit. Der USB-Stick gehört Brendan – du weißt schon, der Typ, mit dem ich im Pub war.«

»Anwaltskram?«

»Genau.«

Mir fiel nichts ein, was ich noch hätte sagen können. Warum hatte ich Idiot bloß angefangen, über USB-Sticks zu reden? Ich wusste nicht, wie ich wieder in die Spur kommen sollte. Schließlich half sie mir aus der Bredouille, Gott sei Dank.

»Sag mal, haben dir die Plastikblumen an dem Fahrrad vor meiner Wohnung wirklich gefallen?«

»Oh, und wie. Das war Upcycling mit einem echten Fahrrad, das muss jeden umhauen.«

In dem Moment tauchte Grace in der Schlafzimmertür auf und begann, wiederholt mit den Lippen das Wort »Lebensgefährte« zu formen. Ich wandte mein Gesicht ab, aber sie kam weiter ins Zimmer, so dass ich ihre Anwesenheit nicht einfach ignorieren konnte. Ich plauderte weiter, während ich sie in den Flur und aus der Wohnung bugsierte, und schloss die Tür hinter ihr.

»Du hast eine schöne Wohnung«, fuhr ich fort. »Gehört sie dir, oder ist sie gemietet?«

»Gemietet. Das heißt, ich kann jederzeit auf und davon.«

»Wenn dir der Boden unter den Füßen zu heiß wird, wie Robert De Niro in Heat?«

»So heiß wie De Niro in dem Film wird er mir hoffentlich nicht werden.«

Ich lachte. »Im wahren Leben ihm hoffentlich auch nicht. Ich hoffe, wenn er nicht schauspielert, ist er ein ganz normaler Durchschnittstyp wie ich oder mein Metzger oder Harry Styles. Einfach ein Mann, der nichts darstellt.«

Wir mussten beide lachen, weil das Gespräch so unsinnig war und zugleich so locker. Schweigen unterbrach den Redefluss, und ich beschloss, sie das zu fragen, was ich wirklich wissen wollte:

»Da fällt mir ein, du hast mir noch gar nicht deinen Namen verraten. Ist das Absicht?«

»Nein, wahrscheinlich hast du bloß nie gefragt. Ich bin Emily. Nett, dich kennenzulernen.«

»Starker Name«, erwiderte ich. »Namen mit fünf Buchstaben haben so was Kraftvolles. Sarah, Grace, Holly ... oder ... ähm ... Colin. Ich bin übrigens Gary.«

Jetzt oder nie, dachte ich.

»Also, Emily, ich muss dich was fragen. Bist du im Moment in einer Beziehung? Ich frage nur so, ohne Hintergedanken.«

Ich hätte das nicht fragen sollen, dachte ich sofort und brach schlagartig in Schweiß aus.

»Nicht offiziell«, antwortete sie. »Hör mal, es tut mir wirklich leid, wie unhöflich ich neulich war. Ich hoffe, du bist nicht sauer auf mich.«

»Nein, überhaupt nicht. Ich freu mich, dass du angerufen hast. Vergiss nicht meine Einladung auf einen Drink, wenn dir mal danach ist.«

»Ich überleg's mir. Ich muss los. Bis dann, Gary.«

»Bis dann.«

Und sie legte auf. Ich reckte tatsächlich die Faust in die Luft und schrie »yeeesss!« Emily. Natürlich hieß sie Emily. Das war schon immer mein Lieblingsfrauenname. Ich hatte jetzt ihre Telefonnummer, und ich hätte sie am liebsten gleich zurückgerufen, nur um wieder ihre Stimme zu hören.

Als ich zurück ins Wohnzimmer kam, hockte Lassoo auf meinem Stuhl und fraß meine Fish and Chips vom Tisch. Er sprang herunter, als er mich sah, verlor dabei das Gleichgewicht, stieß gegen ein Tischbein und verschüttete den letzten Rest von meinem Bier. Im selben Moment klopfte es an der Tür. Es war Grace.

»Ich hab Lassoo vergessen«, verkündete sie, als sie an mir vorbeiging.

»Ja, hab ich gemerkt«, erwiderte ich. Sie winkte Lassoo zu sich, und er folgte ihr brav nach draußen.

»Wie oft muss ich dir noch sagen, dass du ihn nicht füttern sollst«, sagte sie zum Abschied.

Ich setzte mich an den Tisch und dachte über mein Ge-

spräch mit Emily nach. Nicht einmal die widerliche, hart-
näckige Flatulenzwolke, die Lassoo hinterlassen hatte, konnte
das Lächeln aus meinem Gesicht vertreiben.

14

Am folgenden Morgen lief ich meinem Eichhörnchenfreund quasi in die Arme, als ich aus dem Haus kam. Er hüpfte geradewegs auf mich zu, ehe er abrupt stehen blieb, sich auf die Hinterbeine stellte und seine Schnurrhaare putzte.

»Du bist heute Morgen extrem gutgelaunt. Du siehst zwar noch immer scheiße aus, aber du hast so ein leises inneres Strahlen an dir«, sagte ich für ihn.

»Ja, ich hab gestern Abend Fortschritte bei der Frau gemacht, in die ich mich verguckt habe.«

»Freut mich zu hören. Wenn du ›Fortschritte‹ sagst, heißt das etwa, dass du sie vielleicht wiedersehen wirst?«

»Sie hat gesagt, sie würde es sich überlegen.«

»Oha, das klingt nicht gut – ein bisschen zurückhaltend. Vielleicht solltest du mal darüber nachdenken, warum sie so unverbindlich bleibt.«

»Das habe ich, und es ist besorgniserregend.«

»Also, du scheinst zu glauben, dass dein Freund noch am Leben ist, richtig?«

»Sieht ganz so aus.«

»Was ist mit den Polizisten, die gesagt haben, er wäre tot? Was wird da gespielt? Darüber solltest du vielleicht auch mal nachdenken. Ich finde das ein bisschen beunruhigend.«

»Wenn ich raten müsste, würde ich sagen, das sind keine Polizisten, sondern Leute, die für jemanden arbeiten, dem Brendan auf den Schlips getreten ist. Er hat mir erzählt, dass er gegen ein paar zwielichtige Typen ermittelt. Ich vermute, die sind vielleicht wegen Geld hinter ihm her oder um ihm eine Abreibung zu verpassen. Ich vermute, deshalb ist er untergetaucht.«

»Warum wollten sie dir weismachen, dass er tot ist? Wenn man mal richtig drüber nachdenkt, ist das doch ganz schön drastisch.«

»Ich denke, die wollten mir ein bisschen Angst einjagen, ein Element der Bedrohung reinbringen, damit ich kooperiere und Respekt vor ihnen habe.«

»Hört sich für mich so an, als wäre er in Gefahr. Du solltest mal darüber nachdenken, ob er vielleicht deine Hilfe braucht.«

»Grace versucht gerade, den USB-Stick zu entsperren, den Brendan mir zugesteckt hat, und ich helfe ihr dabei.«

»Könnte ein bisschen zu spät sein, Junge.«

Und schon sprang er davon, während im selben Moment eine Polizeisirene ertönte, die sich der Einfahrt zur Siedlung näherte. Ich ging weiter in Richtung Peckham High Street und bekam selbst auch einen gehörigen Schreck, als ich Blaumann aus einem Lieferwagen steigen sah, der in einer der Anwohnerparkbuchten stand. Die Aufschrift auf dem Wagen lautete »Carfix Mobile Mechanic«. Er ging um einen braunen Citroën-SUV herum, begutachtete ihn zusammen mit einem anderen Mann, vermutlich dem Besitzer des Fahrzeugs. Als ich näher kam, gab der Mann ihm die Autoschlüssel und verabschiedete sich. Blaumann stemmte die Hände in die Hüften und drückte den Rücken durch, als hätte er Schmerzen im Kreuz. Ich blieb neben ihm stehen und begrüßte ihn.

Er lächelte mich freundlich an, und ich schätzte, dass er mich von unseren Begegnungen in Emilys Siedlung wiedererkannte.

»Tut mir leid, aber hier dürfen nur Anwohner parken«, sagte ich mit einem charmanten Lächeln.

»Guter Witz, Sie Schlawiner. Also, was machen Sie hier? Haben Sie in jeder Siedlung eine Freundin oder was? Das wage ich zu bezweifeln, so wie Sie aussehen.«

»Nein, ich wohne hier, in dem Block da drüben. Ich bin der König der Siedlung, deshalb muss hier alles über mich laufen. Sie haben meine Erlaubnis, mit Ihrer Arbeit fortzufahren.«

»Wie überaus gnädig von Ihnen, Euer Ehren.«

»Sie sind also ein mobiler Mechaniker, der sich auf Autopannen in Sozialsiedlungen spezialisiert hat, was?«

»Ich arbeite überall, mein Lieber, aber ich bin preiswert, deshalb werde ich oft in solche Siedlungen bestellt.«

»Sie dehnen und strecken sich andauernd. Das lässt mich daran zweifeln, dass Sie wirklich so mobil sind, wie Sie behaupten.«

»Ich hab's im Kreuz, und heute ist es echt schlimm. Das ständige Bücken geht mächtig auf die Wirbelsäule. Mein Arzt hat mir Schmerztabletten verschrieben, aber davon krieg ich Bauchschmerzen, deshalb darf ich die nicht zu oft nehmen.«

Ich begann den Burschen zu mögen, aber der Teufel ritt mich schon wieder.

»Haben Sie's schon mal mit Brennnesseln versucht?«, fragte ich.

»Was meinen Sie? Ob ich die gegessen hab?«

»Nein, Sie müssen nur eine Handvoll abrupfen, natürlich mit einem Handschuh, und dann die betroffene Stelle damit einreiben.«

»Schwachsinn. Das brennt doch höllisch. Halten Sie mich für bescheuert?«

»Darum geht's ja gerade. Die Schmerzrezeptoren richten ihren Fokus nicht mehr auf die Wirbelsäule, sondern konzentrieren sich auf den Schmerz von den Brennnesseln. Sie müssen sich nur entscheiden, was schlimmer ist: das Stechen der Brennnesseln, an das man sich schnell gewöhnt, oder die furchtbaren Rückenschmerzen, die einen verrückt machen. Ich habe die Methode schon öfter angewendet, und sie wird häufig bei den Streitkräften eingesetzt, besonders bei der Royal Navy.«

»Nee, das hört sich nicht gut an. Diese Quaddeln von den Brennnesseln find ich ätzend. Wie auch immer, ich mache besser weiter. Danke, dass ich hier parken darf, Eure Königliche Hoheit.«

»Kein Problem. Da drüben neben den Garagen wachsen übrigens Brennnesseln, falls Sie es sich anders überlegen.«

Ich ging weiter und versteckte mich hinter einer der großen Buchen in der hintersten Ecke der Spielwiese. Blaumann drückte wieder den Rücken durch, ging dann zu den Garagen hinüber und rupfte eine Handvoll Brennnesseln ab. Er kehrte zu dem Citroën zurück, öffnete seinen Overall und schob ihn bis zu den Oberschenkeln runter. Ich verlor ihn ein paar Sekunden aus den Augen, weil ein Passant vorbeikam und ich gezwungen war, auf den Bürgersteig zu stieren, um nicht verdächtig zu wirken. Als ich den Blick wieder hob, war Blaumann vorne auf den Wagen gesunken, die Hosenbeine lagen um seine Knöchel, er schlug auf die Motorhaube ein und schrie: »Verdammte Scheiße! Ach du Scheiße! Bitte, Gott, hilf mir!«

Ich bekam ein schlechtes Gewissen, beruhigte mich aber

mit dem Gedanken, dass an meiner Brennnesseltheorie tatsächlich etwas dran sein könnte.

Im Büro hatte ich als Erstes einen Termin mit Wayne, um von ihm eine vollständige Stellungnahme zu seiner Verhaftung aufzunehmen. Ungefähr fünf Minuten vor der vereinbarten Zeit rief er an und fragte, ob wir uns nicht im Café treffen könnten, statt im Büro. Ich willigte ein. Jeder Vorwand, um aus dem Büro zu kommen, ist mir stets willkommen. Ich setzte mich mit ihm an einen Tisch, und er redete los. Er erzählte mir, dass sein Vater ganz in der Nähe, in Lewisham, Polizist gewesen war, bis er vor vier Jahren in den Ruhestand ging. Er hatte als Detective im Dezernat für Kapitalverbrechen gearbeitet. Die Abteilung war durch und durch korrupt, aber er hatte mit all dem nichts zu tun haben wollen. Seine Kollegen wollten ihn loswerden. Sie hielten ihn für ein Risiko und fürchteten, dass er sie eines Tages beim Scotland Yard verpfeifen würde. Sie machten ihm das Berufsleben zur Hölle, und schließlich gab er auf und ging in den Vorruhestand. Ein paar Jahre später kontaktierte ihn eine Journalistin, die für eine Zeitung oder das Fernsehen arbeitete, und er erklärte sich zu einem Interview über Korruption in der Südlondoner Polizei bereit. Kurz darauf stoppte die Polizei ihn in seinem Auto und fand darin eine größere Menge Kokain. Der Stoff war ihm natürlich untergeschoben worden. Dann meldete sich ein früherer Kollege bei ihm und deutete an, dass sich die Anschuldigungen gegen ihn mir nichts dir nichts in Luft auflösen könnten, falls er das Interview mit der Journalistin absagte. Er willigte ein, die Anschuldigungen wurden fallen gelassen, und er hörte nie wieder was von der Journalistin. Er ging davon aus, dass ihr ebenfalls gedroht worden war und sie klugerweise beschlossen hatte, die Recherchen einzustellen.

Wayne war überzeugt, dass das Gleiche diesmal wieder passieren würde. Sie wollten seinen Dad bloß daran erinnern, dass er den Mund halten sollte. Er wusste nicht, warum sie erneut nervös geworden waren, aber er machte sich keine Sorgen, weil sein Dad das Richtige tun würde. Er wollte meine Zeit nicht weiter mit irgendwelchen Aussagen unnötig in Anspruch nehmen.

»Wirst schon sehen, in spätestens zwei Wochen lassen sie die Anschuldigungen fallen. Glaub mir.«

Ich war mir da nicht sicher, aber wenn er so vorgehen wollte, dann hatte ich keine Einwände. Er war noch immer nicht formell angeklagt, also konnte ich ohnehin nicht viel machen.

»Wie lange trägst du schon diesen beschissenen Anzug?«, fragte er.

»Seit zwei Jahren fast jeden Tag.«

»Du siehst echt billig aus, Mann. Wie ein Teppichhändler oder ein Grußkartenverkäufer. Der passt nicht zu deiner Stellung. Du musst ihn aussortieren, du brauchst einen schlankeren Schnitt, einen kühneren Look, als ob du jemand wärst, auf den es ankommt. Guck mal in den Spiegel und überleg dir, wie du dich darstellst.«

»Ich bin nicht so schrill wie du, Wayne. Ich bin das, was man unaufdringlich und zuverlässig nennt. Das passt zu meinem Beruf. Wenn ich teure Klamotten trage, dann denken meine Mandanten, dass sie die finanzieren. Ich habe mir das gut überlegt. Ich bin kein Specht; ich bin ein kleiner rundlicher Zaunkönig oder eine emsige kleine Drossel. Man bemerkt mich kaum.«

»Mit deinem Zinken siehst du eher aus wie ein Papagei.«

»Und wenn du weiter deine engen Hosen trägst, kriegst du garantiert Probleme im Schritt.«

Ich trank meinen Kaffee aus und aß meinen Battenberg und

machte mich auf den Weg zum Amtsgericht in Camberwell, wo ich eine gerichtliche Vorladung für einen Vermieter beantragen wollte, der einer Mandantin von mir eine Wohnung vermietet hatte, die in einem unzumutbaren Zustand war. Während ich in der Warteschlange saß, sah ich zu meiner Überraschung meinen alten Freund Clown-Schuhe am Schalter stehen. Er versuchte noch immer, gegen seinen Nachbarn vorzugehen. Ich saß nur rund einen Meter hinter ihm und hatte somit einen wunderbaren Blick auf seine riesigen Schuhe. Jedes Mal, wenn er sein Gewicht von einem Bein aufs andere verlagerte, gab sein linker Schuh ein kleines feuchtes Quietschen von sich. Ich finde es herrlich, solche Geräusche in einem formellen Umfeld zu hören. Die Frau hinter der Scheibe hatte ein starres, geduldiges Lächeln im Gesicht, das im Laufe des Gesprächs allmählich verblasste.

»Die Sache ist die, er ist Ausländer« – quietsch – »und versteht offensichtlich nicht, dass das Haus eines Engländers eine Burg ist, die niemals von einem Fremden betreten werden sollte, schon gar nicht von einem ausländischer Herkunft.« Quietsch.

»Verzeihung, Sir, aber ich verstehe nicht, was die Nationalität des Gentleman damit zu tun haben soll.«

»Dann sind Sie hier fehl am Platz.« Quietsch. »Ich möchte mit einem Richter sprechen oder mit jemandem, der nachempfinden kann, welche Belastung das für mich ist.« Quietsch, quietsch. (Zweifaches Schlurfen.)

»Dann müssen Sie dieses Formular ausfüllen, damit die Angelegenheit von einem Richter oder Justizbeamten geprüft wird. Es fehlt noch der Teil, in dem Sie die angebliche Straftat schildern sollen. Solange Sie das nicht getan haben, kann ich den Antrag nicht ins System eingeben.«

»Das habe ich doch gemacht! Da, in Feld zwei. Lesen Sie doch.«

»Das habe ich, Sir.«

»Und was steht da? Ich denke, Sie werden feststellen, dass es klipp und klar formuliert ist.« Quietsch, quietsch, quietsch. (Triumphierendes Schlurfen.)

»Da steht: ›Mein Nachbar schleicht nachts auf meinem Dachboden herum und macht Geräusche, die an ein Bärenbaby erinnern, was bei mir großen Zorn und Ärger auslöst‹.«

»Na bitte! Bringen wir die Sache ins Rollen und den Mistkerl hinter Gitter.«

»Ich bedaure, Sir, aber Hausfriedensbruch und Lärmbelästigung sind Zivilsachen für die Zivilgerichte. Dies ist ein Strafgericht. Solange Ihr Antrag nicht das Begehen einer Straftat wie Diebstahl oder Körperverletzung erkennen lässt, kann ich ihn nicht genehmigen und ins System eingeben.«

»Sie finden es also in Ordnung, dass ein Ausländer« – quietsch – »in ein fremdes Haus eindringt und wie ein kleiner Bär bellt, ohne Konsequenzen befürchten zu müssen?«

»Nein, das habe ich nicht gesagt, Sir. Ich habe lediglich erläutert, dass es sich nicht um eine Angelegenheit für die Strafgerichte handelt, und das hier ist ein Strafgericht.«

»Woher kommen Sie eigentlich? Sie sehen mir nicht so aus, als wären Sie von hier.« Quietsch, quietsch. (Nervöses Schlurfen.)

»Ich bin aus Deptford, Sir. Und jetzt, falls Sie kein weiteres Anliegen haben und da sich eine lange Schlange hinter Ihnen gebildet hat, würde ich vorschlagen, Sie konsultieren einen Anwalt, um herauszufinden, welche Rechtsmittel Sie haben.«

Clown-Schuhe wandte sich mit einem lauten frustrierten Seufzer vom Schalter ab und blickte mich direkt an.

»Sind Sie Anwalt?«, fragte er.

»Nein, ich bin Teppichhändler.«

»So sehen Sie auch aus.«

Dann marschierte er aus dem Raum, und seine Schuhe quietschten den Takt von »Staying Alive« von den Bee Gees. Nachdem ich meinen Antrag gestellt hatte, kaufte ich mir einen Kaffee und setzte mich in dem kleinen Park Camberwell Green auf eine Holzbank. Brendan kam mir in den Sinn, und da ich erst in einer Stunde wieder im Büro sein musste, beschloss ich, bei ihm zu Hause in Sydenham vorbeizuschauen und eine Nachricht zu hinterlassen; ich wollte ihn bitten, sich zu melden, und ihm erklären, dass seine Dokumente gestohlen worden waren, aber leicht ersetzt werden konnten. Bei der Gelegenheit konnte ich auch gleich nach Anzeichen suchen, ob er vielleicht dort war.

Er wohnte in einem zweigeschossigen viktorianischen Haus – gelber Londoner Backstein mit weißen Schiebefenstern und einem umlaufenden, von einer Hecke geschützten Garten. Es lag in einiger Entfernung von seinen nächsten Nachbarn, und ich vermutete, dass es vor vielen Jahren eine Art Torhaus war. Ich trat durch das hüfthohe schmiedeeiserne Gartentor und klopfte an die Eingangstür. Ohne Erfolg. Das Haus machte den Eindruck, dass niemand da war. Die Vorhänge sämtlicher vorderen Fenster waren geschlossen, und aus dem Briefkasten ragte ein Reklamezettel für ein Restaurant in der Gegend. Ein gepflasterter, mit Kirschblüten übersäter Weg führte am Haus vorbei nach hinten. Die Hintertür hatte in Dreiviertelhöhe eine kleine, kreisrunde Milchglasscheibe. Ich klopfte mehrmals mit zunehmender Wucht an die Tür, aber niemand öffnete. Die Jalousie des Küchenfensters neben der Tür war geschlossen, so dass ich keine Möglichkeit hatte, einen Blick ins Haus zu werfen. Ich bemerkte ein flatterndes Stück Kreppband, das an der Lackierung neben dem Schlüsselloch klebte. Ich schaute nach unten und sah einen kleinen weißen quadratischen Zettel auf dem Teppich aus Kirschblüten liegen. Darauf stand schlicht und ergreifend: »Wir müssen reden«, und darunter war eine Telefonnummer. Ich notierte mir die Nummer auf dem Handrücken, klopfte dann ein letztes Mal an die Tür. Wieder ohne Erfolg. Ich schrieb eine Nachricht an Brendan mit der Bitte, mich anzurufen (nichts Dringendes), und steckte sie vorne in den Briefkasten. Als ich wieder ging, befiel mich ein ungutes Gefühl im Hinblick auf Brendans Wohlergehen und Verbleib.

Das Gefühl ließ mich den ganzen Nachmittag nicht mehr los, daher beschloss ich nach Feierabend, Brendans Arbeitgeber, Cityside Investigations, ganz in der Nähe am Denmark Hill, einen spontanen Besuch abzustatten. Ein Gespräch mit seinem Boss könnte mich sicherlich wieder beruhigen.

Die Privatdetektei lag im ersten Stock eines großen viktorianischen Gebäudes über einem Wettbüro und einer Spielhalle. An einer unscheinbaren Tür zwischen den beiden Läden war ein kleines Messingschild mit der Aufschrift »Cityside Investigations« angebracht. Ich kündigte meine Ankunft über die Gegensprechanlage an. Sobald der Türsummer mich hereingelassen hatte, stieg ich die Treppe zum Empfangsbereich hinauf. Die Räumlichkeiten bestanden aus einem Großraumbüro und zwei abgetrennten Büros am hinteren Ende. Es herrschte eine geschäftige Atmosphäre, viele Männer in unterschiedlich engen Hemden starrten auf ihre Computerbildschirme und sprachen forsch in ihre Handys. Wahrscheinlich produzierten sie Machowitzchen am Fließband, aber davon verstehe ich nichts.

Ich kannte die Empfangssekretärin, Sophie, weil wir öfter beruflich miteinander telefoniert hatten, und sie bat mich, Platz zu nehmen, während sie Mr. McCoy fragte, ob er Zeit für ein Gespräch hätte. Ich hatte John McCoy noch nicht kennengelernt, hatte aber gehört, dass mit ihm nicht zu spaßen war. Ein Mann, mit dem man sich nicht anlegte, ein Mann, der einem in den Hintern trat, wenn man ihm ins Gehege kam. Deshalb war ich überrascht, als aus einem der Büros ein eher schmächtiger Kerl von kleiner Statur auftauchte. Gut fünf Zentimeter unter der landesweiten durchschnittlichen Körpergröße, schätzte ich. Er trug ein hellblaues Polyesterhemd, dessen Ärmel bis zu den Ellbogen hochgekrempelt waren, und eine dunkelblaue Schlabberjeans mit lila Hosenträgern. Alles an ihm wirkte dünn. Dünne Arme, dünnes Gesicht mit einer dünnen spitzen Nase und dünner werdendes Haar, das er sich nach hinten gekämmt und mit irgendeinem Produkt an den Kopf geklatscht hatte. Die Haut an den Wangen war sichtlich erschlafft, und die Stirn war tief gefurcht. Er hatte etwas Bedrohliches an sich, was vor allem durch seine stechenden, wässrigen blauen Augen vermittelt wurde. Sie standen für meinen Geschmack zu eng beieinander und ließen jeden Anflug von Gefühl oder Empathie vermissen. Andererseits hatte sein Zahnarzt ihm das Lächeln eines Zwanzigjährigen geschenkt, und er roch wie die Handtasche eines Supermodels. Er winkte mich in sein Büro, und wir setzten uns an seinem Schreibtisch gegenüber. Als Erstes fiel mir auf, dass er vor sich etwas liegen hatte, das aussah wie eine Pistole.

»Ist das da eine Schusswaffe?«, fragte ich.

»Ja.«

»Ist die echt?«

»Was glauben Sie denn?«

Ich nahm die Waffe und war verblüfft, wie schwer sie in der Hand lag. Sie sah echt aus, fühlte sich echt an, war es aber bestimmt nicht.

»Wahrscheinlich nicht. Sie würden keine echte Schusswaffe im Büro haben, und falls doch, würden Sie sie verstecken.«

»Na, dann haben Sie ja nichts zu befürchten, oder, Gary? Also, was kann ich für Sie tun? Und um es gleich vorwegzunehmen, falls das hier länger als fünf Minuten dauert, muss ich Ihnen meine Zeit in Rechnung stellen.«

»Immer noch besser, als erschossen zu werden«, sagte ich mit einem hoffnungsvollen Lächeln im Gesicht.

»Genau«, erwiderte er ohne auch nur eine Spur von Humor in der Stimme.

»Sie scheinen gut ausgelastet zu sein. Mir war gar nicht klar, dass die Firma so groß ist.«

»Die Auftragslage war noch nie so gut. Ich stelle laufend neue Leute ein. Versicherungsbetrug, Wirtschaftsbetrug, IT-Sicherheit, Eintreibung von Mietrückständen, Zwangsräumungen und Observationen – jede Menge Observationen. Ich sage Ihnen, Gary, die Welt ist durchgeknallt, und wir räumen auf.«

»Das ist prima. Schön, dass es noch florierende Branchen gibt. Tja, also, ich bin nur gekommen, um mich nach Brendan zu erkundigen. Sein Telefon ist abgestellt, deshalb kann ich ihn nicht erreichen. Ich wollte nur fragen, ob es ihm gut geht.«

»Alles bestens. Warum interessiert Sie das so?«

»Na ja, weil er ein Freund ist, würde ich sagen, aber hauptsächlich, weil etwas wirklich Seltsames passiert ist. Letzten Freitagabend hab ich mich mit ihm auf ein Bier getroffen, und am nächsten Tag kreuzen zwei Typen bei mir zu Hause auf, die sich als Polizisten ausgeben und behaupten, er wäre tot aufgefunden worden.«

»Das gibt's nicht!«

»Doch, im Ernst. Später hab ich rausgefunden, dass die zwei gar nicht von der Polizei waren, und offensichtlich ist Brendan nicht ermordet worden, aber es ist trotzdem ein komisches Gefühl, so was zu hören, kurz bevor er von der Bildfläche verschwindet.«

»Machen Sie sich mal keine Sorgen. Das klingt wie so ein typischer Brendan-Heckmeck. Bestimmt hat er irgendwelche Leute verärgert, dafür hat er nämlich ein Händchen, und die wollen mit ihm reden. Die haben gehofft, Sie würden ihm das alles erzählen und dadurch würde ihm klarwerden, dass er sich auf was gefasst machen kann. Ich wette, er schuldet denen Geld oder hat irgendeinen Job in den Sand gesetzt oder so. Ehrlich, Sie müssen sich wegen Brendan wirklich keine Sorgen machen. Er ist ziemlich raffiniert. Er kann gut auf sich selbst aufpassen. Wenn er mich anruft, werde ich ihm sagen, was Sie mir erzählt haben.«

»Hat er sich denn bei Ihnen gemeldet?«

»Ja, er ruft jeden Tag an, und hält mich in dem Fall, mit dem ich ihn betraut habe, auf dem Laufenden. Er macht seine Sache gut.«

McCoy hantierte an seinem Handy herum und zeigte mir dann das Display. Es war ein Foto von Brendan, der ein Paar Socken hochhielt. Die Socken waren mit verschiedenen Augenmotiven bedruckt. Die Nachricht darunter lautete: »Hab die für dich gekauft, weil ich weiß, dass du überall Augen hast. LOL.« Die Nachricht war gestern um 16.57 Uhr abgeschickt worden.

»Dann haben Sie eine Handynummer von ihm?«

»Ja, hab ich, aber die gebe ich Ihnen nicht ohne sein Einverständnis. Wie gesagt, vergessen Sie ihn und konzentrieren Sie sich auf Ihre Juristerei. So, Ihre fünf Minuten sind um. Sonst noch was?«

»Ist die Pistole echt?«

»Sie ist echt oder auch nicht, ganz wie Sie wollen, Gary. Und jetzt verschwinden Sie.«

Als ich das Büro verließ, war ich endlich davon überzeugt, dass Brendan quicklebendig war. McCoy hatte recht: Ich sollte Brendan vergessen und mein Leben weiterleben. Gerade als ich diesen Gedanken genoss, fuhr ein roter BMW vor dem Büro vor und parkte halb auf dem Bürgersteig. Heraus sprang der Glatzkopf, den ich in Emilys Siedlung gesehen hatte. Er hatte einen Stapel Aktenordner unter dem Arm. Sein Hemd war eng und voller Schweißflecken, und er ging direkt an mir vorbei, ohne in meine Richtung zu schauen. In seinem Windschatten nahm ich einen Geruch wahr, bei dem ich unwillkürlich an Frühstücksfleisch denken musste. Sogleich überfielen mich Sorgen um Emily. Der Kerl hatte wirklich die Ausstrahlung eines Schuldeneintreibers.

Statt nach Hause zurückzukehren, beschloss ich, ins Grove zu gehen und etwas zu trinken und mir ein Fußballspiel anzusehen. Es war noch gut eine Stunde bis zum Anpfiff, und Nick und Andy waren nicht da, deshalb ging ich in den Lounge-Bereich und erlaubte mir, mich auf »Emilys Platz« zu setzen. Ich scrollte durch meine letzten Telefonate, so dass ich ihre Handynummer ausgiebig betrachten konnte. Vielleicht sollte ich sie anrufen und fragen, ob sie Lust hätte, auf einen Drink vorbeizukommen. So gern ich sie auch sehen wollte, ich ließ es bleiben. Ich hatte ihr den Ball zugespielt, und es war richtig, einfach abzuwarten. Ich bezweifelte allerdings, dass ich mich noch viele Tage oder auch nur Stunden beherrschen konnte. Der Fußball würde eine nützliche Ablenkung sein.

Bei Spielbeginn wechselte ich auf die andere Seite der Bar und nahm meinen üblichen Platz am Ende der Theke ein. Zur Halbzeitpause waren Nick und Andy noch immer nicht da, also schaute ich mir das ganze Spiel allein an. Es wurde zwischen Mannschaften im Tabellenmittelfeld ausgetragen, und trotz engagierten Einsatzes fehlte von Können oder Spielfreude jede Spur.

Nach dem Abpfiff fühlte ich mich sehr allein in der halbleeren Bar, nicht nur an diesem Abend, sondern ganz allgemein. Ich scrollte eine Weile durch mein Handy und trank mein viertes Bier. Ich beschloss, die Nummer auf dem Zettel anzurufen, den ich hinter Brendans Haus gefunden hatte. Vorsichtshalber unterdrückte ich zuerst meine Nummer. Nach mehrmaligem Klingeln meldete sich eine männliche Stimme:

»Hallo. DI Peterson am Apparat.«

Ich war in dem Moment zu verängstigt, um zu antworten. Der Mann wiederholte:

»Hallo. DI Peterson am Apparat. Wer ist da bitte?«

Ich legte auf. Ich war in Schweiß gebadet. Ich war mir zwar nicht ganz sicher, meinte aber, die Stimme erkannt zu haben. Es war der Mann, den ich als DI Cowley kannte. Ich schaltete das Handy aus, leerte mein Glas und ging nach Hause.

An dem Abend hatte ich große Probleme, einzuschlafen. Warum hatte ich die Nummer angerufen? Wer ist dieser Cowley/Petersen? Ist er ein echter Cop? (In dem Fall dürfte ich, wenn es hart auf hart kommt, keinen Ärger kriegen.) Ist er ein Schlägertyp, der hinter Brendan her ist und glaubt, ich könnte mehr wissen, als ich habe durchblicken lassen? (In dem Fall könnte mir Ärger blühen.) War die Pistole auf McCoys

Schreibtisch echt? Und noch einmal: Warum hatte ich die Nummer angerufen? Was war ich doch für ein Idiot.

Irgendwann schlief ich ein, wachte aber zwischendurch auf und hörte Lassoo nebenan winseln und gelegentlich bellen.

Als ich am Morgen wach wurde, konnte ich Lassoo an Graces Wohnungstür kratzen hören. Ich hatte noch reichlich Zeit, bevor ich zur Arbeit musste, daher beschloss ich, Grace anzubieten, mit dem Hund Gassi zu gehen. Ich klopfte an ihre Tür und konnte hören, wie Lassoo auf dem Parkettboden auf und ab lief und immer mal wieder halbherzig bellte. Grace machte nicht auf, daher drehte ich versuchsweise am Türknauf, und die Tür öffnete sich. Ich rief ihren Namen, bekam aber keine Antwort. Lassoo rannte wie verrückt im Flur hin und her und sprang auf Graces Sofa und wieder herunter. Ich klopfte an die Tür zum Schlafzimmer und rief ihren Namen. Wieder keine Antwort. Ich öffnete langsam die Tür und sah, dass sie nicht im Bett lag. Sie war nicht zu Hause. Als ich mich in ihrem Wohnzimmer umschaute, fiel mir auf, dass ihr Laptop verschwunden war und dass jemand die Schubladen ihres Schreibtisches durchwühlt hatte. Etliche Bücher waren aus ihrem Regal auf den Boden geworfen worden. Irgendwer hatte die Wohnung ganz offensichtlich durchsucht. Ihr Smartphone lag auf dem Boden und war von einem schweren Stiefel oder Ähnlichem zertreten worden. Ich spürte die absolute Gewissheit, dass derjenige, der das angerichtet hatte, nach dem Maiskolbenstick gesucht hatte. Es war alles meine Schuld.

15
Emily

Ich liebte es, auf mich allein gestellt und weg von meinem Vater zu sein.

Ich liebte es, unabhängig zu sein. Mein möbliertes Zimmer war schmuddelig, die Tapete wellte sich, die Decke über der Dusche war voller Schimmelflecken. Der leuchtend rote Teppichboden knirschte buchstäblich unter den Füßen, und die Fenster waren mit Lackfarbe so verklebt, dass ich sie nicht öffnen konnte. Der Warmwasserhahn tröpfelte statt zu fließen, und der Kaltwasserhahn stieß seinen Inhalt aus wie ein pinkelndes Pferd. Möwen kreischten und trappelten genau über meinem Bett auf dem Dach herum, so dass ich oft schon um fünf Uhr morgens aufwachte. Der Heizkörper knarrte und ächzte, wenn er sich aufwärmte und abkühlte. Obwohl er sich mächtig anstrengte, wurde er nie viel wärmer als der Bauch eines Labradors.

Noch nie hatte ich mich so wohlgefühlt.

Mein Job als Kellnerin und Barfrau im Cactus Barrio Mexican Bistro and Bar war genau das Richtige für mich. Meine Schicht ging von sechs Uhr abends bis zwei Uhr in der Nacht, obwohl ich oft nicht vor vier oder fünf Uhr morgens nach Hause kam.

Der Manager hieß Tommy Briggs. Er kam aus Barnsley,

nicht aus Mexiko. Er war Mitte dreißig, gut eins achtzig groß, sportlich und stämmig, mit langem dunklem Haar, das er sich üblicherweise zu einem Pferdeschwanz band. Jeden Tag trug er ein frisch gewaschenes und gebügeltes weißes Hemd, immer eng anliegend und die Ärmel bis zur Hälfte seiner behaarten Unterarme hochgekrempelt. Seine Schuhe hatten passable Absätze, und seine Jeans hatten meist einen leichten Schlag. Er gehörte zu den Männern, die beim Smalltalk sehr laut sprachen, um selbstbewusst und amüsant zu wirken. »HEY, GEOFF! WIE Läuft's denn so, du Alter Saftsack?«, begrüßte er zum Beispiel jemanden, der Geoff hieß. »hey, CAROL? KOPF HOCH, so schlimm wird's vielleicht doch nicht«, begrüßte er zum Beispiel eine Frau, ganz gleich, ob sie einen traurigen Gesichtsausdruck hatte oder nicht.

Ich mochte ihn sehr. Er hatte mir den Job gegeben, und er schrie mich nie so an wie seine anderen Angestellten und manche Gäste. Er konnte knallhart sein. Ich erinnere mich an einen Abend, an dem sich ein Pärchen über zu scharfe Burritos beschwerte. Die zwei waren stille graue Mäuse, die einander anschwiegen, wenn sie nicht gerade über die Bedienung und das Restaurant im Allgemeinen meckerten. Sie verlangten, den Manager zu sprechen.

»HI, ICH BIN TOMMY, DER MANAGER. WIE ICH HÖRE, SEID IHR ZWEI MIT EUREM ESSEN UNZUFRIEDEN. WO LIEGT DENN DAS PROBLEM?«

Der Mäuserich übernahm die Antwort:

»Bei den Burritos. Die sind viel zu scharf. Auf der Speisekarte wird nicht erwähnt, dass sie im Grunde Chemiewaffen sind, die einem Zunge und Rachen verätzen.«

»DAS WIRD DESHALB NICHT ERWÄHNT, SIR, WEIL SIE GAR NICHT SCHARF SIND. DIE SALSA IST MILD GE-

WÜRZT UND WIRD ZU FAST JEDEM GERICHT AUF DER KARTE SERVIERT, UND ICH HABE NOCH NIE EINE EINZIGE BESCHWERDE ERHALTEN.«

»Nun, das mag ja sein, aber wir würden statt der Burritos gern etwas anderes nehmen.«

Tommy richtete seine Aufmerksamkeit auf die Mäusin.

»UND WAS DENKEN SIE, MEINE LIEBE? SIE LANGEN JA GANZ OFFENSICHTLICH ZU WIE EIN SCHWEIN IN EINER ...«

Im Restaurant war es jetzt still geworden.

»Wie können Sie es wagen, so mit meiner Partnerin zu reden?«, platzte der Mäuserich heraus.

»WEIL DAS HIER MEIN LOKAL IST, IN DEM ICH SAGE, WAS ICH WILL, UM MEINEN KÜCHENCHEF UND MEINEN RUF ZU VERTEIDIGEN.«

»Für Ihren Ruf sehe ich schwarz, wenn Sie so mit Ihren Gästen reden.«

»KOMMT GANZ DRAUF AN, WAS FÜR EINEN RUF ICH MIR MACHEN WILL.«

»Keinen sehr guten, schätze ich mal«, entgegnete der Mäuserich.

»WAS IST MIT IHRER BEZIEHUNG? IST DIE GUT? ODER IST IHRE LIEBSTE EIN BISSCHEN ZU SCHARF FÜR SIE? WÜRDEN SIE SIE GERN ZURÜCKSCHICKEN UND WAS ANDERES DAFÜR NEHMEN?«

»Komm, Schatz, wir gehen.«

Der Mäuserich wollte aufstehen, aber Tommy drückte ihn wieder nach unten.

»IHR GEHT ERST, WENN WIR GEMEINSAM DIE NATIONALHYMNE GESUNGEN HABEN, SOZUSAGEN ALS ZEICHEN DES GUTEN WILLENS.«

Tommy ging auf die Knie, so dass er direkt in die Maus-
gesichter blickte. Dann begann er zu singen, so laut er konnte:
»*GOD SAVE OUR GRACIOUS QUEEN, LONG LIVE OUR
NOBLE QUEEN, GOD SAVE THE QUEEN ...* Na los, IHR
ZWEI. Unterstützt mich mal. Jetzt kommt doch die Stelle, die
wir alle so lieben«, sagte Tommy und fing an, rhythmisch mit
der Faust auf den Tisch zu hauen.

»*NA NA NA NA, SEND HER VICTORIOUS, HAPPY AND
GLORIOUS ...*«

Die Mäusin fing an, mitzusingen, wohl aus Angst vor Tommys vorquellenden Augen und seinen wuchtigen Faustschlä-
gen.

»*... LONG TO REIGN OVER US, GOD SAVE THE QUEEN.*«

Nach einigen Sekunden, in denen die drei einander stumm
angestarrt hatten, brach Tommy die Stille:

»SEHR SCHÖN, WIRKLICH SEHR SCHÖN, DARLING,
UND ICH DENKE, DU WIRST MIR ZUSTIMMEN, DASS ES
EIN PASSENDER ABSCHLUSS EURER MAHLZEIT WAR.
UND JETZT VERPISST EUCH.«

Sie erhoben sich wortlos. Tommy bestand darauf, dass das
ganze Restaurant ihnen zum Abschied applaudierte.

Tommy lebte in der Dachwohnung über dem Restaurant.
Sie war schick und modern, mit Ledersofas und einem riesigen Fernseher. Am Ende eines jeden Abends wurden ausge-
wählte Gäste nach oben eingeladen, um sich weiter zu amüsieren. Bald gehörte auch ich zu diesem kleinen erlesenen
Kreis. Die Getränke und Drogen waren kostenlos, soweit ich
das beurteilen konnte. Das war Tommys Art, sich Gesellschaft
und Bewunderung zu erkaufen. In meinen Augen war er der
König von Brighton, eher ein Filmstar als ein Gastronom. Ich
konnte nicht anders, als mich in ihn zu vergucken. Er schien

sich von nichts und niemandem beeindrucken zu lassen. Er gestaltete seine eigene Welt, und ich war glücklich, Teil davon zu sein. Wir begannen, miteinander zu schlafen, und ich wachte immer häufiger in seinem chromverzierten superbreiten Bett auf. Ich liebte ihn nicht, aber ich liebte das Leben, das er mir bot. Ich war glücklich.

Nach gut einem Jahr in diesem Lebensstil feierten wir wie üblich in Tommys Wohnung, als Pete mit ein paar Freunden hereinkam. Er war ansprechend gereift und sah sogar noch besser aus als in meiner Erinnerung. Er hatte sich von seiner Lederjacke getrennt und trug einen altmodischen braunen Cordanzug und Army-Boots. Ein sehr starker Look für einen dünnen Mann. Sobald seine Freunde anderweitig beschäftigt waren, ging ich rüber und setzte ich mich neben ihn. Ich war aufgeregt und mehr als nur ein bisschen hingerissen von ihm. »Hi, Pete. Wie geht's dir?«, fragte ich.

»Emily! Was machst du denn hier?«

»Ich arbeite hier. In dem Restaurant unten verdiene ich meinen Lebensunterhalt.«

»Das gibt's nicht. Wissen das deine Eltern?«

»Ich schätze ja. Ich habe sie seit Ewigkeiten nicht mehr gesehen. Sie haben sich getrennt, nachdem ich von zu Hause ausgezogen bin. Mum lebt jetzt in Leicester bei ihrer dösigen Schwester.«

»Wie dösig genau ist denn die Schwester?«

»Ziemlich, wenn nicht komplett.«

»Und? Haben sie das Hotel verkauft?«

»Nein, Dad betreibt es immer noch. Er hat den Namen zu The Honeymoon geändert. Ich glaube, es ist auf den Swinger-Markt ausgerichtet oder vielleicht auf Dogging, aber in geschlossenen Räumen.«

»Na bitte, immer noch die witzige Emily. Du bist nicht zur Uni gegangen oder so?«

»Nein, ich bin seit meinem Schulabschluss hier. Inzwischen bin ich stellvertretende Geschäftsführerin und bekomme viel Anerkennung für meine Arbeit. Und was machst du so?«

»Ich studiere in Bournemouth Filmwissenschaften.«

»Heißt das, ihr guckt euch den ganzen Tag Filme an und redet dann drüber?«

»Manchmal sind die so gut, dass wir nicht mal drüber reden.«

»Aus Ehrfurcht oder so?«

»Ja, so was in der Art, und weil wir Besseres zu tun haben.«

»Klingt nach Zeitverschwendung.«

»Irgendwie schon, wie so vieles eben, aber es ist recht angenehm, wenn man mit guten Leuten zusammen ist. Bist du mit guten Leuten zusammen, Emily?«

»Mein Leben ist recht angenehm, wie du sagen würdest, danke der Nachfrage. Da fällt mir ein, hast du eigentlich schon mit irgendwas Schlagzeilen gemacht?«

»Allerdings, ja.«

»Na los, erzähl schon, womit?«

»Ich war im Ferienlager und bin mit einer Arschbombe auf einem Otter gelandet.«

Ich lachte, und wir unterhielten uns weiter, bis Tommy mich zu sich herüberwinkte. Er mochte es nicht, wenn ich mit anderen Typen sprach, und er zeigte mir die kalte Schulter, ehe er meinte, es sei Zeit für mich, nach Hause zu gehen. Pete hatte mich wohl weggehen sehen, denn nach gut fünfzig Metern die Straße hoch hörte ich Schritte hinter mir, und als ich mich umdrehte, sah ich, wie er mich winkend und lächelnd einholte.

»Glaubst du, dass du irgendwann mal einen richtigen Film machst?«, fragte ich, während wir nebeneinander hergingen.

»Nein, darum geht es mir nicht. Ich möchte nur glauben, dass ich eines Tages einen Film machen könnte. Das reicht mir, um am Ball zu bleiben. Darf ich dich nach Hause bringen?«

Wir gingen zu mir und hörten Musik und plauderten über die guten alten Zeiten. Ich war nicht überrascht, als er mir erzählte, dass Claire Haslett Zwillingstöchter zur Welt gebracht hatte, war aber sehr überrascht zu erfahren, dass der Vater unser alter Musiklehrer Mr. Andrews war. Ich hatte immer gedacht, er wäre schwul. Während wir auf dem Bett lagen und redeten, klopfte es plötzlich laut an der Tür.

»Bist du da, Emily? Mach die verdammte Tür auf.«

Fuck. Es war Tommy, und er hörte sich nicht gerade glücklich an. Pete sprang vom Bett und stellte sich ans Fenster.

»Verdammte Scheiße, wer ist das?«

»Schon gut, Pete, das ist nur mein Boss von der Arbeit. Beruhige dich«, sagte ich beschwichtigend und ließ Tommy herein. Er sprach nicht mehr so laut, was kein gutes Zeichen war. Er ging zu Pete hinüber und baute sich vor ihm auf, sein Gesicht nur fünfzehn Zentimeter von Petes entfernt.

»Wer bist du Arsch?«

»Das ist bloß ein alter Schulfreund, Tommy«, sagte ich zu ihm. »Wir haben uns nur unterhalten.«

Ich legte ihm zur Beruhigung eine Hand auf die Schulter, aber er stieß mich weg, ohne den Blick von Petes Gesicht zu nehmen. Ich fiel aufs Bett.

»Mit dir rede ich nicht. Komm schon, Army-Boots, sag mir, was hier vor sich geht.«

Pete zitterte unübersehbar, schaffte es aber, ruhig zu antworten: »Es ist genau, wie Emily gesagt hat. Wir waren in der

Schule befreundet, und wir haben uns bloß ein wenig unterhalten.«

Tommy legte seine flache Hand auf Petes Kopf und fing an, ihm den Schädel zu massieren.

»Ich hab gesehen, wie ihr euch in meiner Wohnung unterhalten habt, und dann hab ich gesehen, wie du ihr nach draußen gefolgt bist. Hat sie dich hierher eingeladen?«

»Äh ... nein. Es hat sich einfach so ergeben. Wir sind alte Freunde ...«

»Du bist also uneingeladen hier, willst du das damit sagen?«

Mir gefiel nicht, worauf das hinauslief, und ich mischte mich wieder ein: »Hör mal, Tommy, ich hab gesagt, er kann mit reinkommen. Es ist nichts passiert, und es wäre auch nichts passiert. Wir sind bloß Freunde.«

Tommy nahm seine Hand von Petes Kopf und kniff ihm kurz in die Wangen. Dann kam er zu mir rüber und setzte sich neben mich aufs Bett, hielt aber weiter den Zeigefinger auf Pete gerichtet.

»Wenn ihr so gute Kumpel seid«, sagte er, »dann erzähl doch mal, Emily, wann habt ihr das letzte Mal miteinander geredet? Wann habt ihr das letzte Mal kommuniziert, um eure tolle Freundschaft zu pflegen?«

»Wir haben seit der Schule nicht mehr miteinander geredet«, antwortete ich. »Ehrlich, Tommy, was ist dein Problem? Ich sage die Wahrheit. Es ist nichts passiert.«

»Habt ihr dieses kleine Techtelmechtel verabredet, als ihr in meiner Wohnung wart? IN MEINER verfickten WOHNUNG!«

Pete warf ein: »Hör mal, Mann, wir haben nichts verabredet. Ich bin nur zufällig zur gleichen Zeit gegangen wie sie, und wir hatten zufällig denselben Weg. Mehr war nicht. Ich werde jetzt gehen. Ich will keinen Ärger.«

Pete machte ein paar Schritte Richtung Tür, wurde aber von Tommy aufgehalten.

»Nee, bleib doch noch ein bisschen. Vielleicht können wir auch gute Freunde werden und uns in zwei, drei Jahren wiedersehen und einen netten Plausch auf einem Bett halten?«

»Also, ich weiß echt nicht, was hier läuft«, sagte Pete. »Aber ich denke, ich geh jetzt besser.«

»Weißt du was? Ich denke, du hast recht. Ich komme mit, dann können wir uns auf der Straße unterhalten.« Er stieß Pete zur Tür hinaus, drehte sich um und sagte: »Du arbeitest nicht mehr für mich. Ich hoffe, das war es wert. Das hast du dir selbst zuzuschreiben.«

Dann waren sie weg, und natürlich hatte ich Angst um Petes Sicherheit, aber statt ihnen nach draußen zu folgen, legte ich mich einfach aufs Bett und weinte in mein Kissen. Ich wusste, dass ich Pete nie wiedersehen würde.

Ich blieb im Bett und fühlte mich die nächsten paar Tage völlig elend und verängstigt. Von dem Geld meiner Großmutter war nichts mehr übrig, und ohne den Job konnte ich meine Miete nicht bezahlen. Ich vermisste meine Arbeitskollegen, ich vermisste den Trubel im Restaurant, und ich hasste es, über eine ungewisse Zukunft nachdenken zu müssen. Ich vermisste die Partys nach Feierabend, die meine Stimmung immer aufhellten. Ich wollte, dass mein Leben wieder »recht angenehm« war.

Als ich mich endlich aus dem Bett gequält hatte, machte ich mich auf den Weg zum Restaurant, um ein paar von meinen Sachen abzuholen und mich von meinen Kolleginnen und Kollegen zu verabschieden. Ich war um Punkt 18 Uhr dort, in der Hoffnung, Tommy nicht in die Arme zu laufen. Doch zufällig begegnete ich ausgerechnet ihm als Erstem, als ich hereinkam. Er trug ein Tablett mit Gläsern, die auf die Tische verteil werden sollten. Sobald er mich sah, kam er zu mir, drückte mir das Tablett in die Hand und ging ohne ein Wort zurück in die Küche. Ich fasste das als Wink auf, die Gläser auf die Tische zu verteilen. Ein paar Minuten später tauchte er neben mir auf und warf eine weiße Bluse auf den Tisch vor mir. Wieder ging er wortlos weg. Die Bluse war die Dienstkleidung des Restaurants, und so nahm ich sie und zog sie auf der Toilette an. Anscheinend war mein Job noch zu haben, und falls dem so war, wollte ich ihn unbedingt.

Die anderen vom Personal schienen von meinem »Rausschmiss« überhaupt nichts mitbekommen zu haben. Sie erkundigten sich lediglich nach meinem Befinden und hofften, dass es mir besser ging. Ich schuftete an dem Abend wie verrückt, und nach ein paar Stunden war das ungute Gefühl, das ich in den letzten Tagen im Magen gehabt hatte, wie weggeblasen. Tommy sorgte dafür, dass ich nie mit ihm allein war, und am Ende meiner Schicht ging ich direkt nach Hause, ohne ein Wort mit ihm gewechselt zu haben. Dieser Schwebezustand hielt die nächsten paar Schichten an, bis Tommy eines Tages kurz vor Feierabend an der Bar hinter mich trat und seine Hände um meine Taille legte. Er beugte sich vor und gab mir einen Kuss auf die Wange.

»Du hast die richtige Entscheidung getroffen«, flüsterte er mir ins Ohr. »Bleibst du heute Nacht hier?«

Ich drehte mich um und küsste ihn. Ich war überglücklich. In diesem kurzen Augenblick fühlte es sich wie Liebe an. Später dann lagen wir auf seinem Bett und nahmen Koks. Er lächelte mich an, legte eine Hand auf meinen Kopf und fing an, ihn zu massieren. Ich erwiderte sein Lächeln. Ich glaube, in dem Moment wurde mir klar, dass ich mein Leben nicht mehr unter Kontrolle hatte.

Den nächsten großen Fehler beging ich etwa ein Jahr später. Ich hatte noch immer meine eigene Wohnung (eine etwas größere im selben Gebäude wie das möblierte Zimmer), aber ich verbrachte die meiste Zeit bei Tommy. Eines Montags, als ich tatsächlich mal in meinem eigenen Bett geschlafen hatte (das Restaurant hatte sonntagabends nicht mehr geöffnet), erhielt ich gegen vier Uhr morgens einen Anruf von Tommy. Er war irgendwie panisch und sagte, er käme zu mir.

Als er eintraf, erzählte er, dass bei einem seiner Drogendeals etwas schiefgelaufen sei. Plötzlich war die Polizei aufgetaucht, aber er hatte fliehen können. Falls die Polizei sich bei mir meldete, sollte ich unbedingt angeben, dass ich die ganze Nacht mit ihm zusammen gewesen war. Er entwarf einen einfachen Zeitrahmen, an den ich mich halten sollte, und dann putzten wir zusammen eine Stunde lang jeden Bereich meiner Wohnung, wo vielleicht noch Spuren von Drogen zu finden sein könnten. Ich sollte um sieben Uhr morgens zum Restaurant gehen und das Gleiche in seiner Wohnung machen. Er war zwar schon dort gewesen und hatte allen Stoff, von dem er wusste, beseitigt, aber ich sollte alles noch einmal gründlich durchsuchen. Natürlich war ich einverstanden. Er brauchte dringend Schlaf.

Die Polizei nahm ihn gegen Mittag im Restaurant fest und kam dann zu mir in die Wohnung, um meine Aussage einzuholen. Ich blieb bei der Geschichte, und später am Abend erschien Tommy als freier Mann zur Arbeit. Er strahlte wie ein Honigkuchenpferd und umarmte mich so fest, dass mein BH aufging. In den nächsten drei Monaten trug er mich auf Händen. Die nächtlichen Partys für handverlesene Gäste in seiner Wohnung hörten auf, und wir lebten praktisch wie ein Ehepaar. Ich achtete darauf, niemals in Tommys Gegenwart mit jemandem zu flirten, und er machte mir oft kleine Geschenke wie Schmuck und schicke Kleider. Es war wirklich recht angenehm. Ich überredete ihn sogar, sich die Haare schneiden zu lassen und den Pferdeschwanz loszuwerden. Als das Ding ab war, betonierte ich es mit Haarspray und hängte es über die Bar im Restaurant. Auf einem kleinen Schild darunter stand »Tommys Schweif«.

Doch schließlich gingen die Feierabendpartys wieder los, und Tommy war weniger aufmerksam mir gegenüber. Seine Stimmungsschwankungen traten häufiger auf, und es wurde immer schwieriger, mit ihnen umzugehen. Er bekam Angstzustände, dass der Dealer, der geschnappt worden war, es auf ihn abgesehen hätte. Offenbar kursierten in der Stadt entsprechende Gerüchte, die vor allem auf der Tatsache beruhten, dass Tommy ungeschoren davongekommen war, während der Dealer eine achtzehnmonatige Gefängnisstrafe kassiert hatte. Wir werden nie mit Sicherheit wissen, ob da ein Zusammenhang bestand, doch eines Sonntagabends wurde das Restaurant angezündet und brannte völlig aus. Tommy konnte über die hintere Feuerleiter entkommen und erklärte noch am selben Tag, dass wir nicht in Brighton bleiben sollten, weil es zu gefährlich sei. Ich fügte mich seiner Entscheidung, aber als wir die Stadt schließlich verließen, fuhren wir am Hotel meiner Eltern vorbei, und zum ersten Mal überhaupt erinnerte es mich an glücklichere Zeiten.

Unser Ziel war Südlondon. Tommy hatte einen alten Bekannten aus Yorkshire, der ihn in Kontakt mit einer Firma namens Cityside Investigations brachte. Die hatten immer Bedarf an vertrauenswürdigen und geeigneten Leuten für die Eintreibung von Mieten, die Zustellung von Dokumenten, für Observationsjobs und dergleichen. Ich glaube nicht, dass

Tommy wirklich Bock auf den Job hatte, aber ihm wurde eine schöne Zweizimmerwohnung in der Grange-Siedlung in Walworth versprochen, die dem Chef des Unternehmens gehörte und von ihm vermietet wurde, falls er das Angebot annahm. Also sagte er zu, und obwohl er den Job nur als Übergangslösung betrachtete, arbeitet er inzwischen schon seit vier Jahren dort. Er wollte eigentlich nicht, dass ich auch arbeitete, doch als er immer mehr zu tun bekam, half ich ihm gelegentlich, wenn er das Gefühl hatte, dass ein Auftrag einen weiblichen Touch erforderte. Wenn eine Vorladung oder eine einstweilige Verfügung zugestellt werden musste, öffnete sich die Tür schon mal eher, wenn eine harmlos aussehende Mittzwanzigerin davor stand. Für einige Aufgaben war der Einsatz einer Frau unabdingbar, so zum Beispiel wenn eine Ehefrau ihren Mann verdächtigte, untreu zu sein, und ihm in Form eines hübschen und scheinbar willigen weiblichen Köders eine Falle stellen wollte. Ich habe nur zweimal bei so etwas mitgemacht, und beide Male war Tommy in der Nähe, um die Lage im Auge zu behalten. Der Auftrag, an den ich mich am liebsten erinnere, fand in einer Weinbar auf der Camberwell New Road statt. Die Kundin, so wurde mir gesagt, war eine misstrauische Ehefrau, die Tommys Chef kontaktiert und ihm mitgeteilt hatte, dass sie vermutete, ihr Mann habe vor, an diesem Abend fremdzugehen. Er hatte ihr am Telefon eine lahme Ausrede aufgetischt, dass er es an diesem Abend wahrscheinlich nicht nach Hause schaffen würde. Sie war überzeugt, dass er in besagter Weinbar sein würde, um eine Frau aufzureißen.

Tommy stattete mich mit einer kleinen, als Brosche getarnten Knopflochkamera aus, die ich am Revers trug. Außerdem suchte er ein Outfit für mich aus, das er für angemessen hielt – eine weiße Bluse mit offenem oberstem Knopf, einen grauen

Blazer und eine Skinny-Jeans. Er erlaubte mir, meine Doc Martens zu tragen. Wir kamen getrennt in der Weinbar an. Tommy nahm an der Bar Platz, und ich setzte mich ganz hinten in eine »Kuschelecke«, die ideal für Liebespaare war. Normalerweise las ich ein Buch, wenn ich allein an einem Tisch saß, um unerwünschte Annäherungsversuche abzuwenden, doch an dem Abend musste ich zugänglich wirken.

Der Trottel kam etwa zehn Minuten nach uns herein und fing tatsächlich ein Gespräch mit Tommy an der Bar an. Seine ersten Worte, so erzählte Tommy mir später, waren: »Nicht viele Muschis da heute Abend.« Der Trottel blickte gelegentlich zu mir herüber, und ich versuchte, ihn dann jedes Mal zu ermutigen, indem ich ihn anlächelte und zappelig wirkte, um zu signalisieren, dass ich mich unwohl fühlte, so ganz allein an einem Tisch. Schließlich kam er mit einer billigen Flasche Wein und zwei frischen Gläsern zu mir herüber.

»Allein hier?«, erkundigte er sich.

»Ja, ich glaube, man hat mich versetzt, ich wollte gerade gehen«, erwiderte ich.

»Oh, tu das nicht. Komm, lass uns gemeinsam unsere Sorgen ertränken«, schlug er vor, setzte sich neben mich und begann, die Gläser sehr voll einzuschenken.

Der Trottel war etwa vierzig Jahre alt und arbeitete in einer Bank im Zentrum Londons. Das hätten Sie auch ohne meine Hilfe erraten können. Er trug einen dunkelblauen Anzug, ein weißes Hemd und eine sehr dünn geknotete hellblaue Krawatte. Sein Teint war schweinchenrosa, und seine Lippen waren nicht existent. Sein Haar war rötlich braun, glatt nach hinten gekämmt und mit Pomade fixiert. Er roch nach Glasreiniger und Minze. Nicht unangenehm, wenn die erste Duftwolke verblasst war. Sein Akzent war vornehm und nasal.

»Welcher Idiot hat denn so ein süßes Geschöpf wie dich versetzt?«, fragte er.

»Ach, bloß ein Kollege. Wir waren aber nur locker verabredet«, erwiderte ich.

»Ich heiße übrigens Laurence.« (Falsch. Er hieß John. John Bell.)

»Nett, dich kennenzulernen. Ist dein Vorname wirklich ›Übrigens‹?«

»Nein, natürlich nicht. Ich hätte sagen sollen: ›Übrigens, ich heiße Laurence.‹ Haha, das ist zum Piepen. Ich heiße Laurence Romano. Mein Vater war nämlich Italiener. Er hatte eine Konservenfabrik am Rande von irgendwo. Riesenfirma. Hat über eine Million Dosen pro Jahr produziert – Erbsen, Pfirsiche und Wahnsinnsmengen Wurst. Magst du Wurst aus der Dose? Ich mach sie lieber ins Klo. Haha, zum Piepen. Ich lach mich weg.«

»Stört es dich, wenn ich mich dir gegenübersetze?«, fragte ich. »Dann können wir uns besser unterhalten.«

»Nur zu, dann kann ich mich umso besser daran berauschen, wie unverschämt gut du aussiehst.«

Ich wechselte auf den Platz ihm gegenüber, so dass meine Kamera das Geschehen besser einfangen konnte. Es war auch eine Erleichterung, Tommy nicht direkt im Blickfeld zu haben.

»Ja, so ist besser. Bist du nur kurz auf einen Drink hier, bevor du nach Hause gehst?«, erkundigte ich mich mit einem interessierten Gesichtsausdruck.

»Ein Drink ist immer was Feines, hahaha, aber nein, ich mach mir heute einen schönen Abend. Ich arbeite hart, und ich genieße das Leben. Manche Leute denken, wenn man keine körperliche Arbeit verrichtet, kann es nicht anstrengend sein, aber das ist es. Ich habe heute zig Millionen Pfund zwischen großen Rentenportfolios hin und her geschoben, und der Druck dieser Entscheidungen powert dich ganz schön aus. Und deshalb, jawohl, mach ich mir heute einen mega schönen Abend. Scheiß auf alles.«

»Wohnst du hier in der Gegend?«

»Um Gottes willen, nein. Verdammtes Drecksloch. Ich wohne auf dem Land in der Nähe von Reigate.« (Falsch. Er wohnte ganz in der Nähe in Kennington.) »Ich lebe allein. Meine Frau ist vor ein paar Jahren an Krebs gestorben.« (Falsch. Sie hatte letztes Wochenende an einem 10-km-Lauf teilgenommen.) »Leider keine Kinder. Wäre ein tolles Erbe gewesen.« (Er hatte zwei Kinder im Alter von drei und fünf Jahren, die ihm beide nicht ähnlich sahen.) »Also, nein, ich wohne nicht hier in der Gegend, aber wenn ich wegen der Arbeit hierbleiben muss, übernachte ich in einem kleinen Hotel in der Nähe von Elephant and Castle.« (Es heißt Grand Saffron, vierundvierzig Pfund die Nacht, ohne Fernseher, ohne Minibar und ohne Schokolade auf dem Kopfkissen.) »Manchmal fühle ich mich dann doch ganz schön einsam, deshalb ist deine Gesellschaft heute Abend etwas ganz Besonderes für mich.«

Er griff nach meiner Hand und drückte sie. Ich hoffte inständig, dass Tommy ruhig blieb. Ich genoss diese Herausforderung. Ich genoss es, den Trottel zu bestrafen.

»Was ist mit dir?«, fragte er. »Bist du von hier? Gibt's da einen Glückspilz, der dich nachts wärmt und in den Armen hält?«

»Nein, ich hab seit Jahren keine Beziehung mehr gehabt. Na ja, abgesehen von der zu meiner Katze und gelegentlich zu dem Tierarzt der Katze.«

»Du hast was mit einem Tierarzt, fabelhaft. Ich liebe Tierärzte. Sie engagieren sich so sehr für die Tiere, und ich liebe

Tiere. Ich hab selbst zwei Katzen zu Hause – eine rotbraune und eine nicht ganz so rotbraune.« (Sie hatten keine Katzen. Er hasste Tiere. Das war einer der Gründe, warum seine Frau ihm misstraute.)

»Nein, ich habe keine Beziehung mit dem Tierarzt. Ich sehe ihn bloß, wenn ich die Katze impfen lassen muss. Das war ein Witz.«

»Ach so, zum Piepen! Du warst nur ein bisschen zweideutig. Selten so gut amüsiert. Wirklich, du bist entzückend. Würdest du mich kurz entschuldigen? Ich müsste mal telefonieren.«

»Na klar. Ich fülle inzwischen unsere Gläser wieder auf, ja?«

»Unbedingt.«

Der Trottel ging zum Telefonieren nach draußen auf die Straße. Ich schätzte, dass er wahrscheinlich erst im Grand Saffron anrief, um ein Zimmer zu buchen, und dann seine Frau, um ihr zu bestätigen, dass er diese Nacht wirklich nicht nach Hause kommen würde. Während er draußen war, kam Tommy zu mir und sagte, er müsse für fünfzehn bis zwanzig Minuten weg. Er fragte, ob das in Ordnung wäre, und sagte, ich dürfe die Bar nicht verlassen, bevor er zurück war. Ich bestätigte dies zu seiner Zufriedenheit.

Als der Trottel zurückkam, hatte er ein seltsames, lippenloses Grinsen im Gesicht, was mir bestätigte, dass er wahrscheinlich ein Zimmer im Hotel reserviert hatte. »Tut mir leid«, sagte er. »Aber ich muss rund um die Uhr erreichbar sein, falls ein Untergebener überfordert ist oder irgendwie Mist baut. Also, wo waren wir? Ach ja, richtig, ich hab gesagt, wie schön es ist, mit dir hier zusammen zu sitzen.«

Er trank sein Glas Wein in einem Zug aus und schenkte sich

den Rest aus der Flasche ein. Jetzt, wo Tommy weg war, genoss ich das Ganze noch mehr. Ich hatte seit Jahren mit niemandem mehr geflirtet und war selbst von meiner Begabung überrascht. Ich beschloss, dass ich versuchen sollte, die Dinge voranzutreiben.

»Du siehst gut aus, bist eine richtig gute Partie, würde ich sagen, mit deinem Haus in Reigate und deinem wichtigen Job. Ich versteh gar nicht, dass du noch niemanden gefunden hast, mit dem du dein Leben wieder teilen kannst – klar, du pflegst wahrscheinlich noch das Andenken an deine Frau, aber zwei Jahre sind eine lange Zeit.«

»Das liegt ganz einfach daran, dass ich noch nie jemanden wie dich getroffen habe.« (Seine Frau schätzte, dass er pro Monat drei oder vier wie mich traf.) »Hör mal, die Flasche hat ihre letzte Träne geweint. Wie wär's, wenn wir noch irgendwo was essen gehen? Gleich neben meinem Hotel gibt es ein wunderbares kleines Lokal. Ich weiß genau, dass es dir wahnsinnig gut gefallen würde.«

»Sehr gern.« (In Gedanken kotzte ich tausend Dosengarnelen.) »Hey, ich hoffe, deine Frau beobachtet uns nicht von oben.«

»Ha, ja, zum Piepen. Es würde ihr wirklich nichts ausmachen. Sie würde wollen, dass ich glücklich bin. Also, sollen wir los?«

»Äh, könnten wir vielleicht noch zwanzig Minuten oder so warten, falls mein Bekannter doch noch auftaucht? Ich hab ihm schon ein paarmal gesimst, aber er hat noch nicht geantwortet. Wäre das in Ordnung? Ich hol uns beiden einen Cocktail, ja?«

»Nicht für mich, danke. Also, was machst du beruflich?«

»Ich entwerfe Plakate und Flyer und alle Arten von Druck-

sachen. Ich denke, man könnte mich als Grafikdesignerin bezeichnen, aber ich bin nicht ausgebildet oder so.«

»Klingt todlangweilig. In der Schule hab ich Kunst gehasst –
kam mir immer völlig sinnlos vor. Du siehst nicht aus wie der
künstlerische Typ – na ja, von deinen Schuhen mal abgesehen.«

»Wie seh ich denn aus?«

»Hmmm.« Er musterte mich von oben bis unten und
streichelte kurz meine Haare, was mir zuwider war. »Eine
Kassiererin ... Hahaha! War ein Scherz. Sag mal, dieser Typ,
mit dem du hier verabredet bist, was findest du an dem anzie-
hend?«

»Na ja, er sieht gut aus, hat eine nette Art, und er bringt
mich zum Lachen. Er hat Interesse an mir gezeigt, also ist das
vermutlich die Hauptsache.«

»Sieht er besser aus als ich? Das bezweifele ich. Ich mach
nur Witze, aber hör mal, die Grafikdesignerin kauf ich dir
nicht ab. Nicht mit dem grauen Blazer und dieser grottenhäss-
lichen Brosche.«

Er griff nach der Brosche und zog daran. Sie löste sich von
dem Revers und gab das Kabel frei, an dem sie befestigt war.

»Scheiße, was ist das?«, rief er. Er zog weiter, bis bestimmt
dreißig Zentimeter von dem Kabel zu sehen waren. »Filmst
du mich etwa? Du kleines Miststück. Meine Frau hat dich geschickt, oder? Du verdammtes Stück Scheiße.«

Er stand auf und riss an dem Kabel. Ich spürte, wie sich der
kleine schwarze Kasten am anderen Ende von meinem Gürtel
löste. Der Trottel zog noch fester, und mehr von dem Kabel
kam aus meinem Revers. Ich schrie vor Schmerz auf, als der
Kasten um meine Taille herum nach oben rutschte und dann
unter meinem BH hängen blieb, durch den das Kabel gefädelt

184

war. Ich stand auf und umfasste das Kabel. Er packte die Vorderseite meiner Bluse und versuchte, den Kasten zu greifen. Ich konnte nicht schreien. Ich konnte nicht sprechen. Ich ließ das Kabel los und starrte ihm direkt in die Augen.

»Gib mir die Scheißkamera. Du gehst hier nicht weg, bis ich die Scheißkamera hab.«

Ich griff in meine Bluse und fing an, das Gehäuse abzuschrauben, das das Kabel mit dem Kasten verband. Er drehte sich zu den fünf oder sechs anderen Gästen in der Bar um und lächelte ihnen beruhigend zu.

»Tut mir leid, nur ein kleines Malheur mit der Garderobe«, erklärte er den besorgten, aber willfährigen Zuschauern.

Ich hörte auf mit der Schrauberei und ließ die Arme sinken.

»Verlass sie doch einfach«, sagte ich.

»Gib mir die Kamera«, antwortete er.

»Ich denk nicht dran. Du wirst sie mir vom Körper reißen müssen, und noch mal, verlass sie doch einfach.«

»Wenn du ihr die verfickte Aufnahme gibst, wird sie es sein, die mich verlässt.«

»Das wäre vielleicht einfacher für dich.«

Er ließ das Kabel los, nahm mein Weinglas vom Tisch und leerte es in einem Zug. Er starrte mir einen Moment lang in die Augen und saugte dann den letzten Rest aus dem Glas.

»Scheiß drauf«, erklärte er. »Sag meiner Frau, es tut mir leid«, dann marschierte er aus der Bar. Ich sank zurück auf meinen Stuhl, holte den Kasten hervor und ordnete meine Bluse. Der Barmann kam herüber und fragte, ob alles okay sei.

»Ja«, antwortete ich. »Könnte ich einen Blick auf die Cocktailkarte werfen?«

Als Tommy kurz danach zurückkam, nippte ich an meinem Drink, die Kamera vor mir auf dem Tisch.

»Hi, Schatz, wieso ist er weg? Hast du alles aufnehmen können?«, fragte er.

»Ja, es ist alles drauf. Job erledigt, denke ich. Wir sollen seiner Frau sagen, dass es ihm leidtut.«

»Ich schreib's in den Bericht. Wird aber wohl nicht viel
ändern.«

»Vielleicht ja doch«, antwortete ich, ohne wirklich daran zu
glauben. Als wir die Bar verließen, steckte Tommy das Glas,
aus dem der Trottel getrunken hatte, in meine Handtasche.
Ihm war eingeschärft worden, bei jedem Observationsauftrag
möglichst irgendetwas mitzunehmen, was »die Zielperson«
angefasst hatte.

In den folgenden drei Tagen sprach Tommy kaum ein Wort
mit mir. Schon allein mich mit einem anderen Mann an einem
Tisch sitzen zu sehen, hatte ihn wütend gemacht. Verlass ihn
doch, sagte ich mir immer wieder, aber der Gedanke verblasste
schließlich und versteckte sich rund ein Jahr lang unter dem
Teppich. Letzte Woche jedoch tauchte er mit Macht wieder
auf, als ich einen Observationsjob für Tommy machte. Es war
einer von diesen Jobs, bei denen ich nichts erklärt bekomme
und auch keine Fragen stelle. Die Zielperson war ein Arbeits-
kollege von Tommy bei Cityside Investigations. Sein Name
war Brendan. Ich sollte ihn lediglich während eines Treffens
mit jemandem im Grove Tavern in Camberwell beobachten.
Meine Aufgabe war es, die Person, mit der er sich traf, zu iden-
tifizieren und vor allem haarscharf aufzupassen, ob Brendan
irgendwelche Dokumente oder überhaupt irgendetwas an
diese Person übergab. Tommy war alles andere als glücklich,
dass ich allein dorthin ging, aber sein Chef brauchte ihn dringend woanders.

Ich war etwa fünfzehn Minuten vor Brendan da, setzte mich

ans Ende der Theke und bestellte eine Limonade. Ich hatte Brendan noch nie gesehen, da Tommy mir nicht erlaubte, ins Büro zu gehen oder an irgendwelchen Bürofesten teilzunehmen. Er hatte mir ein Foto gegeben und gesagt, es wäre unmöglich, Brendan nicht zu erkennen, weil er ein Gesicht wie ein Kartoffelchip hatte und Socken trug, die geradezu »Vollidiot« schrien. Und er hatte recht. Das Erste, was mir an Brendan auffiel, als er hereinkam, waren seine fluoreszierenden rosa Socken mit gelben Schraubenschlüsseln darauf. Er setzte sich an die Mitte der Theke und bestellte ein Bier. Er hatte eine billige braune Ledertasche dabei und fummelte nervös am Griff herum, während er trank.

Kurz darauf gesellte sich ein kleinerer Typ in einem billigen dunkelgrauen Anzug und einem weißen Hemd mit offenem Kragen zu ihm an die Bar. Er sah aus wie ein Teppichhändler oder vielleicht ein Angestellter der Stadtverwaltung. Ich holte ein Buch aus meiner Handtasche und tat so, als würde ich lesen. Gelegentlich nahm ich mein Handy und tat so, als würde ich scrollen, während ich Fotos von den beiden machte. Sie unterhielten sich eine Zeitlang, der Teppichhändler ging auf die Toilette, und während er weg war, machte Brendan sich am Inhalt seiner Aktentasche zu schaffen und nahm einen Anruf entgegen. Als der Teppichhändler zurückkam, plauderten sie noch eine Weile. Ich konnte das meiste verstehen, was sie sagten, und es war völlig banal und langweilig. Irgendwann schrieb Brendan etwas auf ein Stück Papier und steckte es dem Teppichhändler in die Tasche. Nachdem etwa eine halbe Stunde vergangen war, ging Brendan, und der Teppichhändler blieb an der Theke sitzen.

Ich beschloss, dass ich herausfinden musste, welche Informationen ihm mit dem Zettel zugesteckt worden waren, also ging ich an ihm vorbei und machte irgendeine Bemerkung, die ihn ermutigen sollte, ein Gespräch mit mir anzufangen. Er biss an und setzte sich zu mir an den Tisch. Er war ein nervöser Typ, aber sehr amüsant. Er erinnerte mich stark an Pete, aber ohne das protzige Gehabe und die Unreife. Er wirkte sehr präsent und ausgesprochen neugierig auf mich. Er war ein sehr sympathischer Kerl. Unser Gespräch verlief wie von selbst, und ich erinnere mich, dass er besonderes Interesse an dem Buch zeigte, das ich vorgab zu lesen, Der Satsuma-Komplex. Wie sich herausstellte, kannte er Brendan lediglich über die Arbeit, und auf dem Zettel, der ihm zugesteckt worden war, stand bloß Brendans private Handynummer. Ich hätte mich entschuldigen und gehen können, aber zwei Stunden später saß ich immer noch da und unterhielt mich mit ihm. Irgendwann ging er zur Toilette oder an die Theke. Dann rief Tommy mich an.

»Wo zum Teufel steckst du?«, fragte er zur Begrüßung.

»Noch im Pub, will aber gerade gehen. Der Typ, mit dem Brendan gesprochen hat, ist eben gegangen. Ich dachte, ich bleib besser noch ein Weilchen, falls Brendan zurückkommt.«

»Ich bin ganz in der Nähe, ich komm dich abholen.«

»Nein, schon gut, Tommy, ich bin mit dem Fahrrad, ich werde einfach ...«

Er hatte aufgelegt. Noch nie in meinem Leben habe ich einen Pub so schnell verlassen.

Als ich nach Hause kam, wartete Tommy schon auf mich. Es wurmte ihn offensichtlich, dass ich so lange allein in dem Pub gewesen war. Er konnte aber keine Lücken in meiner Erklärung finden und schmollte deshalb nur. Am nächsten Tag ließ er seine Wut an meinem Fahrrad aus und warf es vom Laubengang.

»In Zukunft bittest du verdammt nochmal mich, dich zu fahren, wenn du irgendwohin musst«, schrie er, bevor er das Fahrrad in die Tiefe schleuderte. Und dann stand plötzlich der Teppichhändler vor der Tür, der irgendwie wollte, dass ich ihm ein Alibi gebe und mir das Buch hinterhertrug.

Ein paar Tage später brachte er einen Typen mit nach Hause, der behauptete, ein Freund von Tommy und Polizist zu sein. Ich sollte noch einmal haarklein erzählen, was sich im Pub zwischen dem Teppichhändler und Brendan abgespielt hatte. Ich wiederholte meine Geschichte und konnte sie, glaube ich, davon überzeugen, dass das Treffen zwischen den beiden völlig harmlos gewesen war und es sich bei dem Teppichhändler nur um einen zufälligen Bekannten von Brendan handelte. Tommy war außer sich, weil ich noch so lange im Pub geblieben war, nachdem Brendan gegangen war. Ich sagte ihm, es hätte so lange gedauert, dem Teppichhändler zu entlocken, dass es sich bei der Notiz lediglich um eine Telefonnummer handelte. Aber Tommy blieb aufgebracht, und ich merkte ihm an, dass er mir nicht glaubte. Kurz bevor er ging, gab er mir einen Kuss auf die Wange und flüsterte: »Du bist so was von tot.« Ich hatte das schon oft gehört, und es hatte längst die Kraft verloren, mich einzuschüchtern. Es macht mich nur noch traurig.

Nicht lange danach stand Gary tatsächlich plötzlich vor meiner Wohnungstür und behauptete, er wolle das Buch zurückgeben, das ich im Pub liegen gelassen hatte. Er machte einen ganz passablen Witz über die Plastikblumen, mit denen ich eines der verbeulten Räder von meinem Fahrrad geschmückt hatte. Ich merkte ihm an, dass er auf mich stand. Die Stunden, die wir zusammen im Pub verbracht hatten, fühlten sich an wie ein Blick in ein glücklicheres Leben.

Als ich das Buch einige Stunden später aufschlug, öffnete es sich an der Stelle, wo Gary eine Seite in der Mitte gefaltet hatte. Beim Lesen einer Passage, die er selbst kürzlich gelesen hatte, hatte ich das Gefühl, dass er mir näher war als zuvor auf dem Laubengang vor meiner Wohnung:

Sie war abgestumpft gegen die Einsamkeit, die vertraut und beruhigend geworden war. Sie war erschöpft von den Gedanken an ihr Schicksal. Ihr Blut floss langsam und schwer vor Traurigkeit. Sie war sicher, dass außerhalb der Höhle eine große Gefahr lauerte. Das hatte ihr der alte Blinde gesagt, der sie hergebracht hatte. Er kam immer noch jeden Tag mit Essen und Wasser, und jeden Tag sagte er ihr: »Das Krokodil ist draußen, und es hat Hunger; du darfst dich niemals hinauswagen.«
Eines Tages kam eine Maus in die Höhle und fragte sie, warum sie an diesem schrecklichen Ort lebte, wo doch so viele Reichtümer direkt vor ihrer Tür lagen.
»Ich kann hier nicht fort. Ich habe Angst vor dem Krokodil, das vor dem Eingang hockt und darauf wartet, mich zu fressen«, erklärte sie.
»Sei nicht dumm«, sagte die Maus. »Folge mir.«
Die Maus führte sie durch ein Labyrinth aus kleinen Tunneln und engen Spalten, bis sie einen anderen Ausgang erreichten, der nur durch einen Dornenbusch versperrt war.
»Bitte sehr«, sagte die Maus.
Sie konnte Orangen- und Zitronenblüten riechen, deren Duft in die Höhle drang. In der Ferne hörte sie Vogelgezwitscher und einen sanft gurgelnden Bach gleich hinter dem Busch.

»Geh schon«, sagte die Maus. »Geh einfach weg und entdecke die Welt da draußen.«

Sie lehnte ab. »Danke, kleine Maus, aber ich glaube, ich bleibe vorerst lieber hier. Der Blinde, der mich mit Essen versorgt, ist so freundlich, und ich fürchte, er würde mich schrecklich vermissen, wenn ich wegginge.«

»Wie du willst«, sagte die Maus. »In dem Fall überlasse ich es dir, den Weg zurückzufinden. Der Blinde wird von unserer Begegnung erfahren müssen.«

Am nächsten Morgen brachte der Blinde ihr wie immer Beeren und Nüsse. Am Abend starb sie an dem vergifteten Essen.

16

Nachdem ich Lassoo anscheinend verlassen in der von Einbrechern durchwühlten Wohnung gefunden hatte, war mein erster Impuls, die Polizei anzurufen. Dort wollte man lediglich wissen, ob ich imstande wäre, die Wohnung zu sichern und mich um den Hund zu kümmern. Ich erklärte, dass ich Grace für gefährdet hielt, aber mir wurde gesagt, ich solle achtundvierzig Stunden warten und mich dann wieder melden. Man nannte mir eine spezielle Telefonnummer für die Meldung von Straftaten und versicherte, dass ein Officer vorbeikommen würde, hoffentlich innerhalb der nächsten achtundvierzig Stunden.

Ich rief in der Kanzlei an und meldete mich für den Tag krank, dann packte ich Lassoo ins Auto und machte mich auf die Suche nach Grace. Er saß auf der Rückbank, und die Geräusche und Bewegungen des Wagens schienen ihn zunehmend aufzuregen, denn er zwängte den Kopf in die enge Lücke zwischen Kopfstütze und Rückenlehne des Beifahrersitzes, wodurch seine Lefzen nach hinten gezogen wurden und seine dreckigen gelben Zähne zum Vorschein kamen. Speichel tropfte ihm aus dem offenen Maul und glitt langsam an der Vorderseite der Rückenlehne nach unten auf die Sitzfläche. Ich fürchtete, dass er sich dort sammeln und ins Polster sickern würde, deshalb versuchte ich, Lassoos Kopf während der Fahrt durch die Lücke zurückzudrücken, wobei ich jedoch warmen Hundesabber an die Hand bekam. Als ich die Hand am Hosenbein abwischte, blieb ein Großteil des schleimigen Zeugs zwischen den Fingern haften. Ich hielt die Hand vor mich und spreizte langsam die Finger. Es sah aus, als hätte ich Schwimmhäute.

»Quak, quak«, sagte ich zu Lassoo.

Er ließ die Zunge raushängen, und noch mehr Sabber tropfte auf den Sitz. Ich beschloss anzuhalten, um Lassoo aus der Kopfstützenfalle zu befreien. Bis ich ausgestiegen war und die hintere Tür auf der Beifahrerseite geöffnet hatte, war Lassoo jedoch bereits allein freigekommen und lief schnurstracks an mir vorbei auf das Gelände der St Giles Church.

Das Grundstück war nur durch eine niedrige Steinmauer von der Hauptstraße getrennt und bestand überwiegend aus Rasen mit ein paar vereinzelten Obstbäumen. Es war ein beliebter Treffpunkt für Obdachlose, und auch jetzt saßen einige dort in Grüppchen herum, tranken Bier und schwatzten. Lassoo war auf dem Rasen und versuchte, ein großes Geschäft zu verrichten, allerdings ohne Erfolg. Ich rief seinen Namen, und einer der Obdachlosen äffte mich nach. Lassoo lief prompt zu dem Typen, der ihn begeistert tätschelte, bevor er mit ihm an der Leine zu mir kam.

»Danke«, sagte ich. »Er ist einfach aus dem Auto gesprungen, als ich die Tür aufgemacht hab.«

»Dann solltest du vielleicht besser aufpassen, oder?«, erwiderte er.

»Ja, da haben Sie recht. Jedenfalls, danke.« Ich streckte die Hand aus, um die Übergabe des Hundes zu erbitten.

»Nein, ich glaub, ich behalte ihn«, sagte der Typ.

Ich versuchte, die Lage rasch einzuschätzen. Der Bursche

war ungefähr so groß wie ich, vielleicht fünf Zentimeter größer, aber viel dünner als ich. Er hatte Knast-Tattoos an Händen
und Unterarmen und eine große Narbe an der linken Wange.
Ich glaube, eines der Tattoos stellte einen Hubschrauber dar,
der auf einer Banane landete. Er trug eine hellbraune Pudelmütze und einen rot-schwarz geringelten Pullover. Er war
drahtig, mit einer Menge krummer und spitzer Zähne. Ich
vermutete, dass er ein Beißer oder zumindest ein Nager war,
jedenfalls war er bestens für diese Angriffstaktiken ausgestattet. Ein Kampf gegen ihn wäre keine Option.

Lassoo blickte mich an, als wollte er sagen: »Du bist dran,
Kumpel.«

»Hören Sie, das ist eigentlich nicht mein Hund«, stellte ich
erst mal klar.

»Ach so, tja, dann ist das ja kein Problem, oder?«

»Ich passe für eine alleinstehende Lady auf ihn auf. Er ist ihr
einziger Freund und Gefährte.«

»Dann sag ihr, sie soll ihn hier abholen. Ich bin den ganzen
Tag hier.«

»Kommen Sie, Mann, er ist nicht Ihr Hund. Sie können ihn
nicht einfach stehlen.«

»Willst du mich etwa dran hindern?« Er lächelte mich übertrieben an, zeigte mir das ganze Arsenal an Schmerz, das sein
Mund enthielt.

»Ich könnte Sie bezahlen – ich meine, weil Sie ihn eingefan-
gen und auf ihn aufgepasst haben? Wäre das für Sie in Ordnung?«

»Na ja, ich hab mir verdammt viel Mühe mit dem Köter gegeben, das wird also nicht billig.«

»Ja, ist in Ordnung, ich dachte, ein Zehner würde vielleicht
reichen?« Kaum hatte ich das gesagt, wusste ich, dass ich in

Schwierigkeiten steckte. Er wusste, dass ich Angst hatte, und er konnte meine Panik riechen.

»Nix da. Fünfzig Pfund, und wir sind im Geschäft.«

»Ich hab keine fünfzig Pfund dabei«, sagte ich, während ich den Inhalt meiner Tasche hervorkramte, um ihm zu zeigen, dass ich insgesamt etwa siebzehn Pfund hatte. »Mehr hab ich nicht.«

»Schön, dann nehm ich das als Anzahlung, und du kannst den Rest holen. Wie gesagt, ich bin den ganzen Tag hier.«

»Vielleicht ruf ich ja die Polizei an. Mal sehen, was die davon halten.«

»Vergiss es. Bis die hier sind, bin ich längst mit dem Hund weg, falls die sich überhaupt herbemühen. Also, Alter, besorg mir meine fünfzig Pfund, oder du brauchst gar nicht erst wiederzukommen.« Damit drehte er sich um und ging zurück zu seinen Freunden.

Plötzlich hörte ich hinter der niedrigen Mauer jemanden Lassoos Namen rufen. Der Hund riss sich augenblicklich von seinem Kidnapper los und rannte in die Richtung. Ich drehte mich um und sah Grace dort stehen, die Lassoo überschwänglich begrüßte und herzte. Ich hastete zu ihr und bugsierte sie und Lassoo dann so schnell wie möglich in mein Auto. Als wir von der Kirche wegfuhren, sah ich den Hundeentführer trotzig mitten auf dem Rasen stehen. Er hatte seine Hose bis zu den Knöcheln heruntergelassen und sang den Status-Quo-Song »In the Army Now«.

Grace war zu Recht verwirrt, weil ich sie so unvermittelt vom Ort des Geschehens entfernt hatte.

»Was ist los, Gary? Bin ich in Schwierigkeiten?«, fragte sie.

»Nein, Grace, aber Lassoo war in Gefahr. So ein Typ hat versucht, ihn zu entführen«, antwortete ich.

»Was, der Kerl auf dem Rasen vor der Kirche?«, fragte sie.

»Ja, der drahtige mit den Militärzähnen.«

»Wieso hast du ihm denn keine auf die Löffel gegeben?«

»Weil ich mir von ihm und seiner Bande nicht den Schädel einschlagen lassen wollte.«

»Menschenskind, Gary, du bist so ein Schisser.«

»Und ob ich das bin. Aber wieso hast du überhaupt Lassoo allein in der Wohnung gelassen? Das machst du doch sonst nie.«

»Ich hatte einen Notfall.«

»Na, jetzt hast du noch einen, denn als ich in deine Wohnung gegangen bin, um nach Lassoo zu sehen, sah es so aus, als ob jemand drin war und deinen Laptop geklaut und deine Schubladen und Bücherregale durchwühlt hat.«

»Das war ich, um ehrlich zu sein. Wie gesagt, ich hatte einen kleinen Notfall.«

Als wir wieder in ihrer Wohnung waren, bestand sie darauf, dass ich mich hinsetzte und mir anhörte, was sie zu sagen hatte, bevor wir aufräumten. Sie wirkte bestürzt und leicht nervös, als sie meine Hand über den Tisch zog und sie festhielt.

»Gary, mir ist etwas Schreckliches passiert, und das tut mir sehr leid«, sagte sie und sah mir in die Augen wie ein Welpe, der unartig gewesen ist.

»Ich bin sicher, es ist nicht so schlimm. Na los, spuck's aus.«

»Ich hab den Maiskolbenstick verloren.« Sie ließ meine Hand los und senkte den Kopf. »Ich hab überall gesucht, aber ich kann ihn einfach nicht finden.«

Ich merkte, dass sie den Tränen nahe war, also stand ich auf und nahm sie in den Arm.

»Mach dir keine Vorwürfe, Grace. Es ist wirklich nicht wichtig. Brendan geht's gut. Ich werde ihm sagen, dass ich den Stick verlegt habe, und er kann eine neue Kopie machen, wenn er will. Mach dir keine Vorwürfe.«

»Vor lauter Wut hab ich mein Handy gegen den Bildschirm von meinem Laptop gepfeffert und ihn kaputt gemacht. Heute Morgen hab ich ihn in die Werkstatt gebracht, aber die meinten, er ist vielleicht nicht mehr zu reparieren. (Schniefen.) Ich kann mir keinen neuen leisten, und ich glaube, mein Handy ist auch hinüber. (Schniefen.) Keine Ahnung, was mich da geritten hat. Ohne meinen Laptop bin ich aufgeschmissen. Für dich ist es okay, weil du den ganzen Tag auf der Arbeit bist, aber ich bin hier ganz allein.« (Ausgedehntes Schniefen mit Nasewischen.)

Es war das erste Mal, dass sie mir gegenüber zugab, einsam zu sein. Ich hatte das Thema bewusst nie angesprochen, und jetzt, da sie es tat, bekam ich Panik. Ich wollte mich nicht damit auseinandersetzen, wahrscheinlich weil ich auch einsam war. Ich überging den Moment und begann, ihr gut zuzureden:

»Hey, alles gut, du hast mich, du hast Lassoo, und ich habe einen Battenberg nebenan. Lass uns hier aufräumen, und dann können wir über den Kuchen herfallen.«

Grace blieb sitzen, während ich anfing, das Chaos zu beseitigen. Nach einigen Minuten erhob sie sich von ihrem Platz.

»Ich geh ins Bett«, sagte sie in einem sehr niedergeschlagenen Ton.

Ich räumte auf so gut ich konnte und rief bei der Polizei an, um ihnen mitzuteilen, dass ich Grace gefunden hatte. Ehe ich ging, schaute ich noch einmal nach ihr. Sie schlief fest, und

Lassoo hatte sein Kinn auf ihre Schulter gelegt. Er warf mir einen Blick zu, als wollte er sagen: »Da siehst du, was du angerichtet hast, du gemeiner Kerl.«

17

Am Nachmittag klopfte es an meiner Wohnungstür. Als ich öffnete, standen Detective Bailey und eine Polizistin in Uniform vor mir.

»Hallo noch mal, Gary. Detective Bailey von der Kriminalpolizei Peckham, und das ist Constable Dhawan. Dürften wir bitte reinkommen?«

»Ja, natürlich«, antwortete ich.

Bailey war der für Waynes Fall zuständige Beamte, und ich ging automatisch davon aus, dass er deswegen gekommen war.

»Entschuldigen Sie, dass wir Sie zu Hause stören, aber ich habe in Ihrer Kanzlei angerufen, und die meinten, Sie seien heute nicht im Büro.«

»Dann muss es ja etwas Dringendes sein, oder?«, fragte ich.

»Ja, könnte man so sagen. Es geht um Brendan Jones. Wie Sie sich bestimmt erinnern, haben Sie mir auf dem Revier erzählt, zwei Polizeibeamte hätten Ihnen mitgeteilt, dass Brendan ermordet wurde. Könnten Sie mir das Ganze vielleicht noch einmal schildern?«

Wir nahmen alle Platz, und ich wiederholte meine Geschichte über Wilmott und Cowley. Außerdem konnte ich ihnen von meinem Gespräch mit John McCoy und meiner

Fahrt zu Brendans Haus berichten. Irgendein Instinkt hielt mich davon ab, den verschwundenen USB-Stick zu erwähnen. Bailey hörte aufmerksam zu und ließ dann die Bombe platzen:

»Die Sache ist die, Gary, wir wissen jetzt mehr. Brendan wurde heute am frühen Morgen tot hinter einem Lagerhaus in Peckham gefunden. Allem Anschein nach wurde er irgendwann in der letzten Woche erstochen. Es könnte durchaus sein, dass Sie die letzte Person waren, die ihn lebend gesehen hat. Mir scheint außerdem, dass entweder Sie oder diese Wilmott und Cowley eine Vorahnung davon hatten, dass so etwas passieren könnte, oder dass Sie alle irgendwie darin verwickelt sind. Was sagen Sie dazu?«

Ich hatte einen plötzlichen Schweißausbruch und rieb mir mit den Händen die Oberschenkel. Constable Dhawan bemerkte das und sah mich mit einem leicht verächtlichen Gesichtsausdruck an. Ich schaute auf meinen Oberschenkel und sah, dass Lassoos Sabber, den ich zuvor dort abgewischt hatte, jetzt getrocknet war und einen fragwürdigen Fleck hinterlassen hatte.

»Das ist nur Hundespeichel«, sagte ich und bereute es sofort, als sich ihr Gesichtsausdruck in Ekel verwandelte.

»Natürlich bin ich nicht darin verwickelt. Sie müssen mit John McCoy sprechen, Brendans Chef bei Cityside Investigations. Er vermutet, dass Cowley und Wilmott sich mit Brendan zerstritten haben, vielleicht wegen Schulden oder wegen eines Jobs, der schiefgelaufen ist.«

»Wir haben heute Morgen versucht, mit ihm zu reden, aber er ist nicht bereit, mit uns zu kooperieren, sagt, das sei schlecht fürs Geschäft. Hören Sie, ich werde diese Informationen an die mit dem Fall betrauten Detectives weitergeben, und ich bin sicher, sie werden sich mit Ihnen in Verbindung setzen.

Sollten Cowley oder Wilmott Sie in der Zwischenzeit kontaktieren, informieren Sie mich bitte unverzüglich. Wir müssen dringend mit den beiden reden.«

Bailey gab mir seine Karte.

»Keine Sorge, Gary. Ich bin sicher, dass sich das alles klären wird, wenn Sie kooperieren«, sagte er zum Abschied. Er schien auf meiner Seite zu sein. PC Dhawan warf einen letzten Blick auf meine Hose und schüttelte fassungslos den Kopf.

Ich war wieder an demselben Punkt wie vor einer Woche, traurig über den Verlust von Brendan und besorgt wegen meiner Verwicklung in die Sache. Ich sagte mir, dass ein Alibi für den Abend, an dem ich Brendan zum letzten Mal gesehen hatte, noch wichtig werden könnte, und rief Emily an. Der Anruf ging direkt auf die Mailbox, also hinterließ ich ihr eine Nachricht mit der Bitte um möglichst baldigen Rückruf.

Etwa eine Stunde später klingelte mein Handy, und ich sah, dass es Emilys Nummer war. Als ich ranging, klopfte es an meiner Wohnungstür.

»Hi, Emily, danke für den Rückruf«, sagte ich auf dem Weg zur Tür.

»Hallo, Gary«, kam die Antwort. »Hier ist John McCoy. Können wir uns kurz unterhalten?«

Ich öffnete die Wohnungstür, und da stand er mit Emilys Handy am Ohr. Bei ihm war der Glatzkopf, der nach Frühstücksfleisch roch, und sie drängten sich an mir vorbei in die Wohnung. McCoy setzte sich auf mein Sofa, und der Glatzkopf inspizierte rasch jedes Zimmer.

»Setzen Sie sich, Gary, und versprechen Sie mir eins: dass Sie mich nicht verarschen.«

»Ja, natürlich, warum sollte ich?«

»Erstens, wo ist Emily?«, fragte er, als Mr. Frühstücksfleisch den Kopf schüttelte, um McCoy zu signalisieren, dass sie nicht in der Wohnung war.

»Ich habe keinen Schimmer.«

»Die Sache ist die, Gary, mein Mitarbeiter hier, Tommy, ist Emilys Lebensgefährte, und er vermisst sie ganz schrecklich. Sie ist seit zweit Tagen nicht zu Hause gewesen, und wir wollen wissen, wo sie ist.«

Der Glatzkopf war also tatsächlich Emilys Freund. Ich glaube, ich hatte es die ganze Zeit geahnt. Sofort ging ich davon aus, dass ihr Besuch darauf abzielte, mir klarzumachen, dass ich die Finger von Emily lassen sollte, und Tommy die Gelegenheit zu geben, mir eine Tracht Prügel zu verpassen. Ich hatte ihre Nummer gewählt und mich dadurch ordentlich in die Scheiße geritten.

»Ehrlich, Mr. McCoy, ich habe wirklich keine Ahnung«, sagte ich in der Manier eines armseligen und halbgaren Harry-Potter-Darstellers.

»warum hast du sie angerufen? wolltest du mit ihr in die kiste springen?«, knurrte Tommy.

»Nein, nein, nein ... Die Polizei war vorhin hier und hat mir erzählt, dass Brendan tot aufgefunden wurde, und sie glauben, ich weiß vielleicht was darüber, wegen der beiden falschen Bullen, von denen ich Ihnen erzählt hab, und ich wollte Emily bitten, der Polizei zu bestätigen, dass Brendan den Pub Stunden vor mir verlassen hat, mehr nicht. Ich war ein bisschen in Panik«, platzte ich heraus und klang dabei wie ein unartiges Kind, das versucht, sich rauszureden.

»aha, dann hast du also mit ihr zusammen in dem pub gesessen, was? das hört sich für mich ganz nach einer affäre an«, sagte Tommy mit einem verschlagenen Grinsen, das die linke Hälfte seines Mundes betonte.

»Okay, Tommy, nicht so laut«, warf McCoy ein. »Lass mich das machen. Also, wann haben Sie sie zuletzt gesehen?«

»Vor zwei Tagen, glaube ich. Ich hab bei ihr geklingelt, um ihr ein Buch zurückzugeben, das sie Freitagabend im Pub vergessen hatte.«

»war sie irgendwann mal in dieser wohnung?«, fragte Tommy mit einer schiefen Grimasse, durch die er wütend und nachdenklich zugleich aussah.

»Nein, wirklich nicht«, erwiderte ich und meinte, tatsächlich zu hören, wie mir der Schweiß aus den Poren quoll.

Tommy machte zwei Schritte auf mich zu.

»DU WUSSTEST ALSO, WO SIE WOHNT, JA? DAS IST DOCH SCHÖN, ODER? ABER SAG mal: WARUM HAST DU DAS BUCH NICHT mit Der post geschickt? WARUM MUSS-TEST DU bei mir zu Hause rUMSCHNÜFFELN?«

Mir fiel keine passende Antwort ein, aber McCoy rettete mich. »Lass gut sein, Tommy, ich bin sicher, er wird sie nicht wiedersehen, und ich bin sicher, dass Gary mich sofort informieren würde, sollte sie je hier auftauchen. Das ist doch richtig, oder, Gary?«

»Ja, natürlich«, sagte ich und dachte gleichzeitig: Einen Scheiß würde ich. »Das mit Brendan ist doch furchtbar, nicht?«, sagte ich, um das Gespräch möglichst in eine andere Richtung zu lenken. »Ich hab der Polizei von unserem Gespräch erzählt – Sie wissen schon, dass er vielleicht jemandem Geld schuldete oder ...«

»Darf ich Sie unterbrechen, Gary? In Ihrem eigenen Interesse und im Interesse aller anderen, einschließlich Emily, hören Sie auf, mit der Polizei zu reden. Das müssten Sie eigentlich wissen, schließlich arbeiten Sie in einer Anwaltskanzlei. Also los, nehmen Sie Vernunft an.«

»Ja, gute Idee. Einverstanden. Ich sage kein Wort mehr«, sagte ich und hoffte verzweifelt, dass sie gehen würden und ich die Polizei anrufen könnte.

»Eines noch«, sagte McCoy. »Wo ist der Maiskolbenstick?«

»Ich weiß nicht, was Sie meinen, Mr. McCoy.«

»Ach, nein? Vielleicht solltest du ihn fragen, Tommy.«

Tommy kam zu mir und legte seine flache Hand auf meinen Kopf. Er fing an, mir mit den Fingern sanft den Schädel zu massieren.

»entspann dich, du kleines arschloch, lass dich ganz auf den moment ein. wir wissen, dass du den stick hast, also rück ihn raus. Damit wir weiterkommen.«

Ich wusste, dass ich wahrscheinlich Prügel beziehen würde, wenn ich nicht auspackte. Ich spürte, wie die Angst in meinem Körper herumwimmelte wie Maden in einer Köderdose, und ich glaube, die Bartstoppeln an meinem Kinn zogen sich in ihre Behausung zurück. Mein Mund war trocken und klebrig, aber ich brachte heraus: »Hören Sie, ich weiß von dem Stick, aber ich hab ihn jetzt nicht. Wenn Sie aufhören könnten, meinen Kopf zu reiben, kann ich alles erklären.«

»DAS WIRD NICHT PASSIEREN. ES SOLL DIR HELFEN, dich zu entspannen«, sagte Tommy. »ICH höre AUF, WENN DU uns DIE WAHRHEIT sagst.«

Und das tat ich dann.

Ich erzählte ihnen, wie ich den USB-Stick gefunden hatte und dass ich nicht auf den Inhalt zugreifen konnte, weil er passwortgeschützt war. Ich hatte meine Nachbarin gebeten, das Passwort zu knacken, weil sie mal mit Computern gearbeitet hatte, aber es war ihr nicht gelungen. Dann hatte sie den Stick verloren, worüber sie sehr unglücklich war.

»Wo haben Sie ihn zuletzt gesehen?«, fragte McCoy.

»Hier in diesem Zimmer. Er lag auf dem Tisch da, und meine Nachbarin hat ihn mit in ihre Wohnung genommen. Sie kann ihn nirgends finden, und ich schwöre, sie hat ihre Wohnung gründlich durchsucht, von oben bis unten, von vorne bis hinten, von rechts nach –«

»es reicht, du wichser«, bellte Tommy.

»Ich vermute mal, Sie haben nicht gründlich genug gesucht, Gary. Kommen Sie, wir gehen nach draußen und lassen Tommy zunächst mal Ihre Bude ordentlich umkrempeln.«

Tommy zündete sich eine Zigarette an und behielt sie im Mund, während er mich filzte. Ich hatte das Gefühl, dass er den Rauch absichtlich in meine Augen blies und dass es ihm Spaß machte, die glühende Spitze gefährlich nah an meine Stirn zu halten. Dann durfte ich zu McCoy auf den Laubengang, damit er meine Wohnung allein auf den Kopf stellen konnte. Fast im selben Moment kam Grace aus ihrer Wohnung.

»Hallo, Grace, geht es dir wieder besser?«, fragte ich.

»Nein, leider nicht. Ich kann das Ding immer noch nicht finden, und der Computerladen hat angerufen und gesagt, ein neuer Bildschirm kostet zweihundert Pfund.«

McCoy schaltete sich ein:

»Oh, hallo, Grace. Mein Name ist Brendan. Ich bin der Bursche, der Gary den USB-Stick anvertraut hat. Er hat mir gerade erzählt, dass Sie ihn verlegt haben.«

»Oh, ja, das habe ich, Brendan, es tut mir so leid. Ich habe meine Wohnung auf den Kopf gestellt, aber ich kann das Ding einfach nicht finden. Gestern hatte ich ihn noch. Ehrlich, ich werde allmählich furchtbar zerstreut. Brauchen Sie ihn dringend? Ich suche immer noch. Sie könnten mir helfen, wenn Sie wollen? Sie haben wahrscheinlich bessere Augen als ich ...«

»Ja, das ist eine gute Idee. Gary kann auch mithelfen. Aber hören Sie, Grace, machen Sie sich keine Gedanken. Das ist sicher nicht das Ende der Welt.«

Unter der Aufsicht von Grace durchsuchten McCoy und ich ihre Wohnung so gründlich, wie wir konnten. Schließlich schien er überzeugt, dass der USB-Stick nicht zu finden war. Bevor er ging, ließ er sich von ihr bestätigen, dass sie die Dateien auf dem Stick nicht hatte öffnen können, und zum Abschied nahm er ein Bündel Geldscheine aus der Tasche und gab Grace zweihundert Pfund »für ihre Mühe«. Sie lehnte mit viel Getue ab, gab dann aber leichter nach, als ich gedacht hätte.

Wir gingen zurück in meine Wohnung, und Tommy bestätigte, dass der USB-Stick auch dort nirgends zu finden war. McCoy befahl Tommy, zurück zum Wagen zu gehen, und richtete dann seine eiskalten Augen auf mich.

»Hören Sie, Gary, der Stick ist sehr wichtig für mich und damit auch sehr wichtig für Sie. Falls Sie ihn finden sollten, werden Sie ihn mir unverzüglich aushändigen. Falls Sie ihn der Polizei gegenüber erwähnen, werde ich das erfahren, und Sie werden es bereuen. Wir wollen doch nicht, dass Grace oder die kleine Emily in Mitleidenschaft gezogen werden, oder?«

»Nein, natürlich nicht.«

»Machen Sie's gut, und darf ich vorschlagen, dass Sie die Sauerei da vorne auf Ihrer Hose entfernen? Das ist wirklich unappetitlich.«

Sobald er gegangen war, wurde mir richtiggehend schlecht. Ich war in Gegenwart eines potenziellen Mörders gewesen, und der Gedanke erschütterte mich bis ins Mark. Ich hatte Angst, und die Angst kribbelte mir durch den ganzen Körper. Um ehrlich zu sein, ich wollte in dem Moment nur von meiner Mutter in die Arme genommen werden.

Ich setzte mich an meinen Tisch und versuchte, den derzeitigen Stand der Dinge im Kopf zu sortieren. Er sah ungefähr so aus:

1. Brendan ist tot
2. Keine Panik ... du hast ihn nicht umgebracht
3. Emily ist verschwunden
4. Der USB-Stick ist sehr wichtig für McCoy. Vielleicht enthält er Beweise gegen ihn oder finanzielle Unterlagen, die er in die Hände bekommen will
5. Die echte Polizei wird mich befragen
6. McCoy will mir, Grace oder Emily etwas antun, falls die Polizei von dem USB-Stick erfährt. Das ist vielleicht keine leere Drohung. Brendan könnte durchaus von McCoy oder Tommy umgebracht worden sein
7. Emily ist verschwunden, und sie hat ihr Handy nicht
8. Keine Panik; du hast dir nichts zuschulden kommen lassen
9. Es wäre am besten, der Polizei alles zu erzählen
10. Oder vielleicht auch nicht

Ich ging nach nebenan zu Grace. Sie durchsuchte noch immer ihre Wohnung. Ich bat sie, sich hinzusetzen, und eröffnete ihr, dass Brendan tot war.

»Aber ich hab doch gerade mit ihm gesprochen«, wandte sie ein.

»Nein, Grace, der Mann hat sich nur als Brendan ausgegeben, damit du ihm bestätigst, dass der USB-Stick verschwunden ist«, entgegnete ich.

»Und wieso hast du zugelassen, dass er mich so beschwindelt?«, fragte sie mit ihrer enttäuschten Stimme.

»Weil der Typ mir Angst macht, und ich nicht will, dass du oder ich in Schwierigkeiten geraten.«

»Herrje, Gary, du bist wirklich ein richtiger Schisser. Und wieso sagst du, dass Brendan tot ist? Du hast mir doch eben noch erzählt, er wäre quicklebendig.«

»Er wurde gestern Nacht irgendwo in Peckham tot aufgefunden. Mehr weiß ich nicht.«

»Das ist doch verrückt. Erst vor ein paar Tagen wurde dir gesagt, er sei tot, und es stellte sich heraus, dass er es nicht war. Jetzt stellt sich heraus, dass er tatsächlich tot ist. Steckst du in Schwierigkeiten?«

»Ich glaube nicht. Die Detectives, die in seinem Fall ermitteln, werden mit mir sprechen wollen, aber ich habe ein reines Gewissen. Hör mal, falls du den Stick findest, sag mir gleich Bescheid.«

»Und wer war der Typ nun?«

»Das war der Typ, für den Brendan arbeitet – sorry, gearbeitet hat. Ich denke, auf dem Stick muss irgendwas Belastendes oder Wertvolles sein, wenn er ihn so dringend haben will.«

»Falls ich ihn finde, gibst du ihm dann den Stick?«

»Nein. Ich denke, ich gebe ihn der Polizei.«

»Guter Junge.«

Ich trat zu ihr und drückte sie wie ein Sohn seine Mutter. Zum allerersten Mal erwiderte sie die Umarmung. Ich konnte spüren, dass ein kleines bisschen Sorge und Angst meinen Körper verließ. Es war nicht wie bei Mum, aber es war verdammt nah dran.

»Das reicht, du brichst mir noch die Knochen«, sagte sie, als sie mich wieder losließ. »Ist das in Ordnung, wenn ich das Geld ausgebe, das er mir gegeben hat?«, fragte sie verlegen.

»Ich schätze ja.«

Sofort lebte sie auf und gab mir einen Zwanzigpfundschein. »Na, dann zieh los und kauf uns zwei große Pies und Wein und Bier. Ich könnte eine Stärkung gebrauchen. Nimm Lassoo mit. Die frische Luft wird ihm guttun. Oh, und steck einen Kotbeutel ein. Er hat heute Morgen nicht gemacht, als ich mit ihm Gassi war.«

Als ich die Siedlung verließ, sah ich Blaumann, der noch immer unter der Motorhaube des Citroën herumschraubte. Er blickte genau in dem Moment auf, als ich an der Spielwiese vorbeiging, und rief:

»Hey, das mit den Brennnesseln war ein prima Tipp. Ich sollte Sie als meinen Leibarzt einstellen. Gut gemacht.«

Er hielt kurz den Daumen hoch und machte sich wieder an seine Arbeit. Ich war sehr zufrieden mit mir.

Lassoo machte seinen üblichen Trick und lief zu der Stelle, wo die Wippe gestanden hatte. Er erledigte sein Geschäft und schnüffelte dann an den Mauern des gegenüberliegenden Wohnblocks herum. Genau in dem Moment kam mein Eichhörnchenfreund den Stamm eines Baumes heruntergeflitzt und bedachte mich mit einem empörten Blick.

»Soso, jetzt steckst du also in der Scheiße, was?«, fragte ich an seiner Stelle.

»Vielleicht ja, vielleicht auch nicht«, antwortete ich mir selbst.

»Nun ja, John McCoy, von dem wir beide wissen, dass er ein gefährlicher Mistkerl ist, hat dir gedroht und gesagt, du sollst nicht mit der Polizei reden.«

»Ja, aber ich werde mit der Polizei reden.«

»Ich würde diese Entscheidung etwas gründlicher überdenken, als du das offensichtlich getan hast. Was ist mit Emily und Grace? Meinst du nicht, sie sollten dabei ein Wörtchen mitreden?«

»Das Seltsame ist, dass Emily anscheinend von zu Hause verschwunden ist. Zumindest behauptet McCoy das.«

»Es tut mir sehr leid, das sagen zu müssen, aber du musst dich fragen, ob McCoy wirklich die Wahrheit sagt. Darüber solltest du mal in aller Ruhe nachdenken.«

Das Eichhörnchen rannte plötzlich davon, und ich ging weiter, um Lassoos Hinterlassenschaft zu beseitigen. Als ich den Haufen nahm, spürte ich etwas Hartes zwischen den Fingern. Ich ließ die Sauerei wieder aufs Gras fallen. Und da war er, der Maiskolbenstick.

18

Ich gab das Vorhaben auf, Alkohol und Pies zu kaufen, und ging schnurstracks mit dem USB-Stick zurück in Graces Wohnung. Sie wusch ihn ab und trocknete ihn gründlich mit ihrem Fön aus den 1970er Jahren, der sich anhörte, als würde er von einem Mopedmotor angetrieben.

»Bitte sehr: so gut wie neu. Bereit für die Bullen«, erklärte sie.

»Glaubst du, die Polizei kann das Passwort knacken?«, fragte ich.

»Vielleicht. Kommt drauf an, wie clever Brendan bei der Auswahl des Passworts war.«

»Na, wenigstens ist das nicht mehr mein Problem.«

Grace starrte einen Moment lang aus dem Fenster, ehe sie in einem sehr bedächtigen Ton zu mir sagte:

»Ich fand's schon die ganze Zeit seltsam, dass Brendan dir zwar den Stick gegeben hat, aber nicht das Passwort. Ich meine, er hätte ihn genauso gut einfach verstecken oder in ein Bankschließfach tun können oder so.«

»Ich weiß, was du meinst, aber er hat mir an dem Abend bloß den Stick und einen Zettel mit seiner ›Nur für Freunde‹-Telefonnummer zugesteckt.«

Grace riss den Kopf zu mir herum, die Augen weit aufgerissen und erwartungsvoll:

»Und wo ist der Zettel jetzt?«

»Ich hab ihn weggeworfen, auf dem Camberwell Grove. Der ist längst futsch.«

»Bist du sicher, dass es eine Telefonnummer war?«

»Ja, bin ich. Ich hab sie sogar angerufen, und es hat sich ein Laden gemeldet, der lustige Socken verkauft. Es war bloß einer von Brendans kleinen Scherzen.«

»Dann müsste die Nummer, die du angerufen hast, noch auf deinem Handy sein?«

»Ich schätze ja. Moment, glaubst du, die Nummer von dem Sockenladen könnte das Passwort sein?«

»Einen Versuch ist es wert.«

Ich rannte nach nebenan, um mein Telefon zu holen, und scrollte durch die letzten Anrufe. Da war sie: die Nummer, die Brendan mir gegeben hatte. Grace und Lassoo waren mir in die Wohnung gefolgt. Ich nahm meinen alten Laptop von einem der Hängeschränke in der Küche und klappte ihn auf. Er musste aufgeladen werden, also saßen wir da, starrten auf den Bildschirm und warteten darauf, dass er zum Leben erwachte. Als er so weit war, erschien das übliche Eingabefeld: »Passwort eingeben«. Ich hatte den Laptop seit Monaten oder sogar Jahren nicht mehr benutzt und hatte das Passwort längst vergessen.

»Versuch's mit dem, das du im Büro benutzt«, schlug Grace vor.

Also tippte ich:

passwort1

Ich kam nicht rein, daher probierte ich einige andere, die ich früher mal benutzt hatte:

PassWort
LassMichRein
bodenkunde
68TallAnts
ChinDoctor

Keines funktionierte. Grace nahm mir den Laptop weg und stellte ihn vor sich auf den Tisch. Da erst bemerkte ich auf der Rückseite des Deckels einen Sticker, auf dem ein paar Bananen mit Messer und Gabel rechts und links abgebildet waren. In die Ecke des Aufklebers hatte ich etwas geschrieben: »Fruit999«. Ich nahm Grace den Laptop wieder weg und tippte das ein. Sofort erwachte der Bildschirm zum Leben, und ich steckte den Stick in die USB-Buchse. Sein Name erschien auf dem Bildschirm, ich klickte auf das Icon, und das Feld »Passwort geschützt« erschien. Ich tippte die Telefonnummer des Sockenladens ein und reichte den Laptop an Grace weiter, damit sie auf »Enter« klicken konnte. Sie tat es, und ein Dokument wurde geladen. Grace sprang jubelnd von ihrem Stuhl auf.

»Wir haben's geschafft! Wir haben's verdammt nochmal geschafft!«, schrie sie. Dann ging sie um den Tisch herum und gab mir einen dicken Kuss auf den Kopf. »Ich wusste es. Ich wusste, dass wir es schaffen können. Wir sind der Hammer, Gary. Ist dir das klar? Wir sind echt der Hammer.«

»Ja, das sind wir wohl.«

»Pass auf, ich geh jetzt los und hol uns die Pies und was zu trinken. Du kannst mir erzählen, was in dem Dokument steht, wenn ich zurück bin. Was sind wir, Gary?«

»Der Hammer, Grace.«

Grace ließ Lassoo bei mir in der Wohnung. Ich richtete meine Aufmerksamkeit auf den Inhalt des Dokuments:

Aussage von Brendan Jones zur Korruption innerhalb des Südlondoner Polizeidezernats für Kapitalverbrechen mit besonderem Bezug auf die Aktivitäten der Privatdetektei Cityside Investigations.

Ich wünschte sofort, ich hätte die Datei nie geöffnet, aber ich konnte nicht widerstehen und las weiter. Es begann mit einer Liste von Polizeibeamten und Mitarbeitern bei Cityside Investigations. Dann zählte Brendan mindestens zwanzig Fälle auf, in denen die Polizei sich angeblich über Cityside Investigations illegal Informationen beschafft und/oder die Justiz behindert hatte, indem sie Personen Beweise unterschob, andere Beweise unter den Tisch fallen ließ, Falschaussagen machte, Zeugen einschüchterte, Drogendealer gegen Bezahlung schützte etc. etc. So ging es weiter und weiter, und es war umso überzeugender, weil Brendan selbst in eine beträchtliche Anzahl der Fälle verwickelt war. Dem Dokument waren eine Reihe von Audio- und Videodateien angehängt. Falls sein Inhalt der Wahrheit entsprach, war er extrem belastend.

Ich hatte den starken Impuls, das Ding auf der Stelle zu zerstören und das Land zu verlassen, um in Neufundland ein neues Leben als Bootsbauer anzufangen. Ich wollte unbedingt, dass dieser Maiskolbenstick aus meinem Leben verschwand. Ich wollte ihn sofort zum Polizeirevier Peckham bringen. Ich hatte das Gefühl, dass ich Detective Bailey vertrauen konnte, also rief ich seine Nummer an, aber es meldete sich nur die Mailbox. Ich hinterließ keine Nachricht. Mich beunruhigte, dass John McCoy gesagt hatte, ich solle den USB-Stick nicht der Polizei gegenüber erwähnen. Er hatte mir sogar mit den Worten gedroht: »Wir wollen doch nicht, dass Grace oder die kleine Emily in Mitleidenschaft gezogen werden, oder?« Ich war mir sicher, dass McCoy keine leeren Drohungen aussprach. Vielleicht sollte ich den Stick zu McCoy bringen? Vielleicht sollte ich keiner Menschenseele verraten, dass ich ihn gefunden hatte? Ich entschied mich für eine Vorgehensweise, mit der ich wenigstens den Tag überstehen würde. Ich würde den Kopf in den Sand stecken und mich maßvoll besaufen.

Als Grace zurückkam, hatte sie zwei Flaschen Wein und einen gewaltigen Pie mit Rindfleisch und Kartoffeln dabei, der eine ganze Familie satt gemacht hätte. Für Bier hatte das Geld nicht mehr gereicht. Ich wollte nicht, dass sie noch weiter in diese Brendan-Sache reingezogen wurde, deshalb sagte ich ihr, das Dokument enthalte nur eine Reihe von undurchsichtigen Konten. Sie wirkte ein wenig enttäuscht, ließ sich aber leicht durch den Pie und den Wein ablenken. Der Pie erwies sich als ausgesprochen deftig – dicker knuspriger Mürbeteig und eine sehr reichhaltige Soße, die Grace mit »hat genau den richtigen Wumms« beschrieb. Lassoo saß zu Graces Füßen und verfolgte aufmerksam jeden einzelnen Bissen, der in ihren Mund wanderte. Als Grace ihre Hälfte des Pie aufgegessen hatte, erklärte sie, dass sie sich hinlegen müsse, und ging mit Lassoo im Schlepptau. An der Tür drehte Lassoo den Kopf zu mir um und warf mir einen Blick zu, als wollte er sagen: »Keine Sorge, ich krieg meinen eigenen Pie, Kumpel.«

Ich rief das Dokument wieder auf und begann, einige der Korruptionsbeispiele durchzulesen. Bei dem ersten Fall, der mir ins Auge sprang und mich gleichzeitig aufrüttelte, ging es um einen gewissen Mr. Derek Moore. Cityside Investigations war von einem Detective namens Peterson beauftragt worden, eine erhebliche Menge Kokain im Fahrzeug von Mr. Moore zu platzieren, der daraufhin von der Polizei angehalten und wegen Drogenbesitzes zu Handelszwecken festgenommen wurde. Es war Brendan selbst gewesen, der dem Mann die Drogen untergeschoben hatte. Bei diesem Mr. Moore handelte es sich bestimmt um den Vater meines Mandanten Wayne. Offenbar hatte Wayne die Wahrheit gesagt; sein Dad war Opfer von Einschüchterung durch die Polizei. Doch es war der Name Peterson, der meine Alarmglocken schrillen ließ, denn dieser DI Peterson hatte sich gemeldet, als ich die Nummer auf dem Zettel anrief, den ich hinter Brendans Haus gefunden hatte. Petersons Name tauchte wieder und wieder auf und war auch der zweite farblich hervorgehobene Name am Anfang des Dokuments. Peterson hatte die Nachricht »Wir müssen reden« an Brendans Hintertür geklebt. Das könnte eine ganze Reihe von Szenarien eröffnen, von denen ich in diesem Moment keine einzige in Betracht ziehen wollte. Stattdessen klickte ich auf einen der Video-Links. Emilys Gesicht sprang mir förmlich ins Auge. Sie saß an einem Tisch in irgendeiner Bar, unterhielt sich mit einem geschniegelten Typen und trank Wein. Die Szene wurde von jemandem gefilmt, der etwas entfernt irgendwo im Hintergrund saß, aber Emily war unverkennbar. Der Link zu dem Video enthielt den Namen Stephen Coldbeck.

Ich suchte im Hauptteil des Dokuments nach seinem Namen und fand bald die Einzelheiten des Falles. Stephen Coldbeck war der Hauptzeuge in einem Prozess gegen einen Drogenhändler, der unter dem »Schutz« des Dezernats für Kapitalverbrechen im Polizeirevier Lewisham stand. Cityside Investigations sollte im Auftrag von Peterson dafür sorgen, dass er entweder seine Aussage änderte oder gar nicht erst vor Gericht erschien. Sie hatten ihn mit Hilfe einer Mitarbeiterin namens Emily geködert und dann gedroht, das Videomaterial seiner Frau zu zeigen, es sei denn, er würde seine Aussage ändern, die er vor Gericht machen wollte. Plötzlich schwante mir, dass Emily an dem Abend, als wir uns kennenlernten, für Cityside Investigations tätig war und vermutlich Brendan observiert hatte. Aber warum hatte sie die Kneipe dann nicht verlassen, nachdem er gegangen war? Ich bezweifelte stark, dass sie den Auftrag hatte, Gary Thorn zu observieren. Meiner Erinnerung nach hatten wir an dem Abend eine echte Verbindung hergestellt. Aber vielleicht war sie einfach nur sehr gut in ihrem Job.

Es war alles ein bisschen zu viel für mich, um es zu begreifen, zumal der Alkohol mir langsam den Verstand benebelte. Ich musste den Kopf noch tiefer in den Sand stecken, also legte ich mich aufs Ohr, um ein Nachmittagsschläfchen zu machen. Bevor ich wegdämmerte, kam ich zu dem Entschluss, dass ich den Stick aus dem Haus schaffen und ihn irgendwo verstecken sollte, um später darüber nachzudenken. Es wäre auch sinnvoll, mich meines alten Laptops zu entledigen, auf dessen Festplatte der Stick jetzt vielleicht eine Art Fingerabdruck hinterlassen hatte.

19

Als ich ein paar Stunden später aufwachte, sah ich, dass eine Grußkarte durch meinen Briefschlitz geworfen worden war. Vorne drauf stand unter einer handgemalten Ente: »what the duck!?« Die Nachricht auf der Innenseite lautete:

> *Lust auf einen Schoko-Orangen-Velours, heute Abend um halb acht?*

Die Karte war nicht unterschrieben, aber das Wort Velours und die Ente verrieten mir auf Anhieb, dass sie nur von Emily sein konnte und als Treffpunkt das Grove Tavern gemeint war. Vor lauter Vorfreude beschloss ich, ein Wannenbad zu nehmen. Ich habe schon immer lieber gebadet als geduscht, weil ich ein Bad viel wohltuender und genussvoller finde. Seine ruhige Wärme lockt mich immer dann, wenn ich entweder gestresst bin oder mich sehr auf etwas freue. Angesichts der jüngsten Ereignisse war die Motivation für die Wannensitzung wohl eine doppelte: Trauer und Euphorie. Ich machte sie zu einem vierzigminütigen Erlebnis, rasierte mir Gesicht, Ohren und Schultern, reinigte die Zehenzwischenräume, ließ jedes Mal heißes Wasser nachlaufen, wenn die Temperatur sank, reinigte die Nägel, las die Angaben der Inhaltsstoffe von Shampoo und

Zahnpasta, drückte die Mitesser auf meiner Nase aus, putzte die Silikondichtung zwischen Badewanne und Wand, ließ die Kappe des Duschgels auf der Oberfläche treiben und versenkte sie mit einem Strahl Badewasser aus dem Mund, streckte mich langsam aus und ließ die Augenhöhlen voll Wasser laufen, polierte die Kniescheiben mit Rasierschaum, wischte mit dem großen Zeh über die Wasserhähne, warf die Seife in die Luft, tauchte dann mit dem Kopf unter, um zu hören, wie sie wieder ins Wasser platschte, und drehte Spiralen in mein Brusthaar, so dass es einem mediterranen Garten ähnelte. Es war ein gutes Bad und eine angenehme Auszeit.

Mir kam der Gedanke, dass Emily mich noch nie in einem anderen Outfit als in meinem blöden Anzug gesehen hatte. Mein schickeres Standard-Outfit war ein blaues Hemd, eine mittelbraune Cordjacke und eine Slim-Fit-Bluejeans von Tesco. Leider waren auf der Jeans noch immer die peinlichen getrockneten Sabberflecken von Lassoo. Ich wusch die betroffene Stelle mit Wasser und Seife im Waschbecken des Badezimmers. Das Ergebnis fiel nasser aus, als ich gehofft hatte, deshalb machte ich den Heizkörper im Schlafzimmer an und legte die Jeans zum Trocknen darauf. Kurz bevor ich ging, sprühte ich mir etwas Eau de Cologne auf den Hals und vorne auf die Jacke. Das Duftwasser war ein Weihnachtsgeschenk von Grace, das ich noch nie benutzt hatte. Es hieß »Electricity« von Sebastian Longcoq. Ich vermute, sie hatte es im Laden an der Ecke gekauft. Sein Geruch erinnerte mich an eine reife Banane mit einem Hauch von heißem Beton. Ich hätte es auf einer Socke testen sollen, bevor ich es auftrug, aber egal, ich rechnete ohnehin damit, dass es schnell verfliegen würde, weil es so billig war. Die Jeans war noch nicht ganz trocken, würde es aber bestimmt sein, wenn ich im Pub ankam.

Gegen sieben Uhr verließ ich meine Wohnung mit federnden Schritten und einer positiven Aufregung im Bauch bei dem Gedanken, Emily wiederzusehen. Ich ging hinüber zur Spielwiese und vergrub den Maiskolbenstick in einer schlammigen Ritze am Fuße des Sockels, der einst die Wippe gestützt hatte. Als ich dort stand und die Qualität der Bestattung abschätzte, hüpfte mein Eichhörnchenfreund auf den Sockel und begutachtete mich von oben bis unten.

»Moment mal, Kumpel, wieso hast du dich so schick gemacht?«, fragte ich mich an seiner Stelle.

»Ich geh nur in den Pub. Was geht dich das überhaupt an?«

»Wieso wirst du denn gleich so pampig? Und warum versteckst du irgendwelche Sachen? Was läuft hier?«

»Ich treffe mich mit Emily. Du weißt schon, die Frau aus dem Pub.«

»Oha, darüber solltest du mal länger nachdenken, Kumpel. Du hast gerade rausgefunden, dass sie mit diesem Tommy zusammenlebt und willst dich trotzdem mit ihr treffen?«

»Ja, schon, ich meine, er wird ja nicht da sein, oder?«

»Ach nein? Vielleicht lockt sie dich bloß aus der Deckung, damit er sich dich zur Brust nehmen kann. Ein Typ wie der gibt nicht eher Ruhe, bis er dich ordentlich vermöbelt hat. Hast du daran schon mal gedacht?«

»Ich glaube, sie hat ihn verlassen, also ist es garantiert einen Versuch wert. Falls er da ist und mich fertigmacht, dann ist das Ganze wenigstens aus und vorbei.«

»Nee, wenn du ihm seine Frau wegnimmst, macht er dir das Leben zur Hölle. Das ist es nicht wert. Ich sag das nur ungern, aber so ist es nun mal.«

»Okay, ich setz mich für eine Weile in die andere Bar, bis ich sicher bin, dass sie allein ist.«

»Ja klar. Hast du dich mal gefragt, ob sie nur von John McCoy geschickt wurde, um dir Honig ums Maul zu schmieren und dich im Auge zu behalten?«

»Ja, hab ich, und ich denke, das würde ich ziemlich schnell durchschauen.«

»Willst du ihr von dem USB-Stick erzählen, den du gerade verbuddelt hast? Ich wette, du hast darüber nachgedacht und bist zu dem Schluss gelangt, dass das ein bisschen riskant sein könnte.«

»Na klar, und ich werde den Stick nicht erwähnen. Ehrlich, ich will mich bloß mit ihr treffen, rausfinden, wie es zwischen ihr und Tommy steht, und hören, was sie über McCoy zu sagen hat. Wenn es mir zwielichtig vorkommt, mach ich mich aus dem Staub, versprochen.«

»Ich hoffe, du kannst das Versprechen auch halten. Ich zum Beispiel habe mir versprochen, dass ich aufhören werde, mich um die Eichhörnchen-Lady mit den langen Wimpern zu bemühen, aber ich schenke ihr weiterhin meine Nüsse, und wie dir wahrscheinlich schon aufgefallen ist, werde ich allmählich bedenklich dünn. Ich möchte nicht sehen, wie du verkümmerst.«

»Ganz gleich wie die Sache ausgeht, Kumpel, ich werde nicht aufhören, Pie zu essen, mach dir mal keine Sorgen.«

»Wonach riechen denn deine Klamotten? Hast du dich in einer Bananenfabrik rumgetrieben?«

»Das ist Parfüm – ›Electricity‹ von Sebastian Longcoq. Grace hat es im Laden an der Ecke für mich gekauft. Es ist ein bisschen schwer, nicht? Aber ich denke, es wird verfliegen.«

»Oder es wird vielleicht noch intensiver und hält lange an, hast du daran schon mal gedacht?«

»Ja, aber leider kann ich das jetzt nicht mehr ändern. Wohin willst du mit der Nuss?«

»Das geht dich gar nichts an. Schönen Abend noch, und falls ich dich nicht wiedersehe, es war nett, dich gekannt zu haben.«

Und damit flitzte er davon und verschwand hinter einer großen Buche. Als ich zur Straße ging, tauchte er auf der niedrigen Mauer rings um die Spielwiese wieder auf.

»Eins noch«, sagte ich an seiner Stelle. »Woher wusste McCoy überhaupt von dem Stick?«

»Um ehrlich zu sein, ich weiß es nicht. Vielleicht von einem seiner Kumpel bei der Polizei?«

»Aber du hast doch keinem bei der Polizei davon erzählt, oder?«

»Nein, das habe ich nicht. Die Einzigen, die davon wissen, sind Grace und ich, und ich glaube, ich habe es beiläufig am Telefon Emily gegenüber erwähnt.«

»Vielleicht solltest du darüber mal gründlich nachdenken, Kumpel. Bis irgendwann mal.«

Und dann war er weg. Er hatte da eben auf einen wichtigen Punkt hingewiesen: Es war durchaus möglich, dass Emily diejenige war, die McCoy von dem USB-Stick erzählt hatte. Der Abend musste mit einer gehörigen Portion Vorsicht angegangen werden.

Als ich am Grove ankam, nahm ich den Seiteneingang und setzte mich auf meinen Stammplatz an der Theke, wo ich normalerweise Fußball gucke. Es sollte später ein Spiel gezeigt werden, und falls Emily nicht auftauchte, konnte ich immer noch ein paar Bier mit Andy und Nick trinken. Von meinem Hocker aus hatte ich einen ganz guten Blick auf den Eingang des Lounge-Bereichs. Nach einer halben Stunde war von Emily (oder Tommy) noch immer nichts zu sehen, also ging ich zur Toilette und versuchte, die restliche Feuchtigkeit auf meiner Hose mit dem Händetrockner zu trocknen. Ich erzielte keine großen Fortschritte, und danach roch der ganze Raum nach warmen Bananen und noch heißerem Beton. Als ich zurück an die Theke kam, sah ich, wie Emily gerade den Pub betrat, zum Glück allein. Sie trug eine hellgrüne Laufjacke und eine schwarze Schlabberhose. Die hellbraune Kuriertasche hing von ihrer Schulter, und auf dem Rücken hatte sie einen großen Rucksack mit dezentem Schottenmuster, der aber nicht übermäßig schottisch anmutete.

Ich bestellte mir noch ein Bier, wartete fünfzehn Minuten und ging dann hinüber in die Lounge. Sie lächelte mich strahlend an und winkte wie ein kleines Kind. Ich fand sie so hinreißend, dass ich vermutlich rot wurde. Als ich auf sie zuging, hob sie einen Finger an die Lippen, als Zeichen, dass ich nichts sagen sollte, und tat so, als würde sie mit einem Handy telefonieren. Sie wollte, dass ich meines ausschaltete, folgerte ich, und das tat ich dann auch.

»Sorry«, sagte sie, »aber man weiß nie, wer alles mithört. Wie geht's dir? Ich freu mich, dich zu sehen.«

Ich verstand diesen Hinweis auf ungebetene Lauscher als ihr Eingeständnis, dass in unser beider Leben etwas vor sich ging, vor dem man sich hüten musste. Ich nahm es zur Kenntnis, kommentierte es aber nicht. Sie stand auf und umarmte mich auf eine Art, die sich sehr echt anfühlte. Ich fasste das als Zeichen dafür auf, dass sie mir zu verstehen geben wollte, dass sie »auf meiner Seite« war. »Gleichfalls«, erwiderte ich, als ich neben ihr Platz nahm.

»Hast du es nicht mehr aufs Klo geschafft?«, fragte sie und deutete auf den Schritt meiner Hose.

»Nein, nichts dergleichen. Ich hab einen Fleck ausgewaschen, kurz bevor ich hergekommen bin, und die Stelle ist noch nicht wieder ganz trocken.«

»Hast du nur den Bereich da ausgewaschen?«

»Ja. Der war voll mit Hundespucke.«

»Ich frag lieber nicht.«

»Danke.«

Es entstand eine kleine Gesprächspause. Die Wahrheit ist, ich hatte keine Ahnung, was vor sich ging oder was ich erreichen wollte. Vielleicht erging es ihr genauso, deshalb waren wir übervorsichtig und suchten nach Themen, die uns verbanden.

»Du riechst gut«, sagte sie. »Was ist das für ein Duft?«

»›Electricity‹ von Seb Longcoq. Irgendwie eine Mischung von Banane und Straßenbauarbeiten, findest du nicht?«

»Doch, mit einem Hauch von feuchter Wollmütze irgendwo im Hintergrund. Du siehst in Freizeitkleidung anders aus – weniger nach Teppichhändler und eher wie ein Architekt oder Unidozent.«

»Das liegt an dem braunen Cord. Der verleiht mir eine gewisse Würde, so ähnlich wie Volvo fahren oder eine schöne alte Aktentasche tragen.«

»Mein Dad fährt einen Volvo, und er ist ein sehr seriöser Vertreter, aber von der ausgesprochen unangenehmen Sorte.«

»Besuchst du deinen Dad noch? Ich meine, um Hallo zu sagen und dich über seine neuesten Ausfälle zu informieren?«

»Nein, ich hab ihn nicht mehr gesehen, seit ich mit achtzehn von zu Hause ausgezogen bin. Wir hatten nie ein besonders gutes Verhältnis.«

»Mein Dad ist gestorben, als ich klein war, etwa sieben oder acht Jahre alt. Eines Tages hat er zu viel Salz getrunken und ist ins Koma gefallen. Nicht mehr aufgewacht.«

»Willst du mich auf den Arm nehmen?«

»Nein, ehrlich. Er hat eine ganze Flasche Sojasoße getrunken, nach einer Wanderung in den Cotswolds.«

»Ernsthaft?«

»Nein, ich mach bloß Witze. Es war im Lake District.«

Sie lachte, und mir fiel auf, dass sie kein Make-up trug. Das passte perfekt zu ihr. Ihre Haut war auch ohne jegliche Verschönerung strahlend genug. Der Pony war immer noch kerzengerade mit seiner Chappaquiddick-Locke an einem Ende und einem kleinen Knick, wo er über die Ohren fiel. Ihre Augen waren noch immer freundlich und gütig, und ihre kleine Stupsnase war perfekt auf ihre Umgebung abgestimmt – so sehr, dass ich mich zu einem Kommentar genötigt fühlte:

»Deine Nase sieht toll aus. Gefällt sie dir auch?«

»Hör bloß auf. Ich hasse sie. Ich seh damit aus wie ein Igel. Deine Nase ist etwas zu groß, aber sie steht dir. Hast du Schnupfen? Sie ist ganz rot.«

»Nein, ich hab beim Baden ein paar Mitesser gejätet und bin dabei wie immer etwas zu aggressiv vorgegangen. Willst du was essen? Das Steak mit Pommes, das ich neulich bestellt habe, war wirklich gut.«

»Ja, das wäre toll. Ich bin am Verhungern. Das Problem ist nur, ich hab nicht genug Geld dabei.«

»Kein Sorge. Ich lade dich ein, weil es so schön ist, dich zu sehen. Also, wie geht es dir?«

»Um ehrlich zu sein, eigentlich nicht so gut. Ich hab meinen Freund und meine Wohnung vor ein paar Tagen verlassen, und das war hart.«

Ich wusste nicht, ob ich erwähnen sollte, dass ich bereits über ihren Auszug informiert worden war, oder ob ich ihr sagen sollte, dass ich bereits Zweifel hatte, ob das tatsächlich stimmte.

»Wow, das ist wirklich drastisch. Du musst ganz schön durch den Wind sein. Ehrlich gesagt, ich wusste gar nicht, dass du einen Freund hast. Ich glaube, der Ausdruck, den du benutzt hast, war ›nicht offiziell‹.«

»Jedenfalls bin ich jetzt offiziell Single, zum ersten Mal seit Jahren. Ich dachte, es würde sich befreiend anfühlen, aber es fühlt sich einfach traurig und ein bisschen scheiße an.«

»Ich denke, das war zu erwarten. Man braucht einfach Zeit und Abstand und viel Alkohol.«

»Sprichst du aus Erfahrung? Hast du schon mal jemanden verlassen?«

»Nein, ich werde immer verlassen, aber ich denke, das Prinzip ist dasselbe. Empfindest du noch was für ihn?«

»Weißt du was? Ich hoffe, nicht, und ich muss sagen, seit ich aus der Wohnung raus bin, habe ich nur an mich gedacht. Das ist doch gut, oder?«

»Ja und ob, genau das Richtige.«

Ich freute mich still und leise darüber, dass sie doch an jemand anderen gedacht hatte, und dieser Jemand war ich. Andererseits, falls sie noch für McCoy arbeitete, hätte sie natürlich Kontakt zu mir aufnehmen müssen. Kompliziert.

Sie redete weiter. »Mein Dad hat immer total laut einen Song gespielt, wenn er sich über meine Mum aufgeregt hatte. Da wiederholt der Sänger zig mal die Zeile: ›I've got six things on my mind and you're no longer one of them.‹ Das sage ich mir jetzt ständig im Kopf auf, um ihn auszublenden. Ich weiß nicht, ob es hilft, aber es ist auf jeden Fall eine schöne Melodie, also warum nicht.«

»Und hast du sechs Dinge im Kopf?«

»Lass mich überlegen. Ich brauche eine Wohnung, ich brauche einen Job, ich brauche ein Bad, und ich brauche ein neues

Handy. Das scheint im Moment alles zu sein, also sind es nur vier Dinge.«

»Und du hast Hunger, also brauchst du was zu essen – das macht fünf –, und du wolltest dich mit mir auf einen Drink treffen, damit wäre Alkohol die Nummer sechs.«

Ich freute mich über die erneute, wenn auch nur indirekte Bestätigung, dass ich eines der Dinge war, die sie im Kopf hatte. Ich fragte mich, ob sie wusste, dass Tommy aktiv nach ihr suchte.

»Wie hat dein Freund es aufgenommen?«, fragte ich.

»Ich muss gestehen, ich weiß es nicht. Ich bin abgehauen, als er nicht zu Hause war. Ich hab ihm nur eine Nachricht hinterlassen, dass ich ihn verlasse.«

»Wie kommt es dann, dass er dein Handy hat?«, platzte ich heraus und begriff im selben Moment, dass ich einen großen Fehler gemacht hatte. Ich würde zugeben müssen, dass er am Nachmittag bei mir gewesen war.

»Woher weißt du, dass er mein Handy hat?«, fragte sie.

»Tut mir leid. Ich wollte dich nicht damit behelligen, du hast schon genug am Hals, aber er war heute bei mir und hatte dein Handy dabei. Seinen Äußerungen und seinem Verhalten nach zu schließen dachte er, dass du vielleicht bei mir untergekommen bist.«

»Warum in aller Welt sollte er so was denken? Wir kennen uns kaum. Das ist lächerlich.«

»Ich nehme an, er ist deine Anrufliste durchgegangen, hat gesehen, dass du meine Nummer angerufen hast, und dann mit Hilfe seiner Kontakte bei Cityside Investigations die dazugehörige Adresse rausgefunden.«

»An dem Tag, als ich abgehauen bin, hat er mir mein Handy weggenommen. Das macht er immer, wenn er sich unsicher fühlt. Er muss an dem Morgen irgendwas an meinem Verhalten gemerkt haben, das ihn misstrauisch gemacht hat. Tut mir leid, dass er bei dir aufgetaucht ist. Hat er dich bedroht oder so?«

»Nein, eigentlich nicht. Ich musste versprechen, dass ich ihm Bescheid gebe, wenn ich rausfinde, wo du steckst, aber das würde ich natürlich nie tun. Sein Boss war bei ihm, John McCoy. Kennst du ihn?«

»Ich weiß, wen du meinst – hält sich für einen richtigen Gangster. Wieso war er denn mit Tommy da?«

Diese Frage wollte ich nicht beantworten. Unter den gegebenen Umständen würde ich mit niemandem über den USB-Stick sprechen.

»Ich glaube, sie waren einfach auf dem Weg zu irgendeinem Job oder so. Es war alles in Ordnung, kein Problem. Ich muss sagen, ich hätte eigentlich nicht gedacht, dass Tommy dein Typ ist. Er scheint deutlich älter zu sein als du und ein bisschen – wenn ich das mal so sagen darf – ein bisschen unberechenbar. Ich hätte mir nicht vorstellen können, dass er so eine große Rolle in deinem Leben spielt, oder dass du überhaupt irgendwas mit ihm spielst, nicht mal Tischtennis, um ehrlich zu sein.«

»Ich weiß, was du meinst, aber sagen wir einfach, er war ein ganz anderer Mensch, als wir uns kennenlernten. Hör mal, ich würde lieber nicht über ihn reden, wenn es dir nichts ausmacht.«

»Okay. Dann lass uns über dich reden. Deine lindgrüne Jacke – bist du zufrieden damit, wie du dich darin fühlst?«

»Ja, sehr.«

»Okay, weiter zu deiner Schlabberhose. Bist du zufrieden damit, wie stark sie flattert? Könnte bei stürmischem Wetter zu einem Segel werden.«

»Ich wünschte, sie wäre nicht ganz so bauschig, aber ich bin zufrieden mit der Bewegungsfreiheit, die sie bietet, vor allem, wenn ich sitze.«

»Gute Antwort. So, ich weiß ja, dass du mit deinen Doc Martens und deiner Frisur zufrieden bist, also wäre aussehensmäßig damit wohl alles geklärt.«

»Ich hab noch ein paar andere Klamotten in meinem Rucksack. Möchtest du die auch noch durchsehen?«

»Nein, schon gut. Meine Mum hat immer gesagt, man soll nie in die Tasche einer Frau schauen, auch wenn sie es erlaubt.«

»Ich mag deine Mum.«

»Wieso trägst du kein Make-up? Wenn ich mich recht erinnere, hast du immer ein bisschen Farbe im Gesicht.«

»Ich mag das eigentlich nicht besonders. Tommy hat drauf bestanden, dass ich immer geschminkt bin. Ich habe seit meiner Schulzeit ein zwiespältiges Verhältnis zu Make-up.«

»Du siehst auch ohne gut aus. Sollen wir was zu essen bestellen?«

Wir entschieden uns beide für Steak mit Pommes, und Emily nahm auch noch überbackenen Blumenkohl und Zwiebelringe als Beilage. Sie erklärte, dass sie sich nie die Chance auf Zwiebelringe entgehen ließ, da sie kreisrunde Esswaren liebte, seit ihre Großmutter sie als Kind oft mit Spaghettikringeln verwöhnt hatte. Ich erzählte ihr, dass ich eine Vorliebe für längliche Esswaren wie Hotdogs, Spargel und Zuckerstangen hatte.

»Zuckerstangen sind kein richtiges Essen«, antwortete sie.

»Na gut«, erwiderte ich. »Dann ersetze ich Zuckerstangen eben durch einen weiteren Hotdog, aber einen noch längeren.«

Nachdem wir gegessen hatten, holte ich für uns noch zwei Bier, und während wir zurückgelehnt dasaßen und sie genüsslich tranken, erschien mir alles angenehm und behaglich. Ich war mir immer sicherer, dass sie nicht mehr für McCoy arbeitete, und einem Teil von mir war es ohnehin egal. Sie erzählte mir, wie sie Tommy kennengelernt hatte und wie sie zusammen nach London gekommen waren. Ich fragte sie beiläufig nach Tommys Arbeit und ob sie schon mal damit zu tun hatte. Sie zuckte mit den Schultern und sagte: »Gelegentlich.« Ich spürte keine nervöse Reaktion auf meine Frage. Dann fragte ich sie, wo sie derzeit wohnte.

»Ich hab die letzten beiden Nächte in einem Hotel in Elephant and Castle verbracht, dem Grand Saffron.«

»Schläfst du heute Nacht auch da?«, erkundigte ich mich.

»Nein, weißt du, das ist es ja, Gary. Mir ist das Geld ausgegangen, und ich wollte fragen, ob ich vielleicht bei dir wohnen kann, bis bei mir wieder alles im Lot ist.«

Ich wollte sagen: »Ja, du kannst für immer bei mir wohnen, mietfrei«, bremste mich aber.

»Hast du keine Verwandten oder Freunde, bei denen du unterkommen könntest?«, fragte ich stattdessen.

»Nicht wirklich, außerdem wird Tommy sie garantiert im Auge behalten. Es ist nicht gut, dass er das mit dir rausgefunden hat. Vielleicht sollte ich lieber meinen Dad fragen, ob er mich vorübergehend bei sich in Brighton aufnimmt.«

»Ich dachte, du hättest dich mit deinem Dad überworfen?«

»Ja, aber ich glaube nicht, dass er mich abweisen würde.«

Die Möglichkeit, dass sie sich für eine andere Option entschied, als bei mir zu bleiben, versetzte mich in Panik.

»Hör mal, ich würde mich freuen, wenn du bei mir wohnst. Ich habe drei Schlösser an der Wohnungstür – jawohl, drei –, und meine Nachbarin hat einen gefährlichen Hund, den sie uns sicher für ein paar Tage ausleiht. Ehrlich, ich würde sehr gerne helfen.«

Emilys Augen wurden feucht. Ich hatte nicht bemerkt, wie erschöpft und verzweifelt sie wirklich war.

»Nimmst du mein Angebot an?«, fragte ich.

Sie nickte und legte eine Hand um meinen Unterarm.

»Danke«, flüsterte sie mit einem Schniefen und einem Lächeln.

»Ist es okay, wenn ich noch mein Bier austrinke?«, fragte ich. »Es ist sehr erfrischend.«

»Du kannst noch so viel Bier trinken, wie du willst. Ich bin sehr gerne hier«, antwortete sie und schenkte mir das anziehendste Lächeln, das mir je zuteilgeworden war.

Wir blieben noch ein paar Stunden sitzen, und sie sprach kein einziges Mal das Thema Brendan oder USB-Sticks oder irgendetwas an, das mit dem »Fall« zu tun hatte.

Als wir uns meinem Wohnblock näherten, nahmen wir den Eingang von der Peckham High Street aus, so dass wir am westlichen Ende herauskamen, abseits der Parkplätze und des Treppenhauses. Ich sagte Emily, sie solle warten, während ich nach oben ging und mich vergewisserte, dass die Luft rein war. Dann winkte ich ihr vom Fuß der Treppe, mir zu folgen.

Sobald wir bei mir waren, äußerte sich Emily sehr lobend über meine beschissene Wohnung, was sehr nett von ihr war. Den meisten Besuchern machte es großen Spaß, mir zu sagen, was für eine Bruchbude ich hatte. Es erforderte einigen Aufwand, meinen Schlafsack zu suchen und ihn gegen die Bettdecke auf dem Bett auszutauschen.

»Du kannst das Bett haben. Ich nehm am besten die Bettdecke – die könnte ein bisschen müffeln.«

Sie gähnte kleinlaut und umarmte mich dann innig. Ihr Haar roch nach Marzipan und frisch umgegrabener Erde, recht angenehm, aber eindeutig schon länger nicht gewaschen.

»Hast du was dagegen, wenn ich direkt ins Bett gehe?«, fragte sie. »Ich glaube, ich hab zum ersten Mal seit drei Tagen die Chance, wieder anständig zu schlafen.«

»Schlaf dich ruhig richtig aus«, antwortete ich, als sie gähnend im Schlafzimmer verschwand.

Ich kriegte in der Nacht kaum ein Auge zu. Ich fürchtete ständig, Tommy würde jeden Moment vor der Wohnungstür stehen. Außerdem war es eine große Ablenkung, die Frau meiner Träume unter demselben Dach, aber außer Reichweite zu wissen. Die Geräusche im Wohnzimmer waren anders als im hinteren Teil der Wohnung – mehr Verkehrslärm, mehr menschliche Aktivitäten und eine Eule, die gelegentlich irgendwo in der Ferne schrie. Am schlimmsten war, dass Emily das Licht im Bad angelassen hatte, was zur Folge hatte, dass der elektrische Entlüfter wie ein defekter Rasentrimmer vor sich hin jaulte. Ich hatte weder die Energie noch den Mut, an ihre Tür zu klopfen.

Gegen zwei Uhr morgens machte ich mir eine heiße Tasse Rinderbrühe, um Koffein zu vermeiden und mir einen Fleisch-Kick zu verschaffen. Während ich die Brühe trank, kam mir der Gedanke, dass ich auf dem USB-Stick alles löschen sollte, was auf Emily verwies. Nur Brendan wusste, was das Dokument enthielt, und der war tot. Ich ging davon aus, dass Emily sich bei all den Machenschaften arglos hatte einspannen lassen, ohne etwas von dem großen Ganzen zu ahnen.

Ich schlich im Bademantel nach draußen, um den USB-Stick aus seinem schlammigen Grab zu holen, und als ich aus dem Haus kam und ein paar Schritte über den Bürgersteig machte, bemerkte ich eine einsame Gestalt, die neben der niedrigen Mauer an einem Baum lehnte und konzentriert auf die Spielwiese starrte. In einer Hand hielt sie eine brennende Kerze, deren Flamme sie mit der anderen abschirmte. Es war nicht besonders dunkel – die Straßenlampen und die Lichter der Siedlung sorgten für ein dämmriges Licht –, aber der Schatten des Baumes erschwerte es, die genauen Umrisse und die Identität der Gestalt zu erkennen, die da mitten in der Nacht herumgeisterte.

Ich huschte geduckt hinter zwei weiße Vans, um mir eine bessere Sicht zu verschaffen, und trat dabei versehentlich gegen eine weggeworfene Bierdose, die scheppernd und klappernd unter einen der Wagen rollte. Als ich wieder zu der Gestalt schaute, sah ich gerade noch, wie sie die Kerze mit einem kräftigen Atemstoß ausblies. Ich blieb stocksteif stehen, bis auf meinen Kopf durch die Karosserie eines der Vans vor den Augen der unbekannten Person verborgen. Ich konnte ihren bohrenden Blick auf mir spüren und überlegte, ob ich einfach zurück in meine Wohnung und in Sicherheit sprinten sollte.

Nach gut einer Minute sah ich, wie die Gestalt die Kerze wieder anzündete und weiterschlurfte. Ich nutzte die Gelegenheit und versteckte mich ganz hinter dem Van. Gebückt schlich ich mich an der Reihe geparkter Fahrzeuge entlang und tauchte etwa fünfzehn Meter weiter wieder auf. Die Gestalt kauerte jetzt neben dem Sockel der früheren Wippe, und ich war inzwischen nahe genug, um zu hören, wie sie mit fast singendem Tonfall sagte: »Es tut mir leid, es tut mir so leid. Bitte verzeih mir.«

Es war Grace, und ich konnte an ihrer Stimme erkennen, dass sie schluchzte.

Ich hielt mich versteckt, bis ich sie zum Wohnblock zurück-
gehen und im Treppenhaus verschwinden sah. Mein Gefühl
hatte mir gesagt, dass ich nicht das Recht hatte, sie in diesem
intimen Moment zu stören. Ich grub den USB-Stick aus und
kehrte zurück in meine Wohnung. Schließlich übermannte
mich der Schlaf. In meinen Träumen schlug Tommy mich
mit einer großen Wassermelone halbtot, während Emily und
Lassoo zusahen.

20

Es war ein wunderschöner sonniger Samstagmorgen, als ich aufwachte, also spazierte ich zum Grinders, um für Emily einen Kaffee und etwas Leckeres zum Frühstück zu besorgen. Ich vergrub den USB-Stick wieder in seinem Versteck und suchte mir dann eine abgelegene Stelle hinter einer Reihe von Garagen, wo ich den Laptop ungesehen zerstören konnte. Ich schleuderte ihn ein paarmal wie ein Frisbee mit voller Wucht gegen eine Ziegelwand, bis er schließlich in mehrere Stücke zerbrach. Die Trümmer warf ich in eine Mülltonne in der Nähe, und das Teil, von dem ich annahm, dass es die Festplatte sein könnte, ließ ich in einem Gully auf der Straße verschwinden.

Es war noch früh, als ich im Coffeeshop ankam, und Wayne hatte keine Gäste. Er trug ein enges gelbes T-Shirt mit dem Aufdruck »frag nicht«.

»Hi, Wayne, wie geht's dir? Oder darf ich nicht fragen?«

»Du darfst, und ja, es geht mir prima, danke. Wieso guckst du so selbstgefällig aus der Wäsche?«

»Ich hab dir doch von der Frau erzählt, die ich im Pub kennengelernt hab«, sagte ich.

»Ich erinnere mich vage.«

»Tja, sie hat die Nacht bei mir verbracht. Ist das zu glauben?«

»Ehrlich gesagt, nein, Gary. Es sei denn, sie stand unter Zwang oder unter Drogen.«

»Es ist die Wahrheit, ungelogen, und ich werde hoffentlich den Rest des Tages mit ihr verbringen.«

»Wer weiß, ob sie noch da ist, wenn du zurückkommst? Vielleicht ist sie ja zur Vernunft gekommen und hat sich aus dem Staub gemacht.«

»Nein, ich glaube, sie könnte sich in mich verlieben, genau wie du, Wayne. Du hättest dich früher an mich ranmachen sollen. Es sieht fast so aus, als wäre ich nicht mehr zu haben. Da fällt mir ein: Hat dein Vater schon was von der Polizei gehört?«

»Nein, aber das wird er, keine Panik.«

»Weißt du was? Ich fange an, dir zu glauben.«

Ich erzählte Wayne nichts vom Inhalt des USB-Sticks. Es schien mir nicht der richtige Zeitpunkt. Ich wollte ihm keine Hoffnungen machen, solange die ganze Sache noch derart in der Schwebe und unsicher war. Ich bestellte zwei Kaffee, zwei Mandelcroissants und ein paar kalorienarme Blaubeer-Muffins. Während Wayne meine Bestellung erledigte, kam zu meiner Überraschung Mr. Clown-Schuhe herein. Er trug sein übliches Outfit und hielt eine mit DIN-A4-Unterlagen und Briefen vollgestopfte Plastiktüte in der Hand. Sobald sich unsere Blicke trafen, schaute ich weg, aber zu spät. Er stupste mich an der Schulter an.

»Hey, ich kenne Sie«, knurrte er. »Sie sind doch der Kerl, der auf dem Polizeirevier und im Gericht rumgehangen hat. Was wollen Sie von mir? Arbeiten Sie für meinen Nachbarn? Sind Sie sein Spion oder so?«

Wayne hatte das barsche Verhalten von Clown-Schuhe bemerkt und forderte ihn auf, sich zu beruhigen und höflich zu bleiben. Clown-Schuhe warf Wayne einen trotzigen Blick zu, erkannte aber, dass Wayne jemand war, mit dem man sich besser nicht anlegte. Er senkte die Stimme.

»Also, wieso waren Sie genau zur selben Zeit wie ich an beiden Orten? Wollen Sie etwa behaupten, das war purer Zufall? Das bezweifle ich nämlich stark.«

»Es war wirklich reiner Zufall, aber kein besonders großer, denn ich arbeite für eine Anwaltskanzlei und habe oft im Gericht und auf dem Polizeirevier zu tun.«

»Lügner. Sie haben mir erzählt, Sie wären Teppichhändler, und so, wie Sie aussehen, würde ich sagen, das könnte gut hinkommen.«

Wayne schaltete sich ein:

»Hören Sie, Kumpel, der Mann ist Anwalt. Und er vertritt zufällig mich. Also lassen Sie es gut sein, oder verschwinden Sie.«

Clown-Schuhe sah mir in die Augen, strich sich übers Kinn und machte ein brummendes Geräusch tief in der Kehle. Dann sagte er: »Würden Sie mich auch vertreten? Sie haben wahrscheinlich grob mitbekommen, worum es bei meiner Beschwerde geht. Es ist ein großer Fall – der Schadenersatz könnte in die Tausende gehen.«

Ich wollte nicht, dass Clown-Schuhe mich mochte, und so ließ ich mich wieder mal vom Teufel reiten.

»Bedaure, aber solche Fälle nehme ich nicht an. Ich habe jedoch einen Vorschlag für Sie. In Camberwell Green ist eine Privatdetektei namens Cityside Investigations, die sich auf das Sammeln von Beweisen in Nachbarschaftsstreitigkeiten spezialisiert hat. Die sollten Sie mal aufsuchen. Ich denke, dort könnte man Ihnen helfen, in der Sache wirklich vorwärtszukommen.«

Ich genoss die Vorstellung, wie Clown-Schuhe seine prall gefüllte Tüte voller Schwachsinn in ihr Büro schleppte. Ich schrieb ihm die Adresse auf, und er bedankte sich überschwänglich. Als ich mit Kaffee und Gebäck schon wieder auf dem Weg zur Tür war, drehte ich mich noch einmal zu Wayne um und fragte, was genau die Leute ihn denn nicht fragen durften.

»Wie ich so wahnsinnig attraktiv geworden bin«, lautete seine Antwort, und ich glaube, er sagte die Wahrheit.

Als ich zurück zu meinem Wohnblock kam, schaute ich mich gründlich um, ob Tommy irgendwo auf der Lauer lag, aber alles sah vertraut und normal aus. Wieder in meiner Wohnung, verriegelte ich alle drei Schlösser und legte die Kette vor. Emily saß am Esstisch und starrte aus dem Fenster. Ich reichte ihr den Kaffee und das Gebäck und setzte mich ihr gegenüber. Sie lächelte, dann beugte sie sich über den Tisch und gab mir einen Kuss auf die Wange.

»Hör mal«, sagte sie, »ich denke, ich sollte nach Brighton fahren und mit meinem Dad reden. Vielleicht hat er ein Zimmer, das gerade nicht benutzt wird, und ich kann mir in der Stadt einen Job suchen.«

Ihr Gesichtsausdruck verriet, dass sie wusste, ich würde enttäuscht sein, aber ich bemühte mich so gut ich konnte, die gegenteilige Reaktion zu zeigen.

»Das ist ein guter Plan, ein vernünftiger Plan, besser, als sich hier zu verkriechen und ständig zu fürchten, dass Tommy auftaucht. Wie wär's, wenn wir heute zusammen hinfahren? Falls dein Dad nicht mit sich reden lässt, kannst du immer noch mit mir zurückkommen.«

Sie war sofort einverstanden. Die Aussicht auf einen Tag am Meer mit Emily erfüllte mich mit Freude. Als sie gerade ihre

Sachen zusammenpackte, klingelte mein Telefon. Es war eine unbekannte Nummer, deshalb ließ ich die Mailbox anspringen und hörte die Nachricht anschließend ab. Ein Kollege von Detective Peterson bat mich, ihn sobald wie möglich anzurufen. Es ging um die Mordermittlung in Brendans Fall und er wollte mit mir ein Gespräch vereinbaren. Ich beschloss sofort, vorerst nicht zurückzurufen. Niemand würde mir meinen Tag mit Emily rauben.

Als wir die Wohnung verließen, warteten Grace und Lassoo vor ihrer Tür auf uns.

»Hallo, Gary. Wer ist denn die reizende junge Lady?«, fragte sie.

Ich erklärte so knapp wie möglich, dass Emily nur eine gute Freundin sei, die einen Platz für die Nacht gebraucht habe.

»Tatsächlich, Gary? Nur eine gute Freundin. Wie nett von dir«, sagte Grace mit einer gehörigen Prise Sarkasmus. »Ich wollte dir nur sagen, dass ich eine gute Nachricht habe. Der NHS hat mir geschrieben, dass ich am Montag an der Hüfte operiert werden kann, falls ich so kurzfristig dazu bereit bin. Meinst du, ich sollte das machen? Ich müsste unverzüglich Bescheid geben, wenn ich das Angebot annehmen möchte.«

»Ja, natürlich solltest du das machen«, antwortete ich. »Es hält dich doch nichts davon ab, oder?«

»Na ja, ich mache mir ein bisschen Sorgen wegen Lassoo, ich müsste ja im Krankenhaus bleiben. Würdest du dich um ihn kümmern?«

Ich schaute zu Lassoo hinunter, der von Emily ausgiebig gestreichelt wurde. Er warf mir einen Blick zu, als wollte er sagen: »Von mir aus, wenn diese Lady bleibt.« Ich sagte Grace, dass das in Ordnung sei und dass ich am Abend bei ihr vorbeischauen würde, wenn ich aus Brighton zurück war.

»Ach, Brighton, ja?«, bemerkte Grace. »Da hat sich schon mancher verliebt. Sei vorsichtig.«

21

Wir stiegen in meinen sechs Jahre alten Renault Clio und machten uns auf den Weg nach Brighton. Während wir über die M25 und die M23 Richtung Südküste fuhren, suchten wir abwechselnd Musiktitel aus, die wir uns anhörten. Ich neigte zu Kings of Leon, Steely Dan, Eminem und Hot Chip. Sie eher zu Drake, Kendrick Lamar und Taylor Swift. Aber bei »Keep on Movin'« von der Boygroup Five waren wir einer Meinung. Ich hatte mich immer ein bisschen dafür geschämt, dass ich den Song gut fand, aber ich ließ es drauf ankommen. Ich konnte es immer noch als Ironie abtun, falls Emily ihn nicht mochte. Ich hatte Glück. Sie fand ihn auch gut. Wir spielten ihn wieder und wieder und sangen aus vollem Halse mit.

So get on up when you're down
Baby take a good look around
I know it's not much but it's okay
We'll keep on movin' on anyway.

Ich fühlte mich wie ein Teenager und wollte, dass die Fahrt nie endete. So hatte ich mich schon ewig nicht mehr gefühlt.

Als wir in Brighton ankamen, zeigte Emily mir ihre Stadt. Sie war in ihrem Element; ihr ganzer Körper wurde lebendig und locker, als sie mich von einer Straße zur nächsten führte, sich an Orte und Menschen aus der Vergangenheit erinnerte. Sie hielt meine Hand, um mich mitzuziehen, und gelegentlich hakte sie sich bei mir ein und legte den Kopf auf meine Schulter.

»Die Gegend hier ist das ›Retroviertel‹. Vor Jahren, in den 1970ern und 80ern, war es ziemlich runtergekommen, voll mit Secondhand- und Trödelläden. Siehst du den Laden da? Das war früher ein Waschsalon, und eines Nachts wurde mein Vater festgenommen, weil er gegen die riesige Glasscheibe getreten hatte und die zu Bruch gegangen war. Er war wegen irgendwas sauer auf Mum. Die Sache kam vor Gericht, und er musste fünfzig Pfund Strafe zahlen. Er holte sich das Geld von Mum zurück, indem er ihr ein Jahr lang jede Woche was vom Haushaltsgeld abzog ... Siehst du die Drogerie da? Die gab es schon, als ich Teenager war. Meine Freundin Louise und ich haben da immer Schminksachen aus den Regalen geklaut und in der Schule vertickt ... Da vorne ist das Theatre Royal, da sind wir jedes Jahr mit der Schule ins Weihnachtsstück gegangen. Einmal hat sich ein Junge namens Eddie Bryson splitternackt ausgezogen, ist den Mittelgang runtergerannt und hat die Titelmelodie von *SpongeBob Schwammkopf* gesungen. Wir haben ihn danach nie wiedergesehen ... Das hier ist der Churchill Square. An Samstagnachmittagen sind immer alle Teenager hierhergekommen und haben sich gegenseitig abgecheckt. Louise ist mal mit einem Jungen namens Callum zum Knutschen runter an den Strand. Ich hab die zwei von der Promenade aus beobachtet. Ich war richtig neidisch, um ehrlich zu sein. Er hatte sehr schöne Haare. Hinterher hat Louise gesagt, ich hätte nicht viel verpasst. Er hat die Augen aufgerissen, während sie sich küssten, und als der Kuss intensiver wurde, haben seine Pupillen angefangen zu kreisen, als wollte er einen Schwarm Mücken zählen.

»Hast du noch Kontakt zu Louise?«, fragte ich.

»Nein, hab seit Jahren nichts mehr von ihr gehört. Ich frage mich oft, was sie wohl so macht. Bestimmt irgendwas Cooles.«

Schließlich hatte ich alles gesehen, was sie mir zeigen wollte, und wir fuhren ein paar Meilen aus der Stadt hinaus und parkten an der Küste. Emily lief direkt zu einem kleinen Zeitungskiosk, wo es auch Eimerchen und Schaufeln und anderes Zeug für den Strand zu kaufen gab. Ich sollte am Auto auf sie warten. Als sie aus dem Kiosk kam, winkte sie mir, ihr zu einer Holzbank mit Blick auf den Ärmelkanal zu folgen. Sie hatte eine Tüte mit Süßigkeiten für mich: eine Zuckerstange, ein paar Schaumzuckerbananen und eine Fruchtgummischlange.

»Ich hoffe, die Zuckerstange ist lang genug für dich«, sagte sie, bevor sie der Fruchtgummischlange den Kopf abbiss und darauf kaute wie ein gutmütiger Labrador.

Sie zeigte auf eine Reihe prächtiger Häuser und Hotels ein Stück weiter entlang der Strandpromenade.

»Das da oben ist das Hotel von meinem Dad, das zweite von rechts. Er hat es neu anstreichen lassen, und die rot-weiß gestreiften Markisen gab es noch nicht, als ich es das letzte Mal gesehen hab. Es macht mich stinksauer, dass er es aufgehübscht hat. Meine Mutter hat ihn immer gebeten, das machen zu lassen, aber er hat's nie getan, solange sie da war.«

»Siehst du deine Mum oft?«

»Nicht so oft, wie ich gerne würde. Tommy hatte was dagegen, dass ich sie allein besuche. Wir waren ein paarmal zusammen bei ihr, aber es war einfach peinlich. Tommy wäre am liebsten gleich wieder gefahren, kaum dass wir da waren.

Ich hab mich mit Mum und ihrer Schwester einige Male in London getroffen, wenn sie zu einem Tagesausflug da waren, aber hauptsächlich schreiben wir uns nur Nachrichten oder telefonieren. Ich hoffe, das ändert sich jetzt.«

»Das hoffe ich auch. Könntest du dich nicht eine Weile bei deiner Mum und ihrer Schwester einquartieren?«

»Nein, ihre Wohnung ist zu klein, und ihre Schwester ist ziemlich wackelig auf den Beinen. Das wäre eine Zumutung.«

Ich klaubte das Zellophan von einem Ende der Zuckerstange ab und leckte ein paarmal lang und konzentriert. Emily rollte den Kopf der Fruchtgummischlange im Mund herum.

»Ich hab jeden Sonntagmorgen auf dem Rückweg vom Kiosk hier gesessen, wenn ich für meinen Dad die Zeitung gekauft hatte. Ich hatte sogar meinen ersten richtigen Kuss auf dieser Bank.«

»Wow. Man sollte zur Erinnerung an das Ereignis eine Gedenktafel anbringen.«

Sie legte ihren Kopf auf meine Schulter und wandte mir das Gesicht zu. »Wie wär's, wenn wir die Bank mit unserem ersten Kuss markieren?« Wir küssten uns auf eine leicht scherzhafte, ironische Art, als wären wir einfach nur gute Freunde, die mal miteinander knutschen, aber der Kuss wird für immer auf der Liste der besten Küsse bleiben, die mir je zuteilwurden. Nach dem Kuss stand sie auf.

»Ich glaub, es wird Zeit, dass ich dem alten Sausack einen Besuch abstatte und ihn um seine Barmherzigkeit anflehe. Willst du mitkommen, oder willst du hierbleiben und in Ruhe deine lange Zuckerstange essen?«

Ich entschied mich dafür, an Ort und Stelle zu bleiben, um das Meer und die Möwen zu bewundern, die am Strand und auf der Promenade tobten und zankten. Ich schaute Emily hinterher und dachte, wie sehr ich doch hoffte, dass ihr Vater kein Zimmer für sie frei hätte. Ich war überzeugt, dass sie mich mochte und Tommy ernsthaft verlassen wollte. Ich hatte den Gedanken verworfen, dass sie immer noch mit McCoy und Cityside Investigations unter einer Decke steckte. Vielleicht hatte ich ja wirklich eine Chance bei ihr. Während ich auf Emilys Rückkehr wartete, beschloss ich, Grace anzurufen, um zu hören, wie es ihr ging.

»Hi, Grace, alles klar bei dir?«

»Ach, du bist es, Mr. Lover Boy ...«

»Wollte bloß mal hören, ob bei dir alles in Ordnung ist.«

»Ja, warum sollte bei mir nicht alles in Ordnung sein?«

»Nur so. Hast du letzte Nacht gut geschlafen?«

»Ja, wie ein Baby.«

Sie log, und ich hatte nicht den Mut, sie darauf anzusprechen.

»Hast du die Operation inzwischen gebucht?«

»Ist doch egal. Willst du mich nicht fragen, wie ich deine Emily finde?«

»Hatte ich nicht vor, nein, aber ich schätze, du sagst es mir trotzdem.«

»Sie ist viel zu gut für dich. Aber ihr habt süß zusammen ausgesehen, und Lassoo mochte sie, und das ist für mich entscheidend.«

»Na, besten Dank, Grace, ich schätze deine Meinung mehr als die aller anderen außer natürlich die des örtlichen Metzgers. Also, hast du die Operation nun gebucht?«

»Ja, alles erledigt. Falls ich nicht überlebe, kannst du Lassoo haben und alles, was noch im Kühlschrank ist.«

»Du schaffst das schon. Ich melde mich später wieder oder morgen früh.«

»Ach nee, morgen früh? Du meinst, wenn du heute Nacht Glück hast?«

»Ich habe jeden Tag Glück, Grace, weil ich dich habe, die auf mich aufpasst und mich piesackt.«

»Das stimmt allerdings.«

»War irgendjemand an meiner Wohnung, seit ich weg bin?«

»Vor rund einer Stunde hab ich jemanden an deine Tür klopfen hören, aber ich war auf der Toilette, deshalb war ich nicht schnell genug draußen, um nachzusehen, wer das war. Ärgert mich maßlos, wenn das passiert.«

»Ich weiß.«

Emily kam etwa eine halbe Stunde später zurück und zeigte mit den nach unten gestreckten Daumen, als sie sich näherte. Sie ließ sich neben mir auf die Bank plumpsen und erzählte mir, was passiert war.

22

Emily

Es war niemand an der Rezeption oder in einem der Gemeinschaftsräume, als ich hereinkam, also ging ich nach oben zur Familienwohnung im obersten Stock. Ich klopfte an die Tür und öffnete sie langsam und höflich, während ich weiter leise klopfte. Mein Vater saß in demselben Ohrensessel, in dem er am Tag meines Auszugs gesessen hatte, und las Zeitung. Ich war schockiert zu sehen, wie schmal er geworden war und wie blass und abgehärmt er wirkte. Seine Haut war papierdünn und seine Atmung laut und schwerfällig. Es ging ihm eindeutig nicht gut. Ich blieb einen Moment in der Tür stehen. Er blickte nicht auf.

»Hallo, Vater«, sagte ich und machte ein paar Schritte auf ihn zu.

Die Einrichtung und das Ambiente der Wohnung schienen sich nicht groß verändert zu haben. Das Einzige, was auffiel, war eine große Tischlampe in Form und Design einer Satsuma an einem Ende der Anrichte. Einen solchen Farbklecks hatte der Raum nie verkraften müssen, als ich noch hier wohnte. Mum trug knallig orange und gelbe Kleider und Röcke und leuchtete wie ein Pfau, wenn sie in diesem Zimmer saß. Vielleicht war die Lampe eine Art Symbol für ihre Abwesenheit.

Mein Vater wandte mir den Kopf zu.

»Was willst du?«, fragte er ohne einen Hauch von Vertrautheit, Zuneigung oder Überraschung.

Mit einer überwältigenden Wucht fühlte ich mich plötzlich in vergangene Zeiten voll Trauer und Angst zurückversetzt. Es war ein Warnzeichen, dass diese Begegnung nicht gut verlaufen würde. Ich überlegte kurz, ob ich einfach wieder gehen und es dabei belassen sollte. Das hier war ein großer Fehler gewesen. Ich antwortete ihm, konnte aber keine Wärme oder Emotion in meine Stimme zwingen.

»Ich stecke in der Klemme, Dad, und ich wollte fragen, ob du mir helfen kannst.«

»Du willst Geld, nehme ich an. Ich hab mich oft gefragt, wann dieser Tag kommen würde. Dass du an meine Tür klopfst, nachdem du im Leben versagt hast, so wie du als meine Tochter versagt hast.«

»Nein, ich will kein Geld, ich brauche nur vorübergehend ein Dach über dem Kopf, und ich habe als deine Tochter nicht versagt, Dad. Ich habe alles gemacht, was du von mir verlangt hast.«

»Ja, und dafür hast du mich gehasst. Du hast mich dafür gehasst, dass ich versucht habe, dich ins Erwachsenenleben zu führen, obwohl das, liebes Töchterchen, meine Pflicht als Vater war.«

»Ich habe nicht dich gehasst. Ich habe bloß gehasst, wie du Mum behandelt hast und wie wenig du mit mir zusammen sein wolltest. Alles in diesem Haus war darauf ausgerichtet, das Leben für dich erträglich zu machen, egal, was es mich und Mum gekostet hat. Du musst mir nicht helfen, wenn du nicht willst. Du weißt, ich würde dich nicht bitten, wenn ich nicht verzweifelt wäre.«

»Warum sollte ich dir helfen wollen? Dein Verhalten und dein mangelndes Verantwortungsgefühl haben dazu geführt, dass ich deine Mutter verloren habe.«

»Das stimmt nicht. Sie hat dich verlassen, weil du sie wie Dreck behandelt hast. Ist dir klar, dass sie jetzt glücklich ist? Ist dir klar, dass ihr Glück genau in dem Moment angefangen hat, als sie fortging?«

Ein schwaches schmerzliches Zittern glitt über sein Gesicht, bevor er aufstand und sagte: »Ich freue mich für sie, aber nicht so sehr, wie ich mich über dein offensichtliches Unglück freue.«

Das war der Moment, wo ich als Kind in Tränen ausgebrochen wäre und ihn um Vergebung angefleht hätte, aber nicht heute.

»Weißt du was? Ich brauche deine Hilfe nicht. Ich glaube, ich habe sie nie gebraucht. Verpiss dich doch einfach und verrotte wie diese elende Absteige.«

Vater lächelte mich an, was selten vorkam und normalerweise von einer sarkastischen Bemerkung oder einem bissigen Kommentar begleitet wurde. Diesmal jedoch nicht.

»Schon besser«, sagte er. »Vielleicht gibt es ja doch noch Hoffnung für dich.«

Ich blaffte ein letztes »Verpiss dich«, knallte die Tür hinter mir zu und ging die Treppe hinunter. Als ich das Hotel verließ, dachte ich über den Moment nach, in dem meine Mutter genau das Gleiche getan hatte. Genau wie sie wusste ich, dass ich meinen Vater nie wiedersehen würde. Es war ein gutes Gefühl.

23

»Wow.« Mehr fiel mir dazu nicht ein.

»Also werde ich wohl kaum hierbleiben«, schloss Emily.

»Wie fühlst du dich?«, fragte ich.

»Befreit, hungrig und ein kleines bisschen traurig. Hey, deine Zuckerstange sieht ja jetzt aus wie eine Pfeilspitze.«

»Ja, eine richtige Waffe, nicht? Willst du sie ausleihen und deinem Vater in die Brust rammen?«

»Nein, das würde nichts bringen – er hat kein Herz. Ich würde sie ihm in den Arsch schieben. Das würde ihm mehr weh tun.«

»Mach dir keine Gedanken, wo du unterkommen sollst. Du kannst bei mir wohnen, so lange du willst.«

»Danke. Aber ich mach mir Sorgen wegen Tommy. Der taucht bestimmt wieder auf.«

»Das musst du wirklich nicht. Schon vergessen? Ich hab drei Schlösser – *jawohl, drei Schlösser* – und eine Kette, eine richtige Kette.«

Emily lachte und gab mir wieder einen freundschaftlichen Kuss.

»Sollen wir diese Nacht hierbleiben?«, fragte sie.

»Ja, ich denke, das wäre am besten.«

Wir nahmen uns ein Zimmer in einem kleinen Hotel in

Strandnähe. Es war ein Doppelzimmer mit getrennten Betten. Weder sie noch ich unternahm irgendwelche Annäherungsversuche, aber es fühlte sich an wie unsere erste gemeinsame Nacht als Paar. Während wir vor dem Fernseher saßen und einen Eimer KFC mampften, erhielt ich eine weitere Nachricht von Petersons Lakai, der mich um ein Treffen bat. Ich ließ ihn nur allzu gerne warten.

Am nächsten Morgen fuhren wir leicht berauscht von unserer erblühenden Beziehung zurück nach London. Ich fragte Emily nicht, ob wir jetzt zusammen waren, aber es fühlte sich so an. Gegen Mittag erreichten wir meine Siedlung und näherten uns der Wohnung mit militärischer Vorsicht. Sobald wir drinnen waren, gingen wir ins Bett, um ein Nickerchen zu machen. Ungefähr eine Stunde später wurden wir von lautem Klopfen an der Tür geweckt. Wir zogen uns die Decke über den Kopf, bis wir jemanden weggehen hörten. Emily glaubte nicht, dass es Tommy war, denn der hätte geschimpft und getobt und wahrscheinlich versucht, die Tür einzutreten. Mein Handy klingelte wieder, und ich ließ die Mailbox anspringen. Es war Detective Bailey, der mir mitteilte, ich sollte aufs Polizeirevier Peckham kommen, um eine Aussage bezüglich Brendans Ermordung zu machen. Er entschuldigte sich im Voraus dafür, dass die Ermittler gezwungen wären, mich bei mir zu Hause zu vernehmen, falls ich der Aufforderung nicht Folge leistete.

Ich musste das mit jemandem besprechen, und da ich keinerlei Bedenken mehr wegen Emilys Motiven hatte, beschloss ich, ihr mein Herz auszuschütten. Ich erzählte ihr von Cowley und Wilmott und von McCoy, der bei mir gewesen war, um nach dem USB-Stick zu suchen. Sie fragte mich, wo der Stick jetzt sei, und ich sagte, dass ich ihn außerhalb der Wohnung sicher versteckt hätte und dass er von mir aus für immer »verloren« bleiben könnte. Ich erzählte ihr nicht, dass ich den Inhalt des Dokumentes gesehen hatte und dass ihr Name darin vorkam. Sie konnte nicht noch mehr Sorgen gebrauchen. Wir kamen zu dem Schluss, dass es am besten war, bei der Geschichte mit dem verlorenen USB-Stick zu bleiben.

»Du hast mit dem Mord an Brendan nichts zu tun, also hast du auch nichts zu befürchten«, beruhigte sie mich. »Ich vermute, die sind bloß daran interessiert, die Sache mit den beiden falschen Detectives weiterzuverfolgen. Wenn es hart auf hart kommt, kannst du ihnen den USB-Stick immer noch geben. Du müsstest bloß sagen, er hätte in irgendeiner Jackentasche gesteckt.«

Ich rief Bailey an, und wir vereinbarten, dass ich mich am Nachmittag um drei im Revier melden würde. Wir hatten noch eine Stunde Zeit, also gingen wir auf eine Tasse Tee zu Grace.

»Ach, du bist es«, begrüßte sie mich. Ihr Verhalten änderte sich schlagartig, als sie sah, dass Emily bei mir war. »Oh, hallo, Emily, wie schön, dich zu sehen. Mir gefällt übrigens die Farbe deiner Jacke. Steht dir wirklich gut. Ich habe einen Hosenanzug in demselben Grün. Komm mit ins Schlafzimmer, dann zeig ich ihn dir.«

Grace bugsierte Emily in ihr Schlafzimmer, und ich ging in die Küche und setzte Teewasser auf. Auf der Arbeitsplatte stand eine Dose Pfirsiche in Sirup, die Grace offensichtlich versucht hatte zu öffnen, was ihr aber nicht gelungen war. Sie hatte es geschafft, den Deckel rund drei Zentimeter weit aufzubekommen, und sich dann beim Versuch, ihn aufzuhebeln, geschnitten. Ein paar Blutstropfen waren auf der Arbeitsplatte und ein Blutfleck auf dem liegen gelassenen Dosenöffner. Eine getoastete Scheibe Brot, die inzwischen hart geworden war, ragte aus dem Toaster. Ich hatte das Gefühl, dass Grace niedergeschlagen war. Irgendetwas stimmte nicht. Ich war besorgt, was ihr einsames Herumgeistern zwei Nächte zuvor bedeutete, und ich hatte ein schlechtes Gewissen, weil ich sie am Tag vor ihrer Hüftoperation allein ließ.

Ich machte den Tee und wartete auf dem Sofa. Ich konnte Emily und Grace im Schlafzimmer plaudern und lachen hören. Grace gab sich immer tapfer und unerschrocken, oder vielleicht zog sie Emilys Gesellschaft tatsächlich meiner vor. Lassoo legte sich im Flur dicht vor der Schlafzimmertür auf den Boden, die Augen unverwandt auf mich gerichtet. Sein Blick sagte: »Ich glaube nicht, dass du hier gebraucht wirst.« Als sie zurück ins Wohnzimmer kamen, trug Emily Graces lindgrünen Hosenanzug. Sie sah umwerfend aus, und ihr Lächeln verriet mir, dass sie selbst das auch fand.

»Du musst ihn behalten«, sagte Grace. »Ich kann nichts mehr damit anfangen, und wahrscheinlich ist er mir vier Nummern zu klein. Ich würde mich freuen, wenn du ihn nimmst.«

Emily weigerte sich mit angemessen großem Getue, aber Grace bestand darauf, und schließlich nahm sie das Geschenk an.

Etwa eine Stunde später ließ ich die beiden plaudernd zurück und machte mich auf den Weg zum Polizeirevier. Nachdem ich zehn bis fünfzehn Minuten gewartet hatte, begrüßte mich Detective Bailey und führte mich in einen Vernehmungsraum. Er ließ den üblichen Sermon vom Stapel, dass ich nicht verhaftet sei und ich jederzeit gehen könne, wenn ich wollte.

Dann erklärte er, dass er die Vernehmung nicht selbst durchführen würde und die Beamten der Einheit, die den Mord an Brendan untersuchte, in Kürze mit mir sprechen würden. Während ich wartete, dachte ich darüber nach, dass ich, wäre ich einer meiner Mandanten, mir selbst raten würde, jede Frage mit »kein Kommentar« zu beantworten. Vielleicht sollte ich meinen eigenen Rat beherzigen und das Gleiche machen.

Die Tür ging auf, und da waren sie in ihrer ganzen tristen Herrlichkeit, die Detectives Wilmott und Cowley. Letzterer hatte ein Handy am Ohr, als er eintrat.

»Das ist wirklich sehr interessant und perfektes Timing, wenn ich das sagen darf. Ich melde mich bei Ihnen, sobald ich hier fertig bin«, beendete er das Telefonat.

Wie zuvor war es Cowley, der den größten Teil des Gesprächs bestritt. Wilmott schien mehr an seinem Burger und seinem Milchshake interessiert zu sein als an mir.

»Hallo wieder mal, Gary. Ich bin Detective Peterson vom Dezernat für Kapitalverbrechen beim Polizeirevier Lewisham, und mein Kollege hier ist Detective Rowlett. Verzeihen Sie unsere Verspätung, aber wir sind mit den Räumlichkeiten dieses Reviers nicht vertraut und sind ein- oder zweimal falsch abgebogen.«

»Ich dachte, Sie heißen Wilmott und Cowley?«

»Ja, so nennen wir uns hin und wieder auch, aber das braucht Sie nicht zu kümmern, Gary«, sagte Peterson (alias Cowley). »Das ist bloß eine operative Besonderheit, die von Zeit zu Zeit zum Einsatz kommt. Sie hilft uns manchmal, die bösen Buben zu schnappen, und Sie wollen doch auch, dass wir das tun, oder etwa nicht, Gary?«

»Das heißt, wenn es Ihnen passt, benutzen Sie falsche

Namen und Ausweise? Finde ich ziemlich fragwürdig, aber ja, ich will, dass Sie die bösen Buben schnappen. Also, was kann ich für Sie tun?«

Peterson fuhr fort:

»Gary, Sie müssen wissen, dass diese Ermittlung sehr kompliziert und sehr heikel ist. Wir brauchen Ihre Kooperation. Sind Sie bereit zu kooperieren, Gary?«

»Ja, natürlich, ich habe nichts zu verbergen.«

Rowlett (alias Wilmott) lachte laut auf und spuckte dabei in kleines Stück Burgerbrötchen auf die Tischplatte. Er streckte die Hand aus, nahm das Bröckchen zwischen Daumen und Zeigefinger und steckte es sich wieder in den Mund.

»Wollen Sie mich nicht über meine Rechte aufklären?«, fragte ich.

»Das ist noch nicht nötig, Gary, wir unterhalten uns nur zwanglos. Wir wissen Ihre Kooperation wirklich zu schätzen, also lassen Sie uns doch schön entspannt bleiben«, entgegnete Peterson.

»Na gut, schießen Sie los«, sagte ich scheinbar völlig unbekümmert.

»Sind Sie gut darin, Dinge zu verstecken, Gary? Sind Sie wie ein kleines Eichhörnchen, das seine Nüsse versteckt und sie wieder hervorholt, wenn die Zeit reif ist? Sind Sie so, Gary?«, fragte Peterson.

»Ich weiß nicht, was Sie meinen.«

»Wo ist der USB-Stick, Gary?«

Schlagartig brach mir der Schweiß aus, benässte meine Haut an Stellen, die er noch nie benässt hatte.

»Kein Kommentar«, erwiderte ich.

»Wir wissen, dass Sie im Besitz des USB-Sticks sind und dass Sie ihn versteckt haben, um ihn sicher aufzubewahren, aber glauben Sie mir, Gary, Sie und Ihre Lieben sind nicht sicher, bis wir den USB-Stick haben. Also, wo ist er?«

»Kein Kommentar.«

Rowlett schaltete sich ein, den Mund voll mit zerkautem Fleisch und feuchtem Brötchen.

»Hören Sie auf mit dem ›kein Kommentar‹. Beweise vor uns zu verstecken ist ein schweres Delikt, Freundchen. Sagen Sie uns einfach, wo der Stick ist, und die ganze Sache ist vom Tisch.«

»Kein Kommentar.«

»Haben Sie den Speicherstick geöffnet und den Inhalt gelesen, Gary?«, fragte Peterson.

»Nein.«

»Heißt das, ›nein, ich habe ihn nicht geöffnet‹ oder ist das eine Variante von ›kein Kommentar‹, Gary?«

»Kein Kommentar.«

»Hören Sie, Gary«, fuhr Peterson fort. »Wir wissen mit absoluter Sicherheit, dass Sie den USB-Stick irgendwo außerhalb Ihrer Wohnung versteckt haben. Sollen wir die ganze Siedlung von Officern und Hunden durchkämmen lassen? Wollen Sie das, Gary?«

»Kein Kommentar.«

Sie fragten mich weitere zehn Minuten nach dem USB-Stick, und ich antwortete weiterhin mit »kein Kommentar«. Irgendwann nahm Rowlett zwei Fotos aus einer Akte und legte sie auf den Tisch. Das eine zeigte Brendan mit getrocknetem Blut überall an Hals und Brust, und das andere zeigte ein Messer in einem Plastikzylinder. Das Messer kam mir irgendwie bekannt vor, aber ich wusste nicht, wo ich es schon mal gesehen hatte. Zu den Fotos sagten sie nichts, und sie stellten mir auch keine Fragen dazu.

Schließlich fanden sie sich offenbar damit ab, dass ich nicht kooperieren wollte. Ich fragte, ob ich gehen könne.

»Das ist Ihr gutes Recht, Gary«, sagte Peterson. »Aber nächstes Mal haben Sie es vielleicht nicht nur mit uns zu tun. Es könnte sehr viel schlimmer werden. Ich habe den Verdacht, dass Ihnen nicht recht klar ist, mit wem Sie es zu tun haben, was insofern beruhigend ist, als es bedeutet, dass Sie den Speicherstick wahrscheinlich noch nicht geöffnet haben. Wir werden Sie bald wiedersehen, Gary, und ich rate Ihnen, bis dahin noch einmal in sich zu gehen.«

Ich verließ das Polizeirevier aufgewühlt und verängstigt. Peterson und Rowlett waren nicht daran interessiert, Brendans Mörder zu finden. Wahrscheinlich wussten sie sogar längst, wer der Täter war. Ich war kein Verdächtiger; ihr einziges Interesse an mir galt dem USB-Stick.

Ich ging in Waynes Coffeeshop, wohl hauptsächlich, um ein freundliches Gesicht zu sehen. Er blickte hinter seiner Theke zu mir auf und erkannte auf Anhieb, dass es mir nicht gut ging.

»Was ist los, Kumpel? Wer hat dir denn die Laune verhagelt?«, fragte er.

»Zwei Kaffee bitte und ein paar Scheiben Battenberg«, antwortete ich, da ich keine Lust auf unser übliches Geplänkel hatte.

»Menschenskind, hast du eine Scheißlaune. Du klingst total überheblich.«

»Danke, Wayne. Hey, hat dein Dad schon was von der Polizei gehört?«

»Frag ihn doch selber. Er sitzt da drüben in der Ecke am Fenster.«

Ich drehte mich um und sah einen Mann Mitte sechzig mit

schütterem Haar, der einen abgetragenen grauen Wollanzug mit Hemd und Krawatte trug. Er hatte ein hageres Gesicht und große Tränensäcke unter den Augen. Er leckte sich immer wieder über die Lippen, um sie zu befeuchten. Der Anzug hing an ihm herunter, und sein Blick war nach oben zur Decke gerichtet. Es sah aus, als wäre sein Akku kaputt. Ich ging zu ihm und stellte mich vor.

»Hi, sind Sie Waynes Dad? Ich wollte bloß Hallo sagen. Ich bin Gary, Waynes Rechtsverdreher. Darf ich mich setzen?«

Er nickte stumm, um mir zu verstehen zu geben, dass er keine Einwände hatte.

»Von mir aus, und übrigens, ich hoffe, Sie sind ein Rechtsvertreter, kein Rechtsverdreher«, sagte er, als ich Platz nahm.

»Ja, natürlich, war bloß ein bisschen Selbstironie.« Er sah mich an, als wollte ich ihm einen Gnadenhof für Esel schmackhaft machen.

»Was kann ich für Sie tun, Gary?«

»Also, Ihr Sohn scheint Ihren Ex-Kollegen vom Dezernat für Kapitalverbrechen beim Polizeirevier Lewisham in die Quere gekommen zu sein. Mein Problem ist, dass ich sie jetzt auch am Hals habe, und kurz gesagt, ich habe Angst.«

»Von welchen Ex-Kollegen reden wir?«

»Peterson und Rowlett.«

»Das könnte hinkommen. Haben sie Ihnen Beweise untergeschoben? Wollen sie Sie bestechen? Wollen sie Sie dazu bringen, einen Meineid zu leisten?«

»Nein, ich habe ein Dokument, das sie unbedingt haben wollen. Es lässt mehr oder weniger alles auffliegen, was sie bisher getrieben haben.«

»Und ich nehme an, Sie überlegen, es einem Journalisten zu geben oder der Polizei oder sogar Ihrem Abgeordneten?«

»Ja, an all das habe ich schon gedacht.«

»Haben Sie Familie hier in London?«

»Nein.«

»Enge Freunde?«

»Nein.«

»Dann rate ich Ihnen, geben Sie ihnen einfach, was sie haben wollen, und verlassen Sie die Stadt. Wenn Sie das nicht tun, wird sich Ihr Leben für immer verändern. Vor Jahren habe ich den Fehler gemacht, sie zu provozieren, und ich habe es seitdem jeden einzelnen Tag bereut. Ich verlasse kaum noch das Haus. Ich könnte genauso gut im Gefängnis sitzen. Wenn meine Medikamente nicht wären, wäre ich nicht mal mehr da. Machen Sie Ihr Leben nicht kaputt, Gary.«

»Nun ja, das ist sicherlich die einfachste Option, aber es passt mir nicht, sie davonkommen zu lassen, sie mit der Korruption und den Schikanen weitermachen zu lassen.«

»Sie müssen an sich selbst denken und an niemanden sonst. Die bringen Sie um, wenn's sein muss. Kennen Sie einen Mann namens Brendan Jones?«

»Ja, er wurde letzte Woche ermordet aufgefunden.«

»Tja, er hat belastendes Material über Petersons Aktivitäten gesammelt, und da sehen Sie, was mit ihm passiert ist.«

»Wissen Sie, warum er auspacken wollte? Ich meine, er hat für John McCoy gearbeitet, und soweit ich weiß, steckte er selbst mittendrin.«

»Ich habe verschiedene Erklärungen gehört. Mir wurde gesagt, er wollte Partner in McCoys Firma werden, aber McCoy hat abgelehnt. Ich habe auch gehört, dass McCoys Handlanger Tommy Briggs was mit Brendans Ex angefangen hat und er ihm einen Tritt in die Eier verpassen wollte. Vielleicht hatte er einfach nur ein Gewissen, ein bisschen wie Sie. Wie auch immer, es ist nicht so gelaufen, wie Brendan gedacht hat. Machen Sie nicht denselben Fehler. Ich möchte nicht, dass Wayne ohne seinen Rechtsvertreter dasteht.«

»Verdreher.«

»Von mir aus.«

»Hat die Polizei sich wegen der Drogenanklage bei Ihnen gemeldet? Der erste Gerichtstermin rückt näher.«

»Noch nicht. Die lassen mich gern schmoren. Vielleicht ziehen sie es diesmal durch. Ehrlich gesagt, es ist mir egal. Hauptsache, Wayne bleibt verschont. Falls sie es durchziehen, bekenne ich mich schuldig, sofern sie die Anklage gegen Wayne fallen lassen. Und das werden sie, ganz einfach. Ich sitze meine Strafe ab, wahrscheinlich fünf Jahre, und wie gesagt, ich könnte ohnehin schon genauso gut im Gefängnis sein, also was soll's?« Er leckte sich ausgiebig die Lippen und stand auf, um zu gehen. »So, ich bin fertig. Dann kehre ich mal wieder in meine Zelle zurück.«

»War nett, Sie kennenzulernen. Schönen Tag noch«, sagte ich mit einer großen Portion Aufrichtigkeit.

»Von mir aus.«

Ich wollte nicht, dass mein Leben so wird wie das von Waynes Dad. Ich empfand eine gewisse Leichtigkeit bei dem Gedanken, den USB-Stick an Peterson oder McCoy auszuhändigen.

24

Als ich in meine Wohnung zurückkam, war eine Nachricht durch meinen Briefschlitz geworfen worden.

»Wir müssen reden. Ich bin in meinem Büro.«

Sie war von John McCoy. Ich rief nach Emily, erhielt aber keine Antwort. Ich vermutete, dass sie noch immer bei Grace war. Ich aß mein Stück Battenberg und nahm das andere Stück mit nach nebenan in der Gewissheit, dass es nicht in Emilys Mund, sondern in dem von Grace und Lassoo landen würde. Als Grace die Tür öffnete, hatte sie offensichtlich ein Nickerchen gemacht und war noch dabei, ihre Schlaftrunkenheit abzuschütteln. »Hi, Grace, tut mir leid, wenn ich dich geweckt habe.«

»Ich hab nicht geschlafen. Wieso denkst du immer, ich hätte geschlafen?«

»Ist Emily da?«

»Nein, sie ist gleich nach dir gegangen. Hat sie sich aus dem Staub gemacht oder so?«

»Nicht, dass ich wüsste. Hast du mitbekommen, ob irgendjemand zu mir wollte, während ich weg war?«

»Woher soll ich das wissen? Ich hab fest geschlafen. Komm rein und mach mir eine Tasse Tee.«

Ich tat wie geheißen. Die Milch hatte einen Stich und bildete einen Fettfilm auf dem Tee. Grace schien es nicht zu merken.

»Wie geht's dir, Grace?«, fragte ich.

»Den Umständen entsprechend. Warum fragst du?«, sagte sie.

Ich beschloss, den Stier bei den Hörnern zu packen und Grace zu gestehen, dass ich neulich Nacht ihre seltsame kleine Mahnwache auf der Spielwiese mitbekommen hatte. Ich wusste, dass es ihr nicht gutging, und ich empfand es als meine Pflicht, ihr freundschaftliche Unterstützung anzubieten, falls die gebraucht wurde.

»Es ist bloß, dass ich neulich Nacht nicht schlafen konnte, und als ich an die frische Luft gegangen bin, hab ich dich auf der Spielwiese gesehen, und es kam mir so vor, als würdest du weinen.«

»Das geht dich gar nichts an, und ich wäre dir dankbar, wenn du mir in Zukunft nicht mehr nachspionieren würdest.«

»Ich hab dir nicht nachspioniert, Grace. Komm schon, sag mir, was mit dir los ist.«

Grace sah mir direkt in die Augen, erhob sich dann langsam von ihrem Stuhl und holte etwas aus einem der Kartons in ihren Regalen. Sie warf ein Foto vor mir auf den Tisch, bevor sie sich wieder hinsetzte. Es zeigte eine Frau mit schulterlangem dunkelbraunem Haar auf dem Laubengang vor Graces Wohnungstür. Sie trug den grünen Hosenanzug, den Grace Emily am Morgen geschenkt hatte. Neben ihr stand ein kleines Mädchen von etwa fünf Jahren, das an einem Eis im Hörnchen leckte. Die beiden sahen glücklich aus.

»Das ist ein schönes Foto? Wer ist das?«, fragte ich.

»Meine Tochter Mary und meine Enkelin Lizzie.«

»Scheiße, Grace, du hast nie erwähnt, dass du Kinder hast.«

»Kind, nicht Kinder, und nein, ich habe es nie erwähnt.«

»Warum denn nicht?«

»Weil es mir das Herz bricht, wenn ich an meine Tochter denke.«

»Ich versteh nicht. Ist sie gestorben oder so?«

»Nein. Sie hasst mich, und ich habe die beiden seit drei Jahren nicht mehr gesehen.«

Ich merkte ihr an, dass sie den Tränen nahe war. Sie stand langsam wieder auf, wandte das Gesicht von mir ab und starrte aus dem Fenster und über die Bäume hinweg zur Hauptstraße.

»Mary hat nur ein paar Meilen von hier entfernt gewohnt, in East Dulwich. Etwa einmal im Monat oder immer wenn sie anderweitig beschäftigt war, brachte sie Lizzie übers Wochenende zu mir – von Freitagabend bis Sonntagmittag. Ich machte am Samstag immer einen Ausflug mit ihr, manchmal in den Zoo oder um uns die Cutty Sark im Hafen von Greenwich anzusehen, und jeden Sonntag gingen wir morgens zum East Street Market, um für sie ein kleines Geschenk zu kaufen, weil sie ein braves Mädchen war, und um ein Eis zu essen oder eine Limo zu trinken. Die übrige Zeit verbrachten wir in der Wohnung, guckten Fernsehen oder spielten am Computer. Sie hatte ein echtes Talent für Computer, genau wie ihre Großmutter. Sie war ganz vernarrt in Lassoo und wollte, dass wir vier- oder fünfmal täglich mit ihm spazieren gingen. Sie schlief immer bei mir im Bett, obwohl ihre Mutter mir ein kleines Klappbett ins Wohnzimmer gestellt hatte. Ihre Lieblingsgutenachtgeschichte hieß Billys Bus. Sie handelte von einem fetten schwarz-weißen Kater, der mit seinem Bus durch die Stadt fuhr, damit die Katzen sich gegenseitig besuchen konnten. Ich hatte eine kleine Handglocke auf meinem Nachttisch, und

Lizzie läutete sie jedes Mal, wenn der Bus anhielt, um einen Fahrgast einsteigen zu lassen.

Ich bemerkte, dass Grace schwer schluckte und sich eine Träne abwischte. Ich beschloss, sie nicht zu unterbrechen.

»Es war an einem Samstagabend vor drei Jahren. Lizzie wollte Spaghettikringel auf Toast zum Abendessen. Ich hatte keine mehr im Schrank und beschloss, rasch welche in dem kleinen Supermarkt auf der Havill Street zu besorgen. Lizzie trug bereits ihren Pyjama und pinken Bademantel und war etwas quengelig vor Müdigkeit. Da der Supermarkt nur fünf Minuten entfernt liegt und Lizzie ziemlich verantwortungsvoll für eine Siebenjährige war, hatte ich keine Bedenken, sie allein in der Wohnung zu lassen. Ich sagte ihr, ich wäre im Nu wieder da und sie sollte solange mit Lassoo auf dem Sofa bleiben und ihm den Bauch kraulen.

Als ich zurück zur Wohnung kam, stand die Tür weit auf, und Lizzie und Lassoo waren verschwunden. Ich schaute vom Laubengang zur Spielwiese und sah Lassoo ohne seine Leine herumlaufen. Ich rannte durchs Treppenhaus nach unten, schrie Lizzies Namen, und als ich aus dem Haus kam, war Lassoo schon da und begrüßte mich. Er hatte Blut an der Nase. Am anderen Ende der Spielwiese sah ich drei oder vier Jugendliche, die mit ihren Fahrrädern auffällig schnell davonfuhren. Ich lief zur Spielwiese und sah Lizzie wie ein Häufchen Elend mit dem Gesicht nach unten im Schlamm unter der Wippe liegen. Als ich bei ihr war, drehte ich sie auf den Rücken und sah, dass ihr kleiner Kiefer zertrümmert war und Blut aus Nase und Mund strömte.«

Grace schluchzte jetzt. Ich wusste nicht, was ich sagen sollte. Ich stand auf und legte meine Hand auf ihre Schulter.

»Ich blieb in der Nacht bei ihr im Krankenhaus. Ihr Kiefer

musste mit Draht wieder zusammengesetzt werden, und sie wurde auch an der Zunge operiert. Als ihre Mutter eintraf und erfuhr, was passiert war, warf sie mich aus dem Krankenhaus und sagte, ich würde sie und meine Enkelin nie wiedersehen. Ich vermisse die beiden so sehr, jeden Tag.«

»Das tut mir furchtbar leid, Grace«, sagte ich. »Wieso hast du mir das nie erzählt?«

»Ach, na ja, ich hab gute Tage und schlechte Tage, aber ich hab immer gedacht, wenn ich darüber spreche, fang ich wieder bei null an.«

»Du schienst heute Morgen so gut gelaunt, als du und Emily Klamotten anprobiert habt.«

»Ich kann gut so tun, als ob. Das mache ich jeden Tag.«

»Verdammt, deine Tochter sieht wirklich aus wie Emily, besonders in dem Hosenanzug.«

»Ich weiß, ich glaube, das hat das alles wieder in mir hochgeholt.«

»Hast du noch irgendwie Kontakt zu deiner Tochter?«

»Ich hab es ein Jahr lang immer wieder versucht, hab sie um Vergebung gebeten und nach Lizzie gefragt, aber sie hat nie geantwortet. Ich bin regelmäßig mit dem Bus nach East Dulwich gefahren, um vielleicht einen Blick auf Lizzie erhaschen zu können, aber einmal bin ich Mary in die Arme gelaufen, und sie hat mir mit der Polizei und Anwälten und allem Möglichen gedroht. Danach bin ich nicht mehr hingefahren. Inzwischen soll sie nach Kent gezogen sein, wie ich gehört hab. Ich kann nur hoffen, dass sie mir eines Tages verzeihen wird oder dass Lizzie sich bei mir meldet, wenn sie älter ist. Aber mir läuft die Zeit davon.«

Ich blieb eine gute halbe Stunde bei Grace, bis es schien, dass ihre Stimmung sich gebessert hatte. Als ich es für ange-

bracht hielt, erwähnte ich, dass sie als Großmutter das Besuchs-
recht für Lizzie einklagen könnte, wenn sie wollte. Sie wirkte
überrascht, ging aber nicht weiter darauf ein. Als ich ihre Wohnung verließ, umarmte sie mich.

»Vielleicht ist es gar nicht so schlecht, darüber zu reden. Ich
fühle mich jedenfalls viel besser, jetzt, wo ich dir alles erzählt
und ein paar Tränen verdrückt hab. Danke«, sagte sie.

»Gern geschehen«, erwiderte ich.

25

Zurück in meiner Wohnung ging ich ins Schlafzimmer und stellte fest, dass Emilys Rucksack und ihre Kuriertasche weg waren. Dazu fielen mir nur zwei mögliche Erklärungen ein. Entweder sie hatte sich tatsächlich aus dem Staub gemacht, oder sie war mit McCoy mitgegangen. Falls Letzteres zutraf, arbeitete sie entweder noch für ihn, oder er hatte sie gezwungen. Ich beschloss, die Büros von Cityside Investigations aufzusuchen und den USB-Stick mitzunehmen.

Ich machte mich auf den Weg zur Spielwiese und setzte mich auf den Sockel der demontierten Wippe. Während ich in der verschlammten Spalte herumstocherte, um den USB-Stick rauszuholen, stellte ich mir unwillkürlich vor, wie Grace sich an dem schrecklichen Tag gefühlt haben musste. Mir kam der Gedanke, dass der Unfall vielleicht der Grund dafür war, dass Grace von den Leuten in der Siedlung offenbar gemieden wurde. Noch wahrscheinlicher war jedoch, dass sie aufgrund ihrer Schuld- und Schamgefühle andere Menschen mied. Nur zu mir hatte sie Kontakt aufgenommen, und das gab mir das Gefühl, jemand Besonderes und ein Glückspilz zu sein.

Wie aus heiterem Himmel tauchte mein Eichhörnchenfreund neben mir auf. Sein Schwanz sah schlaff und fettig aus, und seinen Augen fehlte der übliche Glanz.

»Was ist los mit dir? Du siehst ziemlich abgerissen aus. Hast du dich geprügelt?«

»Das habe ich in der Tat. Ein Kerl hat meine Freundin belästigt, also hab ich ihn mir vorgeknöpft, damit er über sein Verhalten nachdenkt und sie in Zukunft in Ruhe lässt.«

»Aha, dann ist sie jetzt also deine Freundin, ja? Weiß sie, dass du sie in der Öffentlichkeit so nennst, oder hoffst du einfach, dass es der Fall ist?«

»Sagen wir mal so: Sie und ich haben beschlossen, gemeinsam Kinder zu haben, und wenn du das in Erwägung ziehst, würdest du doch wohl sagen müssen, dass es ziemlich ernst ist, oder?«

»Nun gut. Bist du irgendwo verletzt? Du siehst ein wenig ramponiert aus.«

»Der Kopf tut mir ein bisschen weh, aber ich hab auf einem Stück Weidenrinde gekaut. Das wirkt wie Aspirin – bestimmt geht es mir gleich wieder besser, sobald die Wirkung einsetzt. Also, warum gräbst du den USB-Stick aus? Was ist dein Plan?«

»Ich werde ihn den Leuten aushändigen, die ihn haben wollen, und dann bin ich raus aus der Sache.«

»Und wie passt die Frau in diese Rechnung? Ich weiß nämlich, dass du dir darüber Gedanken gemacht haben wirst.«

»Da hast du recht, und einer der Gründe, warum ich den Stick nicht der Polizei übergeben wollte, war der, dass der Inhalt Emily belastet hat. Das habe ich geregelt. Wenn ich den Stick McCoy gebe, dann ist sie in Sicherheit, schätze ich. Ich dachte bis heute, Peterson und McCoy hätten mir abgekauft, dass ich den Stick verloren habe, aber das haben sie nicht, und sie wissen, dass ich ihn versteckt habe.«

»Woher wissen sie das?«

»Vielleicht haben sie mich beobachtet.«

»Wenn dem so wäre, hätten sie den Stick selbst ausgegraben. Hast du es sonst jemandem erzählt? Zum Beispiel dieser Verrückten, mit der du oft herumhängst. Die ist schon seltsam.«

»Nein, ich hab's nur Emily erzählt, aber sie ist auf meiner Seite. Sie würde mich nicht in die Scheiße reiten.«

»Wirklich nicht? Komisch, dass sie die Wohnung verlässt, ohne eine Erklärung oder ein Abschiedswort. Du solltest mal darüber nachdenken, ob du hier verarscht wirst, Kumpel. Vielleicht ist sie nur so lange geblieben, bis sie ihren Auftrag erfüllt hatte.«

Ich dachte an das Telefonat, das Peterson geführt hatte, als er den Vernehmungsraum betrat. Das Bild, wie Emily McCoy anrief und McCoy dann Peterson alarmierte, schien zu dem Moment zu passen. Mist, ich hatte mich verarschen lassen, und was noch schlimmer war, ausgerechnet von Emily, der Frau meiner Träume.

»Du musst ihnen den Stick geben. Nur so kannst du rausfinden, was Emilys wahre Absichten sind. Vielleicht bleibt sie, vielleicht siehst du sie nie wieder. Am besten du findest es raus, so oder so, und befreist dich von deinen Sorgen.«

»Soll ich den Stick jetzt mitnehmen?«

»Ihn mit in die Höhle des Löwen nehmen? Besser nicht, Kumpel. Du musst ihn zu deinen eigenen Bedingungen übergeben, in aller Öffentlichkeit und nachdem du einige Zusicherungen deine Zukunft betreffend erhalten hast.«

»Ja, du hast recht«, sagte ich und drückte den USB-Stick wieder in sein schlammiges Versteck.

»Jedenfalls, war schön, mit dir zu reden. Ich muss zurück zu meiner Frau.«

»Ach, jetzt ist sie schon deine ›Frau‹?«

»Sag ihr nicht, dass ich das gesagt hab.«

Und weg war er.

Ich stieg in mein Auto und fuhr in Richtung Camberwell Green, und genau dahin war ich am Anfang meiner Geschichte unterwegs, als ich an einem Zebrastreifen warten musste, bis irgend so ein Typ seine auf der Straße verstreuten Zwiebeln aufgesammelt hatte. Keine Emily und keine nennenswerten Freunde, abgesehen von Grace. Das Leben fühlte sich tatsächlich beschissen an. Ich war sowohl verängstigt als auch erschöpft von der ganzen Sache. Hoffentlich würde mein Treffen mit McCoy der Anfang vom Ende sein.

Ich parke in der Ladebucht ein paar Schritte von Cityside Investigations entfernt. Ich nenne Sophie meinen Namen über die Gegensprechanlage und werde prompt hereingelassen. Oben an der Treppe begrüßt mich McCoy, und ich folge ihm in sein Büro. Emily ist nirgends zu sehen. DI Peterson sitzt bereits am Ende von McCoys Schreibtisch und inspiziert McCoys Pistole.

»Hallo wieder mal, Gary, ich bin froh, dass Sie gekommen sind. Wir müssen die Dinge etwas schneller vorantreiben. Ich bin sicher, Sie sind das alles genauso leid wie wir, und hoffentlich dämmert Ihnen, dass Sie mehr zu verlieren haben als wir. Nehmen Sie Platz«, sagt Peterson, der den Moment sichtlich genießt.

Ich setze mich und stelle fest, dass ich nicht in Schweiß gebadet bin. Ich fühle mich seltsam betäubt. Ich glaube, der Grund dafür ist der Gedanke an Emilys Verrat. Es ist mir scheißegal.

»Gary«, sagt McCoy, als er Platz nimmt und seine wässrigen Augen starr auf mich richtet. »Können wir aufhören, uns gegenseitig zu verarschen? Wo ist der Stick? Sagen Sie's mir jetzt, sonst könnte es drastisch werden.«

»Wo ist Emily?«, frage ich mit einer Stimme, die schon völlig emotionslos ist, noch ehe die Worte meinen Mund verlassen.

»Sie ist bei Tommy, oder zumindest war sie das nach dem, was ich zuletzt gehört habe. Aber das ist für mich nicht von Bedeutung. Sagen Sie mir einfach, wo der Stick ist.«

»Hat Emily Ihnen erzählt, dass ich den USB-Stick versteckt habe?«

McCoy blickt zu Peterson hinüber, und Peterson antwortet: »Kein Kommentar.«

»Arbeitet sie noch für Sie?«, frage ich.

»Kein Kommentar«, sagt McCoy. »Außer vielleicht, dass sie sehr nützlich für unsere Sache war, also sollten Sie vielleicht mehr daran denken, den Stick rauszurücken, und weniger an dieses kleine Flittchen.«

Ich bin am Boden zerstört, und das muss mir anzusehen sein. McCoys Miene wechselt zu Mitleid und dann zu Schadenfreude. Ein winziger Teil in mir hat wohl immer noch geglaubt, dass Emily aufrichtig war. Ich hatte gedacht, ich könnte sie dazu bringen, mich zu mögen, aber sie hat das bessere Spiel gespielt.

»Ich bin gern bereit, den Stick rauszurücken, aber dafür möchte ich eine Gegenleistung«, platze ich heraus, als wollte ich andeuten, immer noch ein bisschen Verhandlungsspielraum zu haben.

»Und was könnte das sein?«, fragt McCoy mit einer gewissen Ungeduld und Verachtung.

»Wayne Moores Dad. Ich will, dass die Anklage gegen ihn fallen gelassen wird, und ich überlege noch, was für eine Forderung ich stellen könnte, damit Sie ihn nie wieder belästigen, aber da ich weiß, wie Sie vorgehen, tu ich mich schwer damit, ehrlich gesagt.«

»Ein einziger Anruf von mir im kriminaltechnischen Labor und die Anklage gegen ihn wird fallen gelassen«, erklärt Peterson. »Mein Mann da wird einen Laborbericht vorlegen, der bestätigt, dass es sich bei der Substanz, die in seinem Wagen gefunden wurde, weder um Kokain noch um irgendeine andere illegale Droge handelt.«

»Tja, ich möchte, dass Sie das jetzt sofort erledigen, bitte.«

McCoy nickt Peterson zu, der sogleich das Büro verlässt, hoffentlich, um das mit dem Bericht zu regeln.

»Ich habe noch ein Hühnchen mit Ihnen zu rupfen, Gary«, sagte McCoy. »Ich hab einen neuen Klienten namens Mr. Holdsworth. Kennen Sie ihn?«

»Nein, ich glaube nicht. Sollte ich?«

»Und wenn ich Ihnen sagen würde, dass sein Nachbar Albaner ist, der sich, wie Holdsworth behauptet, gern nachts auf Holdsworths Dachboden herumtreibt?«

»Nein, da klingelt es immer noch nicht bei mir.«

»Hören Sie doch auf, Gary. Sie haben ihn in einem, wie ich sagen würde, Akt kleinlicher Rache zu uns geschickt, nur um meiner Firma einen reinzuwürgen. Ist Ihnen klar, dass er jeden Morgen schon hier ist, wenn wir zur Arbeit kommen, und dass er sich schon bei dem verfickten Abgeordneten über uns beschwert hat? Obendrein hat er uns die Polizei auf den Hals gehetzt und behauptet, Tommy hätte ihn angegriffen, als er zwangsweise aus dem Gebäude entfernt wurde. Zum Glück sollte DI Peterson in der Lage sein, die Sache für uns endgültig aus der Welt zu schaffen, aber falls Sie den Eindruck haben, dass ich Ihnen nicht die fairste Behandlung angedeihen lasse,

Gary, dann können Sie das zum Teil darauf zurückführen, dass Sie uns diese Plage geschickt haben: Mr. Henry Nervensäge Holdsworth.«

Es freut mich zwar, McCoy einige Unannehmlichkeiten bereitet zu haben, aber meine Freude wird durch das Wissen getrübt, dass McCoy und Peterson mein Schicksal voll und ganz in der Hand haben. Ich blicke auf die Vitrine hinter McCoys Kopf und sehe eine seltsame Sammlung scheinbar zusammenhangloser Gegenstände. Da sind Biergläser, Aschenbecher, ein paar geöffnete Zigarettenschachteln, ein Spazierstockgriff, drei Kaffeebecher aus Pappe und zwei Teetassen, ein Türgriff, etliche Besteckteile, eine Klebepistole, ein Parkknöllchen und allerhand ähnlicher Kram.

»Was ist das für ein Zeug da in der Vitrine? Sammeln Sie Plunder oder so?«, erkundige ich mich.

»Das ist kein Plunder, mein Junge. Das sind Erinnerungsstücke von einigen der interessanteren Fälle, an denen wir gearbeitet haben – sozusagen kleine Goldstücke, die meine Leute gesammelt haben, um Fingerabdrücke und DNA-Proben zu nehmen. Wir sammeln eine Menge Beweise für unseren Freund DI Peterson, und es ist sehr viel einfacher für uns, sie illegal zu beschaffen, als es für die Polizei auf dem Dienstweg wäre. Die Sachen dienen aber in erster Linie nur zur Identifizierung.«

»Benutzt Peterson das Zeug, um Leuten etwas anzuhängen und Zeugen zu bestechen, so was in der Art?«

»Kein Kommentar.«

Ich muss an meine erste Begegnung mit Emily im Grove Tavern denken, als ich die observierte Person war. Sie hatte ziemlich viel Wert darauf gelegt, meinen Teller und mein Besteck zurück an die Theke zu bringen. Ich erinnere mich auch an etwas, das ich in Brendans Dokument gelesen habe, nämlich dass Tommy ein Weinglas von dem Kerl mitgenommen hatte, der in die Ehebruchfalle gelockt worden war. Der Groschen fällt, und ich spüre ein wenig neuen Elan.

»Ich will mein Messer wiederhaben.«

»Was für ein Messer meinen Sie, Gary?«

»Das Messer, das Rowlett mir auf dem Polizeirevier gezeigt hat. Das Messer, das Emily mir im Grove Tavern gestohlen hat. Es ist ein Steakmesser. Ach du Scheiße, versuchen Sie, mir den Mord an Brendan in die Schuhe zu schieben? Wenn Sie das Messer nicht rausrücken, dann können Sie mich mal, dann gebe ich den Stick an die Presse, an Scotland Yard – was weiß ich, überallhin.«

»Beruhigen Sie sich, Gary, bleiben Sie einfach sitzen. Ich geh mal nachsehen, wie DI Peterson vorankommt.«

McCoy steht auf, verlässt den Raum und schließt die Tür hinter sich ab. Ich stehe von meinem Stuhl auf, gehe zum Schrank und suche nach dem Messer. Ich schaue sogar aus dem Fenster, um zu sehen, ob ich gefahrlos rausspringen könnte. Ich höre, wie die Tür aufgeschlossen wird, und herein kommen McCoy und Peterson. Ich nehme die Pistole vom Schreibtisch und ziele damit auf sie.«

»Her mit dem Messer!«, fordere ich.

»Wollen Sie uns erschießen, Gary?«, sagt McCoy.

»Nein, das will ich verdammt nochmal nicht, aber ich hab Schiss, und ich weiß nicht mehr weiter, also geben Sie mir endlich das Scheißmesser!«

»Nehmen Sie die Waffe runter, Gary«, sagt DI Peterson, der sich anhört wie ein echter und besorgter Polizist. »Ich bin sicher, wir finden eine Lösung, was das Messer angeht.«

Es ist ein schwacher Lichtblick, und ich senke die Pistole.

»Was für eine Lösung? Sagen Sie mir, was ich machen soll. Na los! Ich bin nur ein kleiner Scheißer. Warum tun Sie mir das an?«

»So klein sind Sie gar nicht, Gary«, sagt McCoy. »Ich bin durchschnittlich groß, und Sie sind nur ein paar Zentimeter kleiner als ich.«

Peterson legt ein DIN-A4-Blatt auf den Tisch, das ich lesen soll. Ich nehme es, ohne die Pistole aus der Hand zu legen. Es ist die Kopie eines Berichts des kriminaltechnischen Labors der Metropolitan Police, in dem festgestellt wird, dass im Strafverfahren gegen Derek Moore die zur Analyse eingereichte Probe negativ auf verbotene Substanzen getestet wurde. Ich habe schon viele solcher Berichte gesehen, und der hier kommt mir echt vor. Ich stopfe ihn in meine Jackentasche.

»Danke«, sage ich, »aber im Moment bin ich mehr daran interessiert, eine Lösung wegen des Messers zu treffen. Ich schwöre Ihnen, wenn ich es nicht bekomme, dann bekommen Sie den Stick nicht, niemals. Haben Sie das Messer schon als Beweismittel eingereicht?«

»Nein, haben wir nicht«, sagt Peterson. »Auf dem Foto, das wir Ihnen gezeigt haben, war nur die Art Messer zu sehen, von der wir glauben, dass Brendan damit die Kehle durchgeschnitten wurde. Wir sind uns da ziemlich sicher – die Klinge hat eine sehr ungewöhnliche Form.«

»Und Sie haben ganz zufällig genau das Messer mit meinen Fingerabdrücken drauf?« Ich hebe wieder die Pistole und richte sie direkt auf McCoy. »Geben Sie es mir.«

»Sonst was?«, sagte McCoy grinsend.

»Keine Ahnung, aber ich dreh hier langsam durch, also wer weiß? Und ich habe eine Waffe in der Hand.«

McCoy geht hinter seinen Schreibtisch und setzt sich. »Sie

kriegen das Messer, mein Junge, sobald wir den Stick haben. Nennen wir es einfach einen fairen Tausch, und wir können die Übergabe wo und wann Sie wollen über die Bühne bringen. Wie klingt das?«

»Das klingt gut, aber ich traue Ihnen nicht. Wir machen die Übergabe heute Nachmittag, auf der Spielwiese vor meinem Wohnblock, wo wir uns schon mal unterhalten haben. Ich rufe Sie an, wenn ich so weit bin.«

»Perfekt«, sagt McCoy.

»Und ist die Sache damit erledigt? Ist dann endgültig Schluss? Lassen Sie mich danach in Ruhe?«, frage ich flehend.

»Auf jeden Fall«, antworten sie beide unisono.

»Solange alles glatt läuft«, fügt McCoy hinzu. »Jetzt geben Sie mir die Pistole, Gary, und ich schließe sie weg.«

»Nix da. Die nehme ich mit«, antworte ich. »Sie kriegen sie erst zurück, wenn ich mich wieder sicher fühle.«

»Sie würden doch nicht wollen, dass eine Polizeistreife Sie in Ihrem Wagen anhält und eine Schusswaffe bei Ihnen findet, oder, Gary? Das lässt sich nämlich leicht arrangieren«, sagt Peterson sarkastisch, aber vielleicht auch mit einem Anflug von Ironie – er ist schwer zu durchschauen.

»Nein, natürlich nicht, aber das Risiko geh ich ein. Sobald ich den Stick geholt habe, ruf ich Sie an und sag Ihnen, wann und wo genau die Übergabe stattfindet.«

Ich winke Peterson von der Tür weg und gehe rückwärts aus dem Raum, ehe ich die Pistole in meine Jackentasche stecke und eilig das Großraumbüro durchquere. Ich höre Peterson und McCoy laut lachen, wahrscheinlich über irgendwas, das gar nicht lustig ist. Manche Leute machen das oft, und meistens sind es Wichser.

Als ich die Tür zur Straße öffne, begegne ich Clown-Schuhe.

Harry Nervensäge Holdsworth. Er steht an der Gegensprechanlage und stiert in die Kamera. Ich halte die Tür für ihn auf
und bedeute ihm einzutreten.

»Ich glaube, Sie werden erwartet«, sage ich, als er die
Treppe hinaufgeht, wobei seine Clownsschuhe bei jedem
Schritt quietschen.

26

Ich fahre zurück in meine Siedlung und sehe, wie mein Eichhörnchenfreund und seine Auserwählte sich gegenseitig um den Stamm einer großen Buche jagen. Er bemerkt mich nicht.

Ich schaue bei Grace vorbei, die jetzt hellwach ist und erfrischt wirkt. Wir setzen uns vor ihrer Wohnung in den Laubengang und trinken mal wieder Tee.

»Hast du sie gefunden?«, fragt Grace.

»Nein, ich glaube, sie ist die nächste Frau, die mich für ein besseres Leben verlassen hat.«

»Ach, was soll's, mach dir nichts draus. Andere Mütter haben auch schöne Töchter. Aber sie war nett.«

»Danke, Grace, das ist wirklich tröstlich, aber sie war nicht so nett, wie du vielleicht denkst. Sie hatte eine anziehende Art, aber es ging immer nur um Eigeninteresse und hatte nichts mit Zuneigung oder Liebe oder so zu tun.«

»Also ein bisschen wie bei dir, Gary.«

»Kann sein. Da ist was dran. Aber ich möchte betonen, dass ich traurig über meinen Verlust bin und von dir erwarte, in den nächsten Wochen wie ein Prinz behandelt zu werden.«

»Das tue ich doch immer.«

»Bist du bereit für deine OP morgen?«

»Die hab ich abgesagt.«

»Ach, verdammt, Grace, warum das denn?«

»Ich bin einfach noch nicht so weit. Ich hab Angst gekriegt, Angst, dass ich nicht mehr aufwache, Angst, dass was schiefgeht und ich für den Rest meines Lebens Schmerzen habe. Ich meine, mir geht's ganz gut, so wie ich bin, und es ist schön, dass wir beide uns umeinander kümmern, findest du nicht?«

»Na ja, ich leiste die meiste Arbeit, aber ich denke, du hast recht.«

»Gary, eins würde mich interessieren. Als du mich kennengelernt hast, wolltest du da, dass ich dich mag?«

»Absolut nicht. Ich dachte, du wärst eine mürrische alte Schachtel.«

»Da hast du's. Vielleicht ist das eine Lektion, die du lernen musst.«

Wieder zurück in meiner Wohnung lege ich mich aufs Bett und versuche, mir für die Übergabe des USB-Sticks und die Rückgabe der Pistole einen Plan auszudenken.

Wenn ich McCoy und Peterson den Stick aushändige, hat das den offensichtlichen Nachteil, dass sie und ihre Komplizen weiterhin ungestört agieren können. So oder so habe ich bereits entschieden, dass das nicht meine Hauptsorge ist. Tatsache ist, selbst wenn ich ihn der Polizei übergebe, heißt das noch lange nicht, dass man ihnen das Handwerk legen würde, und welche Folgen hätte das für mich? Es wäre durchaus möglich, dass mich das gleiche Schicksal ereilt wie Brendan. Also werde ich ihnen den Stick geben. Es wurmt mich ein bisschen, dass Emily ungeschoren davonkommen wird, aber es ist an der Zeit, die Frau zu vergessen.

Was auch immer passiert, ich muss das Messer zurückbekommen. Ich bin mir nicht sicher, wie sie es benutzen könnten, um mir den Mord an Brendan anzuhängen, aber wenn ich es vernichte, fällt diese Möglichkeit weg. Ich muss ihnen den Stick geben, das ist meine einzige Chance. Solange sie das Messer haben, stecke ich bis zum Hals in der Scheiße. Solange ich die Pistole zu meinem Schutz habe, bin ich sicher, dass sie mich bei dem Treffen nicht einfach überwältigen und mir den Stick abnehmen.

Es wird Zeit, den Anruf zu tätigen. Ich vereinbare, mich in dreißig Minuten an dem Sockel, wo früher die Wippe stand, mit ihnen zu treffen.

Ich ziehe meinen babyblauen Kapuzenpulli an, weil ich hoffe, dass er mir bei dem Treffen ein cooles, sogar bedrohliches Aussehen verleiht. Als ich in den Spiegel schaue, sehe ich leider aus wie ein Cupcake mit Gesicht. Ich beschließe, bei meinem schäbigen Anzug zu bleiben, trage aber meine Laufschuhe, weil ich hoffe, mich mit ihnen nötigenfalls schneller aus dem Staub machen zu können. Ich wasche mir zweimal das Gesicht, gehe dann in die Küche, um mir eine Tasse Tee zu machen. Ich stelle fest, dass ich keine Milch mehr habe, und schütte das Gebräu einfach in die Spüle. Ich gehe wieder ins Bad und schneide mir mit dem Elektrorasierer die Ohrenhaare. Der Spiegel ist mit getrockneten Wasserspritzern und rätselhaften Klecksen beschmutzt, also hauche ich ihn kräftig an und reinige ihn so gut es geht mit etwas Toilettenpapier. Die Laufschuhe fühlen sich oben am Fuß ein bisschen eng an, deshalb binde ich sie neu und mache zur Sicherheit einen Doppelknoten. Ich laufe in die Küche, um ihre Bequemlichkeit zu testen, und öffne die Kühlschranktür, um nachzusehen, was drin ist.

Ich habe einen Babybel-Käse, eine angebrochene Dose Pfirsiche, die ich für Grace besorgt hatte, eine große halbe Tomate, ein Päckchen Chilisauce, einen Becher Margarine, ein Glas

Erdnussbutter und noch eins von den Mandelcroissants, die ich für Emily gekauft hatte. Das Croissant macht mich traurig, deshalb werfe ich es in den Abfalleimer und beschließe, mir ein Sandwich mit Käse, Erdnussbutter und Chilisause zu machen. Ich habe nur noch das Endstück von einem geschnittenen Brot, deshalb lege ich es auf die Arbeitsplatte und schneide vorsichtig die Außenseite ab. Leider setze ich das Messer schief an, sodass eine keilförmige Scheibe dabei herauskommt, die an einem Ende hauchdünn ist. Als ich den Babybel aufmache, hat er zwei blaue Schimmelflecken, also gebe ich das Sandwich auf und hole das Croissant wieder aus dem Abfalleimer. Schon der erste Bissen macht mir klar, dass mein Mund zu trocken ist, um erfolgreich zu kauen, deshalb spucke ich in den Abfalleimer aus und gehe wieder ins Bad. Ich habe Stuhldrang. Leider habe ich den letzten Rest Klopapier verbraucht, um den Spiegel zu putzen, und muss mich am Waschbecken säubern.

Beruhige dich, sage ich mir, während ich zurück ins Wohnzimmer gehe und mich aufs Sofa fallen lasse. Binnen Sekunden reibe ich mir heftig die Oberschenkel, und mein Rücken ist schweißfeucht. Ich stehe auf und ziehe die Jacke aus, dann setze ich mich wieder und ziehe die Laufschuhe aus. Ich strecke die Beine von mir und stelle fest, dass einer meiner Socken ein Loch an den Zehen hat. Ich habe ein frisch gewaschenes Paar an der Wand vom Laubengang zum Trocknen aufgehängt und gehe nach draußen, um es zu holen. Bei der Gelegenheit blicke ich zur Spielwiese und peile die Lage. Es ist niemand zu sehen, nur Blaumann steht ganz in der Nähe neben seinem Van und telefoniert mit seinem Handy. Er bemerkt, dass ich in seine Richtung schaue, und streckt einen Daumen hoch, um dann auf sein Kreuz zu zeigen. Er ist offensichtlich sehr zufrieden mit der Brennnesselbehandlung. Ich wusste, dass ich mit dieser Theorie auf der richtigen Fährte war, und nehme mir vor, ihm auch von den schmerzlindernden Eigenschaften der Weidenrinde zu erzählen, sollte sich je die Gelegenheit dazu ergeben.

Zurück in der Wohnung, ziehe ich die frischen Socken an und steige wieder in meine Laufschuhe. Sie fühlen sich genau richtig an; frische Socken können diese Wirkung haben. Ich gehe erneut ins Bad und wasche mir wieder das Gesicht, dann ins Schlafzimmer, wo ich die Bettdecke gerade ziehe und das Kopfkissen aufschüttele. Ich bemerke auf dem Holzboden neben der Matratze einen Tee- oder Bierfleck, der genau die Form von Italien hat. Ich muss was trinken, also gehe ich wieder in die Küche und kippe einen halben Liter Wasser in einem Zug herunter. Ich schüttele den letzten Rest in die Spüle und stelle das Glas verkehrt herum aufs Abtropfbrett. Ich checke die Uhrzeit auf meinem Handy: noch zwanzig Minuten. Ich rufe meine Musik-App auf und wähle »Keep on Movin'«. Ich zappele herum wie ein Dad auf einer Grillparty, während der Song läuft.

So get on up when you're down
Baby take a good look around
I know it's not much but it's okay
We'll keep on movin' on anyway.

Die Wirkung ist nicht dieselbe wie auf der Fahrt nach Brighton, als Emily und ich das Stück zusammen gehört haben. Tatsächlich bereitet es mir überhaupt keine Freude. Ich schalte die Musik aus und verlasse die Wohnung.

Die Spielwiese ist noch menschenleer, als ich mich auf den

Sockel der ehemaligen Wippe setze und mich umschaue. Ich spüre, wie das Gewicht der Pistole in meiner Tasche die Schulter des Jacketts nach unten zieht. Die Sonne scheint, und ich höre den Verkehr auf der Peckham High Street und Kindergeschrei aus dem nahe gelegenen Park. Aus einer der Wohnungen hinter dem Spielplatz kann ich die Klänge von Bob Marleys »No Woman No Cry« hören. Ich sitze auf den Händen, wippe vor und zurück und bete, dass die Stick-Übergabe mich von dieser Qual erlösen wird.

Sie kommen in zwei Autos an, Tommys rotem BMW und einem kleinen silbernen Japaner mit Heckklappe. Beide Autos parken auf dem Grasstreifen am Rande der Spielwiese. Tommy lässt den Motor seines Wagens, nachdem der zum Stillstand gekommen ist, kräftig aufheulen, um mich auf ihre Anwesenheit aufmerksam zu machen. Peterson und McCoy steigen aus dem silbernen Japaner, und die drei nähern sich mir langsam. Dabei fällt mir auf, dass sowohl Tommy als auch McCoy extreme O-Beine haben, was dem Moment eine gewisse Country- und Western-Atmosphäre verleiht. Ich stehe auf, um sie zu begrüßen, und schiebe meine Hand in die Jackentasche, um zu signalisieren, dass ich bewaffnet bin und ein potenzielles Sicherheitsrisiko darstelle. Tommy macht dasselbe mit der Tasche seiner braunen Wildlederbomberjacke. McCoy ergreift als Erster das Wort:

»Wie passend, dass wir uns mit einem kleinen Arschloch wie Ihnen auf einem Kinderspielplatz treffen, Gary. Waren Sie schon auf der Schaukel, oder trauen Sie sich nicht, wenn Mummy oder Daddy nicht dabei sind?«

»Soll das ein Witz sein?«, frage ich.

»Geben Sie einfach den Stick her«, sagt Peterson.

»Den kriegen Sie, sobald ich das Messer habe.«

Tommy greift in seine Tasche, und ich greife prompt in meine und halte die Pistole direkt auf ihn gerichtet. Tommy zieht seine Hand wieder heraus und blafft:

»HEY, IMMER MIT DER RUHE, FREUNDCHEN. DAS MESSER IST IN MEINER TASCHE, WILLST DU ES ODER NICHT?«

»Hol es ganz langsam raus. Ich meine wirklich langsam, als könnte es dich beißen oder so. Ich bin ziemlich nervös, also beeil dich, aber immer schön langsam«, antworte ich.

Tommy lacht, tut dann aber, was ich verlangt habe. Nach und nach kommt der Plastikzylinder aus der Tasche zum Vorschein. Er hält ihn fest in der Faust und zeigt ihn McCoy.

»SOLL ICH IHM DAS DING GEBEN, BOSS? WAS SOLL ICH MACHEN? ICH KÖNNTE IHM AUCH EINFACH DEN KOPF ABREISSEN, WENN IHNEN DAS LIEBER IST?«

»Gib's ihm einfach«, erwidert McCoy. »Ehrlich gesagt, ich bin seinen Anblick satt. Je schneller das hier erledigt ist, desto besser.«

Tommy wirft den Plastikzylinder zu mir herüber, und er landet vor meinen Füßen. Ich bücke mich und hebe ihn auf, um den Inhalt zu überprüfen. Es ist ohne Zweifel das Messer aus dem Grove Tavern, an dessen Holzgriff ein kleines Stück abgeplatzt ist. Die Dinge scheinen gut zu laufen. Plötzlich taucht Lassoo vor mir auf und beschnüffelt nacheinander die Beine der drei anderen.

»Hi, Gary.«

Grace kommt auf uns zugetrottet.

»Tut mir leid, aber Lassoo musste mal. Ich störe doch hoffentlich nicht?«

Ich denke, dass es an mir liegt, die Situation zu entschärfen, daher antworte ich: »Nein, überhaupt nicht, Grace, hab nur gerade ein kurzes Meeting mit Mandanten. Sie überlegen, ein paar Häuser auf dem Areal hier zu bauen.«

»Aber wo soll Lassoo dann sein Geschäft verrichten? Du weißt doch, dass das hier sein Lieblingsplatz ist.«

»Hallo, meine Liebe«, sagt McCoy. »Schön, Sie wiederzusehen. Wissen Sie noch, ich hab Ihnen geholfen, Ihre Wohnung nach dem USB-Stick zu durchsuchen, den Sie verlegt hatten?«

»Ja, ich erinnere mich, und ich erinnere mich auch, dass Gary gesagt hat, Sie wären ein ganz übler Kerl und noch dazu ein Arschloch. Sie wollen hier gar kein Land kaufen. Sie haben irgendein krummes Ding vor. Soll ich die Polizei rufen, Gary?«

Peterson zückt seinen Polizeiausweis und zeigt ihn Grace.

»Das ist nicht nötig, meine Liebe, ich bin die Polizei, und ich möchte Sie bitten, uns jetzt allein zu lassen, da das hier eine offizielle Angelegenheit ist.«

»Willst du auch, dass ich gehe, Gary?«

»Ja, alles in Ordnung, Grace. Ich hätte nur eine Bitte: Könntest du das Messer mit zu dir nehmen und es mit Bleichmittel, Scheuerpads, Nagellackentferner reinigen – mit allem, was du in die Finger bekommst?«

Grace sieht mich argwöhnisch an und wendet sich dann an Peterson:

»Zeigen Sie mir noch mal den Ausweis.«

Er tut ihr den Gefallen.

»Und ist das okay für Sie, dass ich das Messer sauber mache?«, fragt sie Peterson.

»Absolut. Es hat nichts mit laufenden Ermittlungen zu tun, wenn Sie jetzt also gehen würden, wäre das großartig.«

»Dann erledige ich das, Gary. Ich hab einen Fensterreiniger mit Ammoniak drin – damit müsste es gehen. Und denk daran, immer schön die Klappe halten, wenn du es mit der Polizei zu tun hast.«

Ich gebe Grace den Zylinder, und sie macht sich langsam auf den Weg zurück über die Wiese zu ihrer Wohnung. Ich rechne fast damit, dass Tommy ihr hinterherläuft und das Messer wieder abnimmt, aber er tut es nicht. Lassoo bleibt bei uns und setzt sich zu meinen Füßen. Er sieht zu mir hoch mit einem Blick, als wollte er sagen: »Keine Sorge, Kleiner, ich pass auf dich auf.«

»Na los, Gary, her mit dem Stick«, sagt McCoy.

Ich zögere. Es gibt ein paar Dinge, die ich klären möchte, bevor ich ihnen den Stick gebe.

»Haben Sie alle Anschuldigen gegen Wayne und Derek Moore fallen lassen?«

»Es ist alles unter Kontrolle, Gary«, sagt Peterson. »Wir hätten das sowieso nicht durchgezogen. Es war nur eine freundliche Erinnerung an seine Familie, die Füße stillzuhalten.«

»Sie haben sein Leben zerstört.«

»Und er wollte unseres zerstören, Gary, das ist doch nicht nett, oder?«, erwidert Peterson. »Geben Sie den Stick her, sonst kommt Tommy rüber und holt ihn sich.«

»Nicht nötig, ich hab ihn nämlich gar nicht bei mir. Er ist ganz in der Nähe, also keine Panik. Eins noch, bevor ich Ihnen sage, wo der Stick ist, möchte ich wissen, wie Sie überhaupt dahintergekommen sind, dass ich ihn habe und beschlossen hatte, ihn zu verstecken.«

McCoy tritt einen Schritt vor.

»Was glauben Sie denn, wie wir es rausgefunden haben, Gary?«

»Ich glaube, Sie haben Emily in mein Leben eingeschleust, um mich im Auge zu behalten, und sie hat es Ihnen gesagt.«

»Das ist nicht ganz richtig, Gary«, beginnt McCoy. »Sie hat uns definitiv geholfen, aber ohne es zu wissen. Erinnern Sie sich, dass wir Tommy in Ihrer Wohnung allein gelassen haben, um nach dem Stick zu suchen? Tja, bei der Gelegenheit hat er im Wohnzimmer und im Schlafzimmer einfache Abhörgeräte in den Steckdosen angebracht. Wir konnten alles mithören, was Sie Emily erzählt haben, und dämlich, wie Sie sind, haben Sie fröhlich drauflosgeplappert. USB-Stick bla, bla, bla ... Passwort bla, bla, bla. Es ist nun mal unsere Aufgabe, Gary, Leuten zuzuhören, auch wenn sie es nicht wollen. Regen Sie sich nicht auf, Sie sind bei weitem nicht der Erste, dem das so ergeht. Sind Sie irgendwie verliebt in die Kleine?«

Ich sehe Tommy an; er hat ein dümmliches, verstörendes Grinsen im Gesicht.

»Wo ist sie jetzt, Tommy?«, frage ich.

»An einem sicheren Ort, wo sie keinen Ärger machen kann. Ich bezweifle stark, dass du sie je wiedersiehst. Du musst SIE AUS deinen VERfickten GEDANKEN löschen«, erwidert er.

»Seid ihr beide noch zusammen?«

»Nein, und ich kann mir auch nicht vorstellen, dass sie je wieder mit jemandem zusammen sein wird, schon gar nicht mit dir«, antwortet Tommy.

»Willst du mich zusammenschlagen?«

»Ja, nichts lieber als das, aber ich werde abwarten, bis sich der Staub gelegt hat, und du wirst nie wissen, wo und wann, genau wie der Dad von deinem Kumpel, Derek Moore.«

»Ist sie in Sicherheit?«

»Das hängt vom Verlauf dieser Transaktion ab«, erklärt McCoy. »Sagen wir einfach, sie ist unser Faustpfand, falls Sie versuchen sollten, uns reinzulegen. Her mit dem Stick, Gary, und vergessen Sie das Passwort nicht.«

Ich stecke die Pistole wieder in meine Tasche und schicke die Nummer von dem Sockenladen an McCoys Handy. Ich deute auf den Rand des Sockels, wo mal die Wippe gestanden hat, und zeige die genaue Stelle, wo der USB-Stick vergraben ist. Tommy tritt vor und geht auf die Knie, um den Stick aus seinem Versteck zu holen.

Während er mit den Fingern herumtastet, um ihn ausfindig zu machen, fällt mir auf, dass die Sohlen seiner Arbeitsschuhe aussehen, als würde Konfetti daran kleben. Der blöde Gedanke, dass er Emily gezwungen hat, ihn zu heiraten, schießt mir durch den Kopf. McCoy und Peterson als Brautjungfern und Emily in Tränen aufgelöst, während der Ring auf ihren Finger gerammt wird. Blöder Gedanke.

Tommy richtet sich wieder auf, in der Hand den USB-Stick. »Fahr damit ins Büro«, weist McCoy ihn an. »Prüf nach, ob er echt ist.«

Tommy grinst mich wieder an.

»Bis bald, Freundchen. Ich freu mich drauf. hahaha.« Ich schaue Tommy nach, wie er zurück zu seinem Wagen geht und davonfährt.

»Danke«, sagt McCoy. »Ich hoffe in Emilys Interesse, dass es das Original ist. Hören Sie, Sie haben das Richtige getan, und falls wir nie wieder was von Ihnen hören und Sie niemandem etwas von den Ereignissen hier erzählen, werden Sie in Ruhe gelassen. Könnte sein, dass Tommy Ihnen die Fresse poliert, aber Sie werden's überleben, dafür sorge ich.«

»Wollen Sie Ihre Pistole nicht zurückhaben?«

»Ach so, ja. Dann fühlen Sie sich jetzt sicher, was?«

»Na ja, Grace steht da oben auf dem Laubengang und beobachtet uns, deshalb glaube ich, dass Sie keine Dummheiten machen werden.«

Ich schaue hoch und sehe, wie Grace mir zuwinkt und sich mit den Fingern über die Lippen fährt, als wollte sie einen Reißverschluss schließen, ehe sie in ihre Wohnung geht und die Tür hinter sich zumacht.

»Die wäre besser für Sie«, sagt Peterson. »Sie brauchen eine Mutter, keine Freundin.«

Ich gebe McCoy die Pistole, und er hebt sie sofort und richtet sie genau auf mein Gesicht. Scheiße.

27
Emily

Es ist dunkel, es ist feucht, und ich habe eiskalte Füße. Ich bin sicher, dass mir bald die Zehen abfallen. Ich sitze auf einem Betonboden in einem höchstens zehn Quadratmeter großen Raum. Die Wände sind aus Backstein, und die einzige Tür ist eine dicke Metallplatte ohne Klinke. Neben der Tür steht ein Eimer, den ich wohl als Toilette benutzen soll. Mein Hintern macht mir zu schaffen; er scheint die Kälte des Betonbodens aufzusaugen wie ein Schwamm. Die frostige Luft umkreist meine Gesäßbacken und schießt dann immer wieder zu beiden Seiten meiner Wirbelsäule nach oben. Ich wünschte, ich hätte nicht den grünen Baumwollhosenanzug an, den Grace mir geschenkt hat. Er wärmt nur an den Schultern, wo er dick wattiert ist. An einer Wand ist ein Wasserhahn, und in einer Ecke steht eine volle Plastikkiste mit süßen und herzhaften Snack-Riegeln. Gelegentlich weht durch einen Lüftungsziegel hoch oben an der Wand mir gegenüber ein Luftzug in den Raum. Ein paar Sonnenstrahlen fallen durch die Löcher des Ziegels herein, aber nicht genug, um die Dunkelheit zu vertreiben. Wenn ich raten müsste, würde ich sagen, ich befinde mich im Keller eines leeren viktorianischen Einfamilienhauses. Ich spüre nie eine Bewegung über, unter oder neben mir. Pausenlos höre ich Verkehrslärm und hin und wieder eine

Polizeisirene. Ab und zu schreie ich aus vollem Hals um Hilfe. Aber es kommt niemand. So behandelt man doch keine Lady.

Tommy hat mich vor etwa vier Stunden hergebracht, nachdem er mich in Garys Wohnung überrascht hatte. Ich dachte, Grace hätte angeklopft oder Gary wäre schon vom Polizeirevier zurück, aber nein, es war Tommy, und er war wütend, und er war leise. Er befahl mir, meine Sachen zu holen und mit ihm die Wohnung zu verlassen. Anfangs weigerte ich mich, aber da war dieser vertraute eiskalte Blick in seinen Augen, der bedeutete, dass es schlimme Folgen haben würde, wenn ich nicht gehorchte.

»Das ist das zweite Mal, dass du mir das antust. Beim ersten Mal hab ich den Fehler gemacht, dir zu verzeihen«, sagte er in einem ruhigen und gemessenen Ton. »Aber ich garantier dir, das passiert mir nicht noch einmal.«

»Was willst du denn machen? Mich entführen und einsperren, bis ich dich anflehe, mich zurückzunehmen?«, fragte ich.

»Ja, so was in der Art, aber ich werde dich niemals zurücknehmen. Pack einfach deine Sachen und lass uns gehen.«

Tommy blieb in der Schlafzimmertür stehen und beobachtete mich mit einem anzüglichen Grinsen, während ich meinen Rucksack packte.

»Woher hast du den ätzenden Hosenanzug?«, fragte er.

»Die nette Lady von nebenan hat ihn mir geschenkt«, antwortete ich.

»Was denn, bettelst du jetzt andere Leute an? In dem Fummel siehst du billig und nach nichts aus. Du bist nichts. Du kotzt mich an.«

Ich steckte mein Exemplar von Der Satsuma-Komplex in meine Kuriertasche, weil ich dachte, dass ein Buch im weiteren Verlauf der Ereignisse vielleicht etwas Trost spenden könnte.

Er fuhr mich zu diesem Haus, ohne ein weiteres Wort zu sagen. Ich war nicht besonders verängstigt oder besorgt. Ich hatte ihn schon oft in diesen dunklen Stimmungen erlebt. Meistens dauerten sie nur ein paar Tage oder auch schon mal ein paar Wochen. Ich hatte meine Entscheidung getroffen und würde dabei bleiben. Ich nahm an, das war Tommys Art, die Trennung zu verarbeiten. Ich schuldete ihm das Recht, das durchzuziehen. Die Fahrt dauerte etwa zwanzig Minuten, und die ganze Zeit musste ich mit einer Jacke über dem Kopf auf der Rückbank liegen.

Wenn ich raten müsste, würde ich sage, ich bin irgendwo in der Nähe von Blackheath oder Lewisham oder vielleicht Sydenham. Ich hatte nicht das Gefühl, dass wir den Fluss Richtung Norden überquert hatten. Als wir ankamen, setzte er mir eine Pudelmütze auf und zog sie bis unter meinen Mund. Durch die Löcher im Gewebe der Mütze konnte ich sehen, dass wir zur Rückseite des Hauses gingen und dann durch zwei Türen, bevor wir eine Betontreppe hinunter in den Keller stiegen.

»Nimm die Mütze ab«, befahl Tommy. Ich konnte ihn in der Dunkelheit kaum sehen. »Das ist dein neues Zuhause. Ich hoffe, es gefällt dir. Hoffentlich findest du die Zeit, darüber nachzudenken, was du getan hast und was für Folgen das für dich haben könnte.«

»Hör mal, Tommy, es tut mir leid, ehrlich, aber –«

»Ach, halt die Fresse, Prinzessin, und eins kann ich dir sagen: Was auch immer mit dir passiert, das ist nichts im Vergleich dazu, was dem Wichser passieren wird, mit dem du zusammen bist. Das, meine Süße, ist ein Versprechen.« Damit wandte er sich ab und knallte die Metalltür hinter sich zu.

Ist schon seltsam, wie der Verstand in einer derartigen Situation reagiert. Meiner trieb mich als Erstes dazu, den Raum abzuschreiten und seine Größe zu messen. Dann tastete ich das Mauerwerk der Wände ab, um festzustellen, ob ich irgendein Merkmal oder Detail finden konnte, das mir helfen würde, mir ein besseres Bild von dem Keller zu machen. Die Wände fühlten sich feucht an, und gelegentlich lockerten meine Finger kleine Mörtel- oder Putzbröckchen, die dann auf den Boden fielen. Ich nahm den Eimer und roch an seiner Kunststoffwand. Ich stellte den Eimer auf den Kopf, stieg darauf und versuchte, den Lüftungsziegel zu inspizieren, aber er war knapp außerhalb meiner Reichweite. Ich kroch die Betontreppe zu der Metalltür hoch, die ins Haus führte. Sie war fest verschlossen und unmöglich aufzubekommen. Ich konnte weder eine Klinke noch ein Schlüsselloch ertasten. Ich drehte den Wasserhahn auf, hielt den Mund darunter und trank einige Schlucke Wasser. Es war zuerst kalt, wurde dann aber eher lauwarm. Es schmeckte metallisch, und der Geschmack schien am Gaumen und auf der Zunge haften zu bleiben. Ich packte einen Snack-Riegel aus und nahm einen Bissen. Ich glaube, es waren Haferflocken und Blaubeeren mit drin, aber insgesamt hatte ich das Gefühl, ein feuchtes und vergammeltes Stück Gipskarton zu essen.

Dann fiel mir nichts mehr ein, was ich machen konnte, also setzte ich die Pudelmütze wieder auf und ließ mich auf den Betonboden nieder. Meine Gesäßknochen gerieten fast augenblicklich in Panik. Das Problem war, dass ich die Wohnung in einem Paar Stöckelschuhe verlassen hatte, die Grace mir zu dem Hosenanzug geschenkt hatte. Meine Doc Martens waren in meinem Rucksack, der noch in Tommys Auto lag. Wie gern hätte ich sie jetzt gehabt. Meine Füße waren eiskalt und schmerzten von den Stöckelschuhen, aber wenn ich auf dem Beton saß, schrie mein Hintern binnen Minuten nach Erleichterung. Mein Kompromiss war, abwechselnd zu sitzen und zu stehen und dabei die Füße mit der Pudelmütze warm zu halten.

Ich habe versucht, Tommys Absichten zu durchschauen. Vielleicht will er mich einfach nur bestrafen, und ich muss bloß ein paar Stunden oder schlimmstenfalls ein oder zwei Nächte hier ausharren. Vielleicht ist das Ganze bloß ein Schachzug in dieser Sache mit dem USB-Stick. Sie halten mich hier fest, um Gary dazu zu bringen, ihnen den Stick zu geben. Dieses Szenario beunruhigt mich nicht übermäßig, denn ich bin sicher, dass Gary ihn McCoy geben wird und ich für sie dann nicht mehr von Nutzen bin. Im schlimmsten Fall will Tommy, dass ich hier in diesem Keller krepiere, als seine letzte Rache. Diese Möglichkeit verwerfe ich gleich wieder. Tommy liebt mich noch immer, und letztendlich will er mich wieder an seiner Seite haben und nach seiner Pfeife tanzen lassen. Ich muss einfach abwarten. Wenigstens bin ich noch immer auf dem richtigen Weg. Nicht unbedingt glücklich, aber ich lebe mein eigenes Leben. Dann höre ich ein lautes Klopfen an der Hintertür des Hauses.

28

»Was soll das?«, frage ich zittrig, als ich in den Lauf von McCoys Pistole blicke. Instinktiv halte ich mir die Hände vors Gesicht, in der Hoffnung, sie könnten die Kugel abfangen, auch wenn sie danach ruiniert wären.

»Ich werde Sie erschießen, Gary, als Dankeschön für den Stick und dafür, dass Sie mir Harry Nervensäge Holdsworth auf den Hals gehetzt haben. Sind Sie bereit?«

Ich will etwas antworten, kriege aber kein einziges Wort über die Lippen. Für einen kurzen Moment sehe ich Emilys Gesicht vor mir, wie sie zu mir hochschaut, bevor wir uns auf der Promenadenbank küssen. Dann knicken mir die Beine weg, und ich falle auf die Knie. McCoy senkt die Pistole so weit, dass sie weiter direkt auf meine Stirn zielt. Mir wird schlecht, und ich kann noch immer nicht den Schalter in meinem Gehirn finden, der es mir ermöglichen würde zu sprechen.

»Ciao, Gary«, sagt Peterson. »Machen Sie sich wegen Ihrer Freundin keine Sorgen. Wir haben Pläne für sie.«

McCoy drückt ab.

Ich schließe fest die Augen und flüstere: »Ich hab dich lieb, Mum«, obwohl meine Mutter schon viele Jahre tot ist.

In der Dunkelheit höre ich die Melodie von »Happy Birthday« und das Bellen von Lassoo nur wenige Meter vor mir. Als ich die Augen wieder öffne, zielt McCoy noch immer mit der Pistole auf mich, aber es ist kein Schuss gefallen, und ich spüre auch keine Verletzung. McCoy und Peterson lachen sich scheckig, und seinem Verhalten nach scheint Lassoo ebenso belustigt. Dann begreife ich, dass die Melodie aus der Pistole in McCoys Hand kommt. Sie ist ein Scherzartikel, der wohl auf Büropartys für Belustigung sorgen soll. Ich finde meine Stimme wieder.

»Verdammte Scheiße, McCoy, ich meine, ehrlich, was soll der Scheiß? Sollte das witzig sein? Herrgott, was ist bloß los mit Ihnen?«

Und dann bricht plötzlich das totale Chaos aus.

Von irgendwo hinter der Spielwiese höre ich zwei oder drei Männer brüllen: »WAFFE RUNTER! Waffe runter UND alle AUF DEN BODEN!«

Als ich mich umdrehe, sehe ich Blaumann und zwei bewaffnete Officer auf uns zugerannt kommen.

»WAFFE RUNTER UND alle aUF DEN BODEN!«, wiederholen sie.

McCoy wirft die Pistole weg und geht langsam auf die Knie. Peterson bleibt stocksteif stehen und streckt einfach die Hände in die Luft. Ich lege mich flach auf den Bauch und drücke mich so tief ich kann auf die Erde. Lassoo läuft zu der Pistole, aus der noch immer Happy Birthday ertönt, und bellt sie an, als wäre sie der Schlüssel zu seinen kühnsten Träumen.

Blaumann stupst mich mit dem Fuß an und sagt, ich soll aufstehen. Ich rappele mich vom Boden hoch, während die beiden bewaffneten Polizisten Peterson und McCoy Handschellen anlegen. Peterson erklärt seelenruhig: »Ich bin DI Peterson vom Dezernat für Kapitalverbrechen in Lewisham. Sie gefährden hier eine laufende Ermittlung.«

»Sie sind kein Polizeibeamter«, entgegnet Blaumann. »Sie sind eine verdammte Schande, sonst nichts.«

Einer der bewaffneten Officer klärt die beiden über ihre Rechte auf. Peterson wirkt plötzlich resigniert, doch McCoy bleibt trotzig und sagt zu Blaumann: »Du hast Scheiße gebaut, Mann. Das kostet dich deinen Job.«

Ich wende mich an Blaumann. »Fragen Sie ihn, ob das ein Witz sein soll«, schlage ich vor.

Das scheint ihn zu amüsieren. »Soll das ein Witz sein, McCoy?«

»Nein, ein Versprechen«, erwidert er.

Zwei Streifenwagen halten an der Straßenseite, und die bewaffneten Officer führen Peterson und McCoy von der Spielwiese zu ihnen hinüber. Ich halte Blaumann die Hände hin, rechne damit, dass mir auch Handschellen angelegt werden.

»Das ist nicht nötig, Gary«, sagt Blaumann. »Ich weiß, wir sind uns schon ein paarmal begegnet, aber ich habe mich nie richtig vorgestellt. Ich bin DS Marks von der Anti-Korruptions-Einheit bei Scotland Yard. Wir ermitteln seit Monaten gegen Petersons Dezernat und McCoy. Der Tod Ihres Freundes Brendan hat die ganze Sache vorangetrieben. Um ehrlich zu sein, Gary, Sie waren uns eine große Hilfe. Wir werden Sie nicht verhaften, aber wir vertrauen darauf, dass wir uns auf Ihre uneingeschränkte Kooperation bei den Ermittlungen verlassen können.«

»Ja, natürlich«, erwidere ich.

»Guter Mann, dann sagen Sie mir: Wo ist dieser verdammte USB-Stick?«

»Mein Gott, ihr auch noch. Woher wissen Sie davon?«

»Wir hören seit sechs Monaten McCoys Büro ab. Das ist unser Job: Wir hören Leute ab. Bei Ihrem letzten Treffen in seinem Büro wären wir fast auf die harte Tour reingekommen, aber Sie haben es geschafft, sich da heil wieder rauszumanövrieren, deshalb haben wir beschlossen, noch abzuwarten, wie es weitergeht. Ich bin froh, dass wir das getan haben. Also, Gary, wo ist der USB-Stick?«

»Ich dachte, das hättet ihr mitbekommen. Tommy ist damit ins Büro gefahren.«

DS Marks holt ein Funkgerät aus seiner Latztasche und gibt die Information an seine Kollegen weiter.

»Hören Sie, Gary, Sie sollten zurück in Ihre Wohnung gehen und sich ausruhen. Wir werden uns ausführlich mit Ihnen unterhalten müssen, aber das hat bis morgen Zeit. Los, zischen Sie ab, und nehmen Sie den Hund mit.«

»Dann bin ich also frei?«

»Vorläufig ja.«

»Was macht der Rücken?«

»Dank Ihnen geht's dem gar nicht so schlecht. Immer wenn er aufmuckt, mach ich die Brennnesselbehandlung, und das scheint zu helfen.«

Ich überlege, ob ich ihm empfehlen soll, gegen die Schmerzen von den Brennnesselquaddeln ein Stück Weidenrinde zu kauen, entscheide mich aber dagegen. Plötzlich möchte ich wirklich, dass Blaumann mich mag. Ich gehe zurück zu meiner Wohnung, immer noch geschockt von den Ereignissen, aber einigermaßen erleichtert, dass sich alles zu meinen Gunsten entwickeln könnte. Sobald Marks und seine Leute den USB-Stick in die Hände bekommen, können McCoy, Tommy und Peterson einpacken. Dann habe ich nichts mehr zu befürchten.

Grace begrüßt mich auf dem Laubengang vor ihrer Wohnung. Sie hat den Ablauf der Ereignisse beobachtet.

»Das sah alles sehr spannend aus. Ich konnte aber nicht genau erkennen, was da vor sich ging. Alles in Ordnung mit dir? Hast du die Klappe gehalten?«

»Ich glaube, das muss ich jetzt nicht mehr. Diesmal waren die Polizisten echt, und ich schätze, sie sind auf meiner Seite. Anscheinend wissen sie, dass ich nur ein blödes Opfer der Umstände bin.«

»Da liegen sie richtig. Oh, entschuldige, Gary, ich hab das Messer noch nicht sauber gemacht. Soll ich das jetzt tun?«

»Das ist nicht nötig. Die Polizei weiß, dass McCoys Leute das Messer als belastendes Indiz gegen mich verwenden wollten. Die Polizei wird es haben wollen, und ab jetzt halte ich mich an die Regeln. Was dagegen, wenn ich mich etwas hinlege? Ich muss das alles erst mal verdauen und meine Gedanken sortieren.«

»Vielleicht solltest du ein Bad nehmen und eine Tasse heiße Rinderbrühe trinken. Flüssiges Fleisch ist ein starker Muntermacher.«

»Nein, ich denke, ich warte mit dem Bad und der Brühe noch, bis ich wieder in besserer Stimmung bin und nicht mehr zur Verzweiflung neige.«

Zurück in meiner Wohnung schraube ich als Erstes die Abdeckung von der Steckdose im Wohnzimmer ab, um nach einem Abhörgerät zu suchen. Ich weiß nicht genau, wie so was aussieht, aber als ich die Abdeckung entfernt habe, entdecke ich ein kleines, unauffälliges elektronisches Gerät mit einem Sim-Karten-Slot, das einen hochmodernen Eindruck macht und offensichtlich nicht in eine normale Haushaltssteckdose gehört. McCoy hat die Wahrheit gesagt; Emily hat nicht wissentlich für sie gearbeitet.

Ich muss sie sehen und mich für meine schmutzigen Verdächtigungen entschuldigen. Ich will mich davon überzeugen, dass sie in Sicherheit ist. Ich muss sie finden. Mein erster Gedanke ist, dass sie entweder in McCoys Büro oder in Tommys Wohnung in Walworth sein wird. Ich schnappe mir meine Autoschlüssel und laufe aus der Wohnung, die Treppe hinunter und zu den Parkbuchten. DS Marks ist verschwunden, aber sein mobiler Autoservice-Van steht noch immer da. Ich fahre schnurstracks zu Emilys Wohnung in der Grange-Siedlung. Tommys BMW ist nirgends zu sehen, also riskiere ich es und steige die Treppe zu ihrem Laubengang hinauf. Ich hämmere an Emilys Wohnungstür und rufe ihren Namen durch den Briefschlitz, aber vergeblich. Ich gehe zurück zu meinem Wagen und lehne mich an die Motorhaube, hoffe auf eine Eingebung, wo sie sein könnte. Ein Eichhörnchen erscheint unter dem Kirschbaum neben dem Auto und setzt sich auf die Hinterbeine, um mit mir zu plaudern.

»Oha, du wirkst aber mächtig durcheinander und aufgewühlt, Kumpel. Steckst du in einem Dilemma, das geklärt werden muss?«, frage ich an seiner Stelle.

»Ja, und zwar in einem großen. Ich glaube, Tommy hat meine Freundin entführt und hält sie irgendwo gegen ihren Willen fest.«

»›Freundin‹, ja? Ist das offiziell oder nur ein Hirngespinst?«

»Die Frage ist berechtigt. Es ist nichts Offizielles, zumindest vorläufig.«

»Gegen ihren Willen, sagst du? Hast du mal darüber nachgedacht, ob sie vielleicht ganz glücklich da ist?«

»Na ja, nach dem, was mir gesagt wurde, hört es sich so an, als ob sie irgendwo ist, wo sie nicht sein will. Das ist ja mein Dilemma; ich werde erst wissen, was stimmt, wenn ich sie gefunden habe.«

»Überlass das doch der Polizei. Die soll ihre übliche Klein-
arbeit machen. Hast du mal darüber nachgedacht, wie viel besser die dafür geeignet sind als du?«

»Ja, und vielleicht haben sie Emily ja schon, aber das heißt
nicht, dass ich es nicht versuchen sollte. Ich finde keine Ruhe,
bis ich es weiß.«

»Ich finde, du solltest dich stärker motivieren, Ruhe zu finden, Kumpel, den Dingen ihren Lauf lassen. Hast du mal darüber nachgedacht, dass fast alles, was du unternimmst, im
Schlamassel endet?«

»Ja, ich weiß, aber es muss doch irgendwas geben, was ich
tun kann.«

»Wie kommst du denn zu der Schlussfolgerung? Wir alle
wissen, dass du ein hoffnungsloser Schisser bist, also warum
siehst du das nicht ein?«

»Das ist ein bisschen hart. Darf ich dich was fragen?«

»Ich kann dich nicht daran hindern, ist doch klar, wenn du
mal über unser Verhältnis nachdenkst. Schließlich bist du derjenige, der die Fäden zieht.«

»Okay, also sag mir: Warum glauben immer alle, sie könnten mich anmachen und wie ein Weichei behandeln?«

»Ganz einfach. Weil du unbedingt von allen gemocht werden willst. Das steht dir ins Gesicht geschrieben und durch-
dringt dein ganzes Wesen. Die Leute wissen, dass du dich
nicht wehrst; du saugst alles auf wie ein Schwamm. Du solltest
mal versuchen, dich nicht immer gleich an alle ranzuschmei-
ßen. Es ist deine Entscheidung. Du bist selbst schuld, und
wenn dir das stinkt, solltest du darüber nachdenken, erwach-
sen zu werden.«

In dem Moment stellt das Eichhörnchen kurz die Vorderpfoten auf den Boden, dann richtet es sich wieder auf und

nimmt erneut seine niedliche Haltung auf den Hinterbeinen ein. Ich bemerke, dass ein paar Kirschblütenblätter an seinen Vorderpfoten kleben, als es sie an den Wangen abreibt. Sie sehen aus wie Konfetti, und bei dem Gedanke ahne ich plötzlich, wo sie Emily verstecken.

»Ich glaube, ich weiß, wo sie ist«, rufe ich.

»Dann sag der Polizei Bescheid, du großnasiger Clown.«

»Willst du einen Tritt in die Nüsse?«, frage ich.

»Schon besser. Viel Glück bei der Suche nach ihr.«

Ich winke ihm zum Abschied, springe in meinen Wagen und fahre Richtung Sydenham. Auf dem Weg durch Camberwell sehe ich eine Reihe Streifenwagen und eine kleine Ansammlung von Schaulustigen vor den Büros von Cityside Investigations. Vielleicht haben sie Tommy und vielleicht auch Emily schon, aber mein Instinkt spornt mich an, meine unglaubliche Rettungsmission fortzusetzen.

Nach nur zehn Minuten komme ich bei Brendans Haus an und gehe durch das Gartentor. Es schlägt mit einem metallischen Knall hinter mir zu und macht wahrscheinlich jede Chance zunichte, dass meine Ankunft unbemerkt bleibt. Die Haustür ist mit Polizeiabsperrband gesichert. Ich frage mich, ob Tommy wirklich die Dreistigkeit besitzt, Emily hierherzubringen, wo das Haus doch erst kürzlich von der Polizei durchsucht wurde und ohne Frage noch Teil von laufenden Ermittlungen ist. Andererseits wurde Brendan hier nicht getötet, und Durchsuchung und Spurensicherung sind offenbar abgeschlossen. Vielleicht ist es tatsächlich der ideale Ort, um Emily zu verstecken. Der Weg zur Rückseite des Hauses ist immer noch mit einem Teppich aus Kirschblüten bedeckt, stellenweise einen guten Zentimeter dick. Das Flatterband, mit dem auch die Hintertür abgesperrt war, ist abgerissen worden und liegt jetzt auf dem Weg. Ich klopfe ein paarmal vergeblich an, dann höre ich von links unten eine gedämpfte Frauenstimme schreien.

»Hallo! Hallo! Ist da jemand?«

Mein Magen dreht eine Pirouette, als ich Emilys Stimme erkenne.

»Hallo? Emily? Bist du das? Kannst du mich hören? Ich bin's, Gary. Geht's dir gut?«

Ihre Antwort klingt schon viel deutlicher. »Du musst mich hier rausholen, schnell!«

Es hört sich an, als würde ihre Stimme aus den Löchern eines Lüftungsziegels dicht über dem Boden der kleinen Betonveranda dringen. Ich knie mich davor hin und sage, sie soll zur Hintertür kommen.

»Ich kann nicht«, erwidert sie. »Ich bin in dem Scheißkeller eingeschlossen. Du musst irgendwie ins Haus kommen und versuchen, die Kellertür aufzukriegen.«

»Ich hab keinen Schlüssel, Emily.«

»Dann schlag das Fenster ein, oder brich die Scheißtür auf.«

»Geht's dir gut? Du hast nicht darauf geantwortet, als ich vorhin gefragt hab.«

»Ja, mir geht's gut. Ich hab eine Pudelmütze als Fußwärmer. Bitte, hol mich einfach hier raus.«

Ich hebe einen großen Terrakotta-Topf auf und werfe ihn gegen die Tür, versuche, die kreisrunde Glasscheibe zu treffen. Der Topf zersplittert in viele Stücke, als er auf den Weg fällt, aber die Scheibe hat jetzt einen deutlichen Sprung. Ich versuche, sie mit dem Ellbogen einzuschlagen, traue mich aber nicht, die dafür erforderliche Kraft einzusetzen. Ich sehe mich in dem kleinen Garten nach irgendwas um, das ich verwenden kann, um die Scheibe zu zertrümmern, und mein

Blick fällt auf eine Vogelfutterstange vor der hinteren Hecke. Es ist eine lange dünne Metallstange mit kleinen Verzweigungen nach oben hin zum Aufhängen von Vogelfutter. Ich wackele kräftig daran, um sie zu lockern, und kann schon bald die knapp zwanzig Zentimeter, die sie im Boden steckt, herausziehen. Jetzt habe ich eine vogelfreundliche speerartige Lanze, mit deren spitzem Ende ich die Glasscheibe mühelos herausschlage. Ich greife durch die Öffnung und löse die Verriegelung. Die Tür führt in einen Flur mit der Küche zu meiner Linken. Ich weiß, dass Emily direkt unter der Küche sein muss, doch als ich einen Blick hineinwerfe, kann ich keine Tür entdecken. Ich gehe weiter den Flur entlang und sehe eine Tür unterhalb der Treppe. Sie wird durch eine große Metallstange zwischen zwei aufrecht stehenden Metallbügeln gesichert. Dann höre ich Emily von der anderen Seite der Tür schreien.

»Ich bin hier! Ich bin hier!«

Ich trete von unten gegen die Metallstange, und sie springt ohne großen Widerstand aus ihrer Verankerung. Ich öffne die Tür, und da ist sie. Sie trägt noch immer Graces grünen Hosenanzug und sieht noch immer so umwerfend aus wie eh und je. Sie schlingt ihre Arme um mich und umarmt mich innig.

»Danke, Gary, vielen, vielen Dank. Gott, ich hab eiskalte Füße.«

»Wer hat dich da unten eingesperrt? War das Tommy?«

»Ja, ich weiß nicht, was er mit mir vorhat, aber ich denke, wir sollten machen, dass wir wegkommen, falls er zurückkehrt.«

»Aber dir geht's gut, ja?«

»Ja, klar, abgesehen von meinen verdammten Füßen.«

Ich umarme sie so eng, wie ich glaube, dass es akzeptabel ist, aber nicht so eng, wie ich möchte.

»Ich weiß, dass du es nicht warst«, sagte ich.

»Wovon redest du?«

»Du hast McCoy nicht erzählt, dass ich den USB-Stick versteckt habe.«

»Wieso hast du denn gedacht, dass ich das war?«

»Keine Ahnung, aber ich hab's gedacht, und ich hab mich geirrt, und ich liebe dich.«

»Nein, tust du nicht.«

»Okay, vielleicht nicht, aber du weißt, was ich meine.«

»Ja, natürlich weiß ich das. Und jetzt komm, nichts wie weg hier.«

Sie geht vor mir den kleinen Flur entlang zur Hintertür. Als wir nach draußen in den Garten treten, erblicken wir auf dem Weg seitlich vom Haus Tommy, der auf uns zukommt. Wir stecken in der Falle; der einzige Ausweg ist durch seinen massigen Körper versperrt.

»Scheiße«, flüstere ich halblaut.

»Los, verpiss dich, Tommy«, ruft Emily.

»OH MEIN GOTT, ZWEI ZUM PREIS VON EINEM. Heute MUSS MEIN GLÜCKSTAG SEIN, HAHAHA«, erwidert er.

Wir stehen da und starren uns einen Augenblick lang an. Ich spüre, wie Emily hinter mir zurück ins Haus geht.

»Sollte das ein Witz sein, Tommy?«, frage ich.

»Oh, machst du jetzt einen auf pampig, Freundchen? Hast endlich die Traute gefunden, was? Willst du dich etwa mit mir anlegen, Kleiner? Hahaha!«, sagt Tommy und verzieht das Gesicht zu dem für ihn typischen leblosen Grinsen. Ich nehme den Vogelfutterspeer vom Boden auf.

»Sag's mir, Tommy, hast du Brendan umgebracht?«, frage ich.

»Ja, klar. Das ist mein Job. Na und?«, antwortet er, als würde er über eine Pizzabestellung sprechen.

»Warum?«

»Weil ich es machen sollte. Und jetzt halt die Klappe und, noch mal, willst du dich etwa mit mir anlegen, du Zwerg?«

Emily kommt wieder aus dem Haus, in der Hand die Metallstange von der Kellertür. Sie antwortet für mich:

»Ja, Tommy, wir wollen uns tatsächlich mit dir anlegen.«

»Wann immer du bereit bist«, füge ich hinzu. Ich bin nicht verschwitzt. Meine Angst liegt weit über dem Level. Aber vielleicht schwitzen ja meine inneren Organe, denn mein Inneres fühlt sich an wie Gelee.

Tommy kommt langsam auf uns zu. Ich richte das spitze Ende meines Vogelfutterspeers auf ihn, und Emily hebt die Metallstange über ihre Schulter.

»McCoy und Peterson sind schon verhaftet worden. Die Polizei hat euch monatelang observiert«, sage ich zu Tommy. »Ich hab denen gesagt, dass Emily hier ist«, lüge ich, »die kreuzen also jeden Moment hier auf. Du solltest dich einfach verpissen, Tommy. Das ist das Beste, was du machen kannst, Mann.«

»Das sehe ich anders«, erwidert er.

Mein Mut schwindet mit jedem Schritt, den er näher kommt. Er ist nur noch einen Meter von der Spitze des Speers entfernt. Jetzt oder nie, doch leider bringe ich es nicht fertig. Tommy packt mit einer Hand den Schaft des Speers und reißt ihn mir mit einem kräftigen Ruck aus den Händen. Dann richtet er die Spitze auf Emilys Gesicht.

»Geh und warte im Wagen vor dem Haus auf mich«, befiehlt er Emily.

»Ich denk nicht dran«, erwidert sie und hebt die Metall-

306

stange höher über den Kopf, um ihren Trotz noch deutlicher zu machen.

»Tu's einfach, Emily«, sagt er. »Du willst nicht sehen, was ich mit diesem jämmerlichen Arschloch anstellen werde.«

»Einen Scheiß tu ich«, sagt Emily.

»Tu einfach, was ich dir sage«, sagt Tommy. »Du weißt, es geht nicht gut aus, wenn du bockig bist.«

»Tommy, es ist aus. Aus und vorbei. Geh einfach und such dir eine andere, deren Leben du ruinieren kannst«, entgegnet Emily, die vollkommen ruhig und gefasst wirkt.

»Tja, das ist das Problem«, sagt Tommy. »Es gibt nicht mehr viele Frauen wie dich, wir leben in seltsamen Zeiten. Findest du nicht auch, Gary?«

Mir fällt keine Antwort ein. Er senkt den Speer, so dass die Spitze auf dem Rasen ruht.

»Also, meine entzückende Emily, soll das heißen, du entscheidest dich für ihn und gegen mich? Ich glaube nämlich, das wäre ein Riesenfehler.«

»Ich sage dir, was ein Riesenfehler wäre«, entgegnet Emily. »Wenn ich dir auch nur die geringste Hoffnung machen würde, dass ich dich jemals zurücknehmen könnte. Ich hasse dich, ich hasse dein Gesicht, ich hasse deine pockennarbige Glatze. Ich hasse es, wie du sprichst, und ich hasse es, wie du mich behandelst. Und weißt du was? Ich hab mich da unten in dem Scheißkeller freier gefühlt, als ich mich je bei dir gefühlt habe. Du kotzt mich an, und ich musste erst Gary kennenlernen, um zu begreifen, wie ein richtiger Partner sein sollte. Ich will dich nie wiedersehen – niemals!«

Das leichte Zittern in Tommys Wange verrät mir, dass die Tirade ihn verletzt hat. Ich spüre eine fundamentale Veränderung in der Luft.

»Wenn es das ist, was du willst, dann sollst du es bekommen, mein Schatz«, und damit hebt er die Spitze des Speers vom Boden und stößt sie direkt durch Emilys nackten Fuß. Sie schreit vor Schmerz auf und fällt zu Boden, wobei der Speer trotzdem irgendwie in ihrem Fuß stecken bleibt, während sie sich vor Qual und Panik auf dem Rasen krümmt. Ich bücke mich sofort, um sie zu trösten, aber im selben Moment hechtet Tommy sich auf mich und reißt mich auf den Rücken. Dann setzt er sich rittlings auf meine Brust und drückt meine Arme mit den Knien auf den Boden. Ich kann Emily unweit der Hintertür wimmern und keuchen hören. Tommys breites, brutales Gesicht hängt über mir, knorpelig und hasserfüllt.

»Verdammte Scheiße, Tommy, was machst du denn?«, frage ich flehend.

Als Antwort schlägt er mir voll auf die Nase.

»Arschloch«, sagt er und schlägt mich wieder und wieder, jeder Schlag begleitet von einem immer wütenderen »Arschloch«. Ich spüre, wie mir Blut aus der Nase und über die Wangen läuft. Meine Lippen platzen auf, und ich kann das Blut im Mund schmecken. Er hört auf, mich zu schlagen, und drückt meinen Mund mit einer Hand zusammen, so dass meine Lippen eine Acht formen. Ich registriere, dass er jetzt ein Messer in der anderen Hand hält, dessen Spitze nur Zentimeter von meiner Wange entfernt ist. Ich kann nicht sprechen. Die Furcht hat mich wieder einmal mundtot gemacht.

»Na los, Gary. Lass uns ein bisschen singen, bevor ich dich kaltmache«, sagt er. Ich höre Emily aufjaulen und einen qualvollen Schrei ausstoßen. »Komm schon, lass uns zusammen singen. Das ist eine so schöne Art, Abschied zu nehmen«, sagt Tommy und fängt an, die Nationalhymne zu schmettern:

GOD SAVE OUR GRACIOUS QUEEN
LONG LIVE OUR NOBLE QUEEN
GOD SAVE THE QUEEN

»KOMM SCHON, GARY. SING MIT. Die Stelle liebt doch JEDER«, befiehlt Tommy, während er den festen Griff um meinen Mund lockert und anfängt, die Spitze seines Messers in meinen Hals zu drücken. Ich starre ihm trotzig in die Augen und flehe ihn lautlos an, einfach zu tun, was auch immer er vorhat. Er singt noch lauter:

NA NA NA NA
SEND HER VICTORIOUS!
HAPPY AND GLORIOUS!

Ich sehe einen grünen Blitz hinter ihm, aus dem Emilys Gesicht auftaucht, dann eine Energieexplosion, als die grüne Göttin die Metallstange mit aller Kraft auf Tommys Nacken niedersausen lässt. Er sackt nach vorne auf mich drauf, und ich spüre das volle Gewicht seines Körpers auf Gesicht und Brust. Ich schaffe es, ihn an einer Seite leicht anzuheben, und krieche unter ihm hervor. Ich stehe atemlos auf dem Rasen neben ihm, weiß nicht, ob ich versuchen soll, ihn endgültig zu erledigen, oder ob ich mich um Emily kümmern soll. Seine Augen sind geschlossen, und sein Körper scheint nach Luft zu schnappen. Emily ist wieder zu Boden gesunken, und ich kann sehen, dass das große klaffende Loch in ihrem Fuß stark blutet. Ich haste in die Küche, um ein Geschirrtuch zu holen, und fange an, es fest um ihren Fuß zu binden, um die Blutung zu stoppen. Das Geschirrtuch ist mit Bildern von bunten, peppigen Socken bedruckt.

»Scheiße, Emily. Geht's? Das sieht echt schlimm aus ...«

Sie antwortet nicht, gibt nur ein ersticktes Stöhnen von sich. Ich höre Tommy einmal kurz und zischend ausatmen, sehe dann, wie er eine Hand langsam auf seine Brust zubewegt. Ich muss Emily hier wegbringen, bevor er sich wieder berappelt. Ich ziehe den Knoten im Geschirrtuch fest zu und hebe sie hoch.

»Lass sie runter!«, sagt Tommy.

Ich schaue zu ihm rüber, und er hat eine Pistole genau auf mich gerichtet, während er mühsam vom Boden hochkommt.

»Lass sie runter«, wiederholt er. »Wir wollen doch nicht, dass sie aus Versehen erschossen wird, oder?«

Ich tue, wie geheißen, und lege sie so sanft wie möglich zurück auf den Rasen. Die Pistole, die er in der Hand hält, sieht genauso aus wie die in McCoys Büro. »Das ist keine echte Knarre, Tommy. Komm, lass uns mit dem Mist aufhören und einen Krankenwagen für Emily rufen. Sie ist wirklich schwer verletzt.«

»Was wäre dir lieber? Soll ich dich erschießen oder Emily? Die Entscheidung liegt bei dir. Mir ist das scheißegal«, sagt er in einem Ton, der vermuten lässt, dass es ihm wirklich absolut scheißegal ist. Bei genauerem Hinsehen kommen mir Zweifel, ob die Pistole wirklich genauso eine ist wie die von McCoy. Sie scheint größer zu sein, und ihre Oberfläche hat einen anderen Glanz. Ich könnte hier wirklich in Gefahr sein.

»Wie wär's, wenn du einfach niemanden erschießt, Tommy?«, sage ich.

»Das ist eine Möglichkeit, aber keine, die ich bevorzuge. Na los, wenn du wählen müsstest, wer von euch müsste dran glauben?«

»Erschieß mich, Tommy«, sage ich. »Ja, mach schon, erschieß mich. Wirst schon sehen, was du davon hast. Und ich sag dir noch was, erschieß dich doch gleich danach selbst und lass Emily ihr Leben so leben, wie du es ihr nie erlaubt hast!«

Ich höre das Knattern eines Polizeihubschraubers und die Sirenen von einigen Polizeiwagen in der Nähe. Tommys rascher Blick zum Himmel verrät mir, dass auch er die Geräusche bemerkt hat.

»Vielen Dank, Gary, für die nette Entscheidungshilfe«, sagt er, während er die Pistole langsam auf Emily richtet. Emily hat die Augen jetzt weit aufgerissen und versucht, die Situation zu erfassen.

Ich sehe, wie sich Tommys Gesichtsausdruck verändert und jede Unentschlossenheit in ihm verschwindet. Sein Finger am Abzug krümmt sich. Ich mache einen Schritt und lasse mich auf Emily fallen, um sie vor einer Kugel zu schützen. Als ich auf ihr lande, höre ich zwei Schüsse und dann Stille, während mein Gehirn festzustellen versucht, ob ich tatsächlich getroffen worden bin. Ich spüre keinen Schmerz und erhebe mich von Emily, um zu sehen, ob sie eine Kugel abbekommen hat. Ich schiele zu Tommy hinüber, ob er wieder schießen wird, und sehe, dass er flach auf dem Rücken auf dem Rasen liegt. Ein großes Stück seines Gesichts fehlt ums linke Auge herum, und der Augapfel hängt aus der Höhle. Er hat sich selbst erschossen.

Ich drehe mich wieder zu Emily um, als sie gepresste Schmerzensschreie ausstößt. Sie liegt ausgestreckt da und hält sich die rechte Hüfte. Ich schiebe vorsichtig ihre Hand zur Seite, kann aber keine offensichtliche Wunde erkennen. Ich greife nach ihrer hellbraunen Tasche und ziehe sie von ihrer Hüfte weg. Die Seite der Tasche, die auf Emilys Hüfte auflag, ist blutig, und auf der anderen Seite ist ein Einschussloch. In der Tasche befindet sich ein Buch, und ich kann sehen, dass die Kugel das Buch durchschlagen hat und in Emilys Hüfte eingedrungen ist. Emily blutet kaum, aber sie ist eindeutig angeschossen worden.

»Flach auf den Bauch legen und Hände auf den Rücken!«

Ein Polizist zielt mit seiner Pistole auf mich.

»Alle beide! Flach auf den Bauch legen und Hände auf den Rücken!«

Ich lasse Emily los und tue wie geheißen.

»Sie ist angeschossen, ein Schuss in die Hüfte. Er hat auf sie geschossen und sich dann selbst erschossen. Sie braucht Hilfe«, rufe ich, als ich das kalte harte Metall von Handschellen spüre, die mir angelegt werden. Ich werde unsanft an den Armen hochgezogen und sehe mich DS Marks gegenüber, der noch immer mit seinem Blaumann bekleidet gerade den Garten betreten hat.

»Was zum Teufel machen Sie hier?«, blafft er. »Ich hab doch gesagt, Sie sollen in Ihrer Wohnung bleiben.«

Ich fange an zu weinen, einfach weil das alles der schiere Wahnsinn ist. Ich höre Emily vor Schmerzen stöhnen und zwischendurch schluchzen.

»Danke«, sage ich zu ihm. »Vielen vielen Dank.«

Ich kann die Sirene eines näher kommenden Krankenwagens hören.

Marks legt mir eine tröstende Hand auf die Schulter. »Der Fuß sieht wirklich schlimm aus, und Ihr Gesicht ist übel zugerichtet«, sagt er. »Aber ich bin sicher, das kommt beides wieder in Ordnung. Seien Sie einfach froh, dass er Sie beide nicht umgebracht hat.«

Ein Officer kniet neben Tommy und durchsucht seine Taschen. Er hält einen kleinen gelben USB-Stick hoch.

»Ist er das?«, ruft er DS Marks zu, der mich daraufhin fragend ansieht.

»Jepp, das ist er«, murmele ich. »Er ist passwortgeschützt, aber ich kann Ihnen das Passwort geben – ich hab's auf meinem Handy.«

Der Krankenwagen ist da, und die Sanitäter kümmern sich um Emily. Einer von ihnen bestätigt DS Marks, dass Tommy tot ist. Man nimmt mir die Handschellen ab und führt mich zum Krankenwagen, wo ein Sanitäter mich untersucht und mein Gesicht säubert. Einen Moment später wird Emily auf einer Trage in den Krankenwagen geschoben, und wir fahren gemeinsam zum Krankenhaus. Die ganze Fahrt über halte ich ihre Hand, und nach etwa zehn Minuten verzieht sich ihr Gesicht zu einem schwachen Lächeln.

»Hat dir schon mal jemand gesagt, dass du ein totaler Schisser bist?«

»Komischerweise ja. Eigentlich fast jeder, dem ich diese Woche begegnet bin«, erwidere ich.

Emily hebt leicht den Kopf, um sich zu vergewissern, dass der Sanitäter außer Hörweite ist, und flüstert leise:

»Dieser USB-Stick, ja? Mir ist gerade eingefallen, dass da vielleicht auch mein Name drauf ist. Ich hab Tommy ab und an bei ein paar Jobs geholfen. Könnte sein, dass ich in der Scheiße stecke.«

»Keine Sorge, du bist nicht drauf.«

»Woher weißt du das?«

»Ich weiß es einfach. Mach dir deswegen keine Gedanken.«

Es ist schwer zu sagen, ob das Gespräch wirklich bei ihr ankommt, weil sie mit Schmerzmitteln vollgepumpt ist, aber dann sagt sie: »Ich hab eine Kugel in die Hüfte bekommen, nicht? Wie schlimm ist es?«

»Nicht halb so schlimm, wie es gewesen wäre, wenn du das Buch nicht in deiner Tasche gehabt hättest.«

»Welches Buch?«

»Der Satsuma-Komplex. Es hat dir das Leben gerettet.«

Sie lächelt wieder und fragt: »Wäre es dir wirklich lieber gewesen, wenn er dich und nicht mich erschossen hätte?«

»Ehrlich gesagt, ich hab gedacht, die Pistole wäre nicht echt, deshalb hab ich das nur gesagt, um dich zu beeindrucken.«

»Ich glaube dir nicht«, antwortet sie.

Sie bietet mir ihre Lippen für einen Kuss an, schläft aber ein, bevor ich das Angebot annehmen kann.

NACHWORT

Gut sechs Monate nach der Garten-Schießerei verließ ich mein letztes Meeting mit DS Marks und seinem Team von der Anti-Korruptions-Einheit. Aufgrund ihrer Ermittlungen hatte ich keinerlei Anklagen zu befürchten, würde aber nötigenfalls als Zeuge geladen werden. Insgesamt elf Beamte aus verschiedenen Südlondoner Polizeidienststellen und drei Mitarbeiter von Cityside Investigations befanden sich in Untersuchungshaft und warteten auf ihren Prozess. Die Anklagen reichten von Behinderung der Justiz bis hin zu Verschwörung zum Mord. DS Marks war zuversichtlich, dass McCoy und Peterson jeweils mindestens zwanzig Jahre bekommen würden. Brendans Dokument hatte sich als der letzte Nagel zu ihrem Sarg erwiesen. Emily war nicht unter den Angeklagten. Ich hatte sie zu ihren beiden Polizeivernehmungen begleitet und dafür gesorgt, dass sie auf alle Fragen mit »kein Kommentar« antwortete. Aus den ihr gestellten Fragen wurde deutlich, dass die Beamten keinerlei Kenntnis von den Aufträgen hatten, die sie für McCoy und Tommy ausgeführt hatte.

Um das gefühlte Ende dieses USB-Stick-Albtraums zu feiern, schlug Emily vor, dass wir alle – sie, Grace, Lassoo und ich – nach Brighton fahren sollten, um einen Tag am Meer zu verbringen. Unweigerlich landeten wir auf Emilys Lieblingsbank, wo wir auf das graublaue Spülwasser des Ärmelkanals blickten und Hörnchen mit dieser gezapften Eissorte aßen, die aus der Maschine quillt, wenn man einen Hebel betätigt. Die Sonne schien, die Möwen debattierten über das Einwanderungsproblem, und die Promenade roch nach Chilisauce und Muscheln. Ich war glücklich. Ich glaube, das waren wir alle. Emily hatte schon seit einigen Monaten weder Tommy noch die Schießerei im Garten erwähnt.

»Ich hab mit meiner Mum gesprochen«, verkündete Emily. »Mein Vater hat ihr das Hotel vermacht und in seinem Testament den Wunsch geäußert, dass ich die Leitung übernehme. Mum sagt, sie wäre damit einverstanden. Das ist entweder sein letzter Versöhnungsversuch oder eine letzte Gemeinheit aus dem Jenseits.«

»Würde dich das reizen?«, fragte Grace. »Es ist sehr schön hier. Viel schöner als das verdammte Peckham.«

»Na ja, ich glaube wirklich, ich könnte das Haus wieder ans Laufen bringen – es modernisieren, für jüngere Gäste attraktiv machen, das Ganze aufpeppen. Ich hab eine Menge Ideen, und es könnte eine tolle Chance sein. Ich hab inzwischen kaum noch Schmerzen von der Operation, und ich glaube, ich bin bereit für eine echte Herausforderung.«

»Du solltest es machen«, sagte Grace. »Auf jeden Fall. Da gibt's nichts zu überlegen; sag einfach ja und stürze dich in ein neues Abenteuer. Das ist genau wie das, was ich Gary immer sage: Du fängst erst an zu leben, wenn du deine Komfortzone verlässt.«

»Würdest du mitkommen und mir helfen, das Hotel zu betreiben?«, fragte Emily mich. Ich wollte sofort ja sagen, hielt es aber für besser, Bedenken vorzutäuschen:

»Was ist mit meinem Job?«, fragte ich.

»Du hasst deinen Job«, sagte Emily.

»Du hasst deinen Job«, sagte Grace.

»Mag ja sein, aber er wird gut bezahlt und hält uns über Wasser.«

»Die Bezahlung ist beschissen, und außerdem könntest du auch hier in Brighton für eine Kanzlei arbeiten«, sagte Emily.

»Da hat sie recht. Hier gibt es jede Menge Anwaltskanzleien«, sagte Grace. »Man spürt die juristischen Möglichkeiten förmlich in den Knochen.«

»Vielleicht, vielleicht auch nicht«, erwiderte ich. »Trotzdem, ich glaube, ich könnte es nicht ertragen, Grace in der Siedlung allein zu lassen. Wir brauchen einander. Es wäre einfach nicht fair.«

»Grace könnte auch hierherziehen. Sie könnte sich um die IT kümmern und die Systeme auf den neuesten Stand bringen«, sagte Emily.

»Systeme müssen regelmäßig auf den neuesten Stand gebracht werden, Gary, das ist einfach eine Tatsache«, fügte Grace hinzu.

»Würdest du denn hierherziehen wollen, Grace?«, fragte ich sie.

»Ohne lange zu fackeln«, antwortete sie. »Wusstest du, dass meine Tochter nur ein paar Meilen entfernt wohnt, in Lewes? Vielleicht könntest du mir helfen, mit meiner Enkelin in Kontakt zu kommen – oh, und ich könnte meine Hüftoperation hier machen lassen. Was für ein schöner Ort, um sich zu erholen ...«

Ich fühlte mich etwas überrumpelt.

»Ich dachte, es gefällt dir in Peckham«, sagte ich zu Emily. »Mit mir zusammen wohnen, in Waynes Café arbeiten, im Grove was trinken, am Wochenende auf den Markt gehen ...«

»Das gefällt mir auch, aber es ist dein Leben, Gary. Manchmal kommt es mir so vor, als hätte ich mich einfach drangehängt und würde die Fahrt genießen, bis irgendwann die Luft raus ist«, antwortete Emily mit einem erstaunlich ernsten Gesichtsausdruck.

»So läuft das immer mit seinen Freundinnen. Hat er mir gegenüber schon oft zugegeben«, sagte Grace mit einem erstaunlich selbstzufriedenen Gesichtsausdruck.

»Das hier wäre für uns, Gary, ein großes verrücktes Abenteuer mit allen erdenklichen Möglichkeiten.«

»Ja, wir könnten pleitegehen und auf der Straße landen und wie die Möwen im Abfall nach Essbarem suchen.«

»Ja und? Die wirken doch sehr glücklich«, sagte Emily.

»Habt ihr zwei hinter meinem Rücken schon darüber geredet?«

»Nein«, sagten sie beide wie aus einem Munde.

Das Gespräch kam zum Erliegen, während wir genüsslich unser Eis aßen. Es gab auf jeden Fall eine Menge zu bedenken. Irgendwann brach Emily das Schweigen.

»Grace, bist du noch sauer auf mich, weil ich deinen Hosenanzug ruiniert habe?«

»Sei nicht albern«, antwortete Grace. »Ich war nie wütend auf dich.« Sie deutete mit ihrem Eishörnchen auf mich und fuhr fort: »Es war seine Schuld. Er hätte den Kerl kaltmachen sollen, als er die Chance dazu hatte. Er ist so ein Schisser.«

»Ja, das ist er, oder?«, meinte Emily.

Sie lachten beide, und Lassoo wedelte so heftig mit dem Schwanz, dass es aussah, als wollte er sich in die Zukunft katapultieren.

DANKSAGUNG

Ich danke meiner Lektorin Holly Harris für ihre Unterstützung, ihr wertvolles Feedback und ihre Ermutigung.

Ich danke meinem Sohn Harry für die Gestaltung des Buchumschlags. Er hat den allerersten Entwurf zu diesem Roman als Erster gelesen und mich auf viele schwerwiegende Schwachstellen hingewiesen sowie Verbesserungsvorschläge für die Geschichte gemacht. Außerdem hat er bereitwillig stundenlang mit mir Fußball im Fernsehen geguckt, wenn ich eine Pause von den Gedanken an Emily, Grace und Gary brauchte.

Ich danke meinem alten Freund Charlie Higson, der mir eine umfassende Liste mit Schwachstellen des Buches geliefert hat. Ich konnte die meisten seiner Einwände nachvollziehen. Er ist ein verdammt treuer Gefährte, wie ich mir keinen besseren wünschen könnte. Ich liebe ihn.

Ich danke Lisa Clark und meinem Bruder Simon, die sich beide die Zeit genommen haben, frühe Entwürfe zu lesen, und mich immer genug gelobt haben, um am Ball zu bleiben.

Ich danke meiner Frau Lisa für ihre hervorragenden Systeme.

Vor allem danke ich zum Abschied meiner Freundin und Vertrauten Mavis, die meinen Schoß für immer verlassen hat, als ich gerade mit dem Buch fertig geworden war. Ich vermisse dich jeden Tag.